nero

A Pacla,

Con un grande
abbraccio e
un bravo di cuore!

Enrico

Landu, 28/5/201

Enrico Franceschini

Ferragosto

Rizzoli

Pubblicato per

Rizzoli

da Mondadori Libri S.p.A.
Proprietà letteraria riservata
© 2021 Mondadori Libri S.p.A., Milano
Pubblicato in accordo con MalaTesta Literary Agency, Milano

ISBN 978-88-17-15743-8

Prima edizione: luglio 2021
Seconda edizione: agosto 2021

Ferragosto

Ciao mare
*In memoria di Raoul Casadei (1937-2021),
nato il giorno di Ferragosto*

Personaggi principali

Andrea Muratori detto Mura, giornalista in pensione
Danilo Baroncini detto il Barone, medico primario
Pietro Gabrielli detto il Professore, bibliotecario
Sergio Baldazzi detto l'Ingegnere, docente di... tutto
Caterina Ruggeri detta Cate, corrispondente di guerra, scopa-
    mica di Mura
Rafaela Gutierrez detta Raffa, brasiliana ruggente, *girlfriend*
    del Barone
Pelé, figlio di Raffa, talento naturale (nello sport)
Carla Rovati, letterata, eterna fidanzata del Professore
Bianca Maria Bellombra detta Mari, interior designer, morosa
    dell'Ingegnere
Paulo Robertino do Suca detta Trudi, bellissima trans brasiliana
Giancarlo Amadori detto Gianca, maresciallo dei carabinieri
Antonio Perroni, brigadiere dei carabinieri
Celestina Bazzocchi, donna delle pulizie
Osvaldo Montanari, fotografo e pornografo
Giorgio Montanari, figlio di Osvaldo
Josephine Belloc detta Jo, ballerina martinicana, terza moglie di
    Osvaldo Montanari
Carlo Bertozzi detto il Comandante, pilota Alitalia e marito in-
    fedele
Stefania Mancini detta Stefi, moglie di Bertozzi, giocatrice di
    maraffone, *milf*
Ursula e Helen, giovani olandesi
Adolfo Ricci detto Dolfo, fioraio

Ernesto Semprini, farmacista
Alberto Massari, ex direttore di giornale
Rio, bagnino del Bagno Magnani
Renato Senni, factotum del ristorante San Marco
Giovanni, proprietario dell'osteria di Montecodruzzo

1. I contorni delle cose

(Colonna sonora: *Abbronzatissima*, Edoardo Vianello)

«La boa di Ferragosto.»

Andrea Muratori lo ripete fra sé come il ritornello di una canzonetta, spaparanzato sulla sdraio, occhi socchiusi, mani incrociate dietro la nuca, piedi appoggiati a uno sgabello, sulla terrazza dell'ultimo capanno in fondo al molo, nel porto canale di Borgomarina.

La boa di Ferragosto.

La boa di Ferragosto.

La boa di Ferragosto.

E gli scappa da ridere.

Dicevano tutti così, durante le lunghe villeggiature al mare da piccolo, all'approssimarsi del 15 del mese. Era la data fatidica del cambio di stagione, perlomeno in Romagna, come una barca che arrivata alla boa ci gira intorno e prende la direzione opposta. Quel giorno, secondo la saggezza popolare tramandata da generazioni di mamme e bagnini, comincia a finire l'estate. Tradizione vuole che scoppi un temporale, magari non proprio il 15 d'agosto, forse il 16, o piuttosto il 17. Da quel momento, nulla è più come prima. Le giornate s'accorciano visibilmente. Cala la temperatura. La luce muta colore, rendendo più nitidi i contorni delle cose. Secondo il calendario, l'autunno inizia soltanto il 21 settembre, ma a Ferragosto si capisce già che le vacanze volgono al termine, che si prepara il ritorno in città.

Per Mura, come gli amici lo hanno sempre chiamato sin da bambino, adesso le vacanze non finiscono mai: è andato in pensione appena passata la sessantina. Malvolentieri, inizialmente: non è stata una scelta sua. Dopo una vita da corrispondente estero nelle capitali di mezzo mondo, si è sentito messo da parte in anticipo. Colpa della crisi dei giornali, che hanno bisogno di tagliare gli organici per sopravvivere. Colpa sua, ne è intimamente convinto, se non è riuscito a rendersi abbastanza necessario perché facessero un'eccezione. Ora però si è abituato alla nuova parte. Non si sta mica male ad aspettare il giro di boa di Ferragosto, nella località balneare della propria infanzia, sapendo che le ferie andranno avanti lo stesso. Finisca pure l'estate, per lui non finirà la pacchia.

«Quando sento parlare di boa, mi viene la nausea.» Una battuta del mitico Gianni Brera, il più grande giornalista sportivo italiano. Puntuale, la ripeteva alla fine del girone d'andata, davanti agli articoli dei cronisti concorrenti, decisamente più scarsi, che scrivevano il bilancio del campionato nel momento in cui per l'appunto aveva girato «la boa». Uno dei tanti luoghi comuni di cui è infarcito il mestiere. C'è poco da fare: Mura ha lasciato i giornali ma i giornali non hanno lasciato lui. Nemmeno ora che è felicemente pensionato.

La boa di Ferragosto.

Da ragazzo, il modo di dire alludeva anche a un altro genere di bilancio: quante ragazze hai avuto, questa estate? Se le conquiste fino a quel momento fossero state scarse, dopo il 15 agosto sarebbe restato poco tempo per rimediare: entro qualche settimana le discoteche avrebbero chiuso. Il luogo designato per rimorchiare, allora, era quello. Lunghe serate in cui ballava, sudava, beveva, fumava, sostanzialmente s'annoiava: e concludeva poco. Di rado la sua media era alta. «Sei un patacca» lo ammoniva Gianca, il compagno di giochi e avventure dell'adolescenza. «Il tuo errore è che vai in discoteca troppo presto, quando ha appena aperto. Vacci quando sta per chiudere, come me. Alle tre di notte ogni ragazza ancora sola ti accoglierà a braccia aperte perché a quel punto o te o niente.»

Poi aggiungeva un commento sconcio su cos'altro gli avrebbero spalancato.

Balle: anche Gianca tornava quasi sempre a casa solo. Il mito del rubacuori, secondo Mura, era creato dagli stessi romagnoli: una razza di uomini con il vizio di spararle grosse. «È grande due volte il Grand Hotel più il Duomo» dice una voce fuori campo all'apparizione del transatlantico Rex: op. cit., *Amarcord*, regia di Federico Fellini. Figuriamoci se non esageravano in materia di conquiste. «Catenacci, non ci crede nessuno»: gli torna in mente la gag di *Alto gradimento*, trasmissione radiofonica cult della sua giovinezza, su un nostalgico camerata che narra le imprese del Duce, sparandole talmente grosse da suscitare l'ilarità collettiva. Nato anche lui da queste parti, Benito: non è mica una coincidenza. Nessun italiano ha mai abbellito la realtà più del condottiero che ha mandato i connazionali a conquistare la Russia d'inverno con le scarpe di cartone.

Stacca le mani da dietro la nuca: gli si stavano addormentando le dita. Già che c'è, riapre gli occhi, inforcando il paio di Ray-Ban che gli ha regalato Caterina detta Cate. «Non sei vecchio, sei solo un po' vintage, come questa marca di occhiali» gli dice aggiustandoglieli sul naso, quando viene a trovarlo. Non succede spesso. Un po' perché, con trent'anni meno dei suoi, dopo qualche giorno la Cate a Borgomarina si annoia. E un po' perché continua a esercitare il mestiere che lui ha abbandonato, girando il pianeta come corrispondente di guerra. Rapporto difficile da definire, il loro. Infatti, non lo definiscono: sono leggermente più che due amici ma assai meno che un'autentica coppia. Mura sospetta che lei abbia flirt occasionali o prolungati con i colleghi che incontra al fronte. Poi però ogni tanto viene a visitarlo e gli si infila nel letto. *Friend with benefits* si dice in inglese: amica (o amico) con benefici, alla lettera. Mura traduce scopamica. Del resto sul terrazzo del suo capanno, una volta ogni due o tre mesi, non si sta male. Oltre alle sdraio e a un paio di lettini da spiaggia, c'è la rete a bilancino appesa per pescare: le visite di Cate sono di solito l'occasione per una cena con i vecchi amici, che l'hanno accettata come membro *ad honorem* della combriccola.

Ha detto che si sarebbe fatta viva intorno a Ferragosto. Per lui o per la scorpacciata di pesce? Essendo una buona forchetta, propende per la seconda ipotesi. Che a Ferragosto non è una cena, bensì un pranzo, in cui si mangia così tanto e così a lungo da diventare tutt'uno con il pasto serale. Da consumare tuttavia, secondo le tradizioni della Romagna, non al mare, non sul suo terrazzo affacciato sul porto canale, bensì in campagna, possibilmente su una collina ombreggiata, con alberi sotto cui ripararsi dalla calura.

Stira le braccia, sbadiglia, s'alza in piedi. Il pranzo di Ferragosto, ecco il suo compito della giornata. Un appuntamento da organizzare come si deve, se non vuole essere preso per il culo dai commensali. Non avrà bisogno di mettersi personalmente ai fornelli, dove le sue capacità si limitano a uova strapazzate, spaghetti al pomodoro e panini alla mortadella. «Perché, il panino alla mortadella è un cibo da preparare?» lo rimbecca la Cate, quando discutono delle sue qualità culinarie. «È roba che si mangia anche quella, no?» replica Mura. Per poi ordinare una pizza da asporto.

A Ferragosto non se la caverebbe con pizza, spaghetti o mortadella. A cucinare penseranno gli altri, in una competizione maschile fra il Barone e il Professore, assistiti dall'Ingegnere prodigo di consigli: i suoi tre ex compagni di classe e amici di una vita. I tre moschettieri, come si sono autobattezzati: che poi, insegna Dumas, in realtà erano quattro, quindi c'è posto anche per Mura. «Uno per tutti, tutti per uno» declamano imitando D'Artagnan, Athos, Porthos e Aramis. In altre parole, sarà un gran casino in cucina, sporcheranno tutto, dimenticheranno di sicuro ingredienti cruciali, e a mettere pietanze in tavola, mentre loro si atteggiano a celebrity chef, provvederanno le donne che generosamente li sopportano: la Raffa, la Carla e la Mari. Quanto alla Cate, starà a guardare, fumando e godendo dello spettacolo, in attesa di gettarsi famelica sul risultato di quegli sforzi.

A Mura spetta soltanto la ricerca del luogo del delitto: il casolare in collina da prendere in affitto per una giornata, dove rischieranno di morire soffocati da passatelli, strozzapreti, cappelletti, tagliatelle e abbastanza antipasti di pesce, grigliata e fritto misto da sfamare un esercito. Se al pranzo di Ferragosto non mangi come nella *Grande abbuffata*, il film di Marco Ferreri su quattro amici che si ammazzano letteralmente in un'orgia gastronomica, non è un pranzo di Ferragosto. Ha chiesto consiglio a Rio, il bagnino del Magnani. È ora di uscire dalla tana e andare a sentire cosa gli ha trovato.

«Capanno»: appostamento fisso di caccia, pesca, coltivazione o allevamento, formato da una costruzione di muratura, di legno, di tela o di rami intrecciati, recita il dizionario. In Romagna sono dappertutto: lungo i canali, i fiumi, gli stagni e in riva al mare. Quello che è diventato l'abitazione di Mura è l'ultimo di sette sul molo di sinistra del porto canale: un passo più in là, c'è il faro e poi l'Adriatico. Una baracca di legno di due stanze e terrazzo, montata su palafitte, che un tempo ospitava pescatori e giocatori di carte ma ora è la sua casa. Gliel'ha affittata per 300 euro al mese il libraio Remo, che neppure voleva essere pagato e spesso dimentica apposta di incassare, in nome di vecchi favori ricevuti da Mura quando era un «noto giornalista», come lo definivano ai dibattiti estivi nella biblioteca di Borgomarina. Noto poco, rispondeva lui, giornalista sì, vabbè... comunque raccontava quattro cazzate e i villeggianti ridevano, leccando il gelato. «Cultura in riva al mare», la descrivevano le locandine. Crede che ci sia più divertimento culturale in una giostra, ma contenti loro, contenti tutti.

Indossa una maglietta, infila i piedi nelle logore ciabatte, caccia il cellulare nella tasca dei braghini, ed è pronto per la missione. L'ora è giusta: l'una. Quando i bagnanti tornano in massa dagli stabilimenti balneari per andare a mangiare nelle case, nei B&B, negli alberghi tre stelle con piscina tre metri per due: un controesodo puntuale come un orologio, i bambini sporchi di sabbia dalla testa ai piedi, le madri cariche di sporte, i padri con una montagna di secchielli, salvagenti e materassini che gli coprono anche la faccia. Tutto cambia, in Romagna, ma non lo spettacolo del biblico rientro all'ora di pranzo: quello è rimasto uguale dal tempo della sua infanzia. All'epoca sua madre, tornata in anticipo, quando era pronto in tavola appendeva un asciugamano alla finestra: si vedeva dalla spiaggia, il segnale che il babbo doveva riportarlo a casa. Ora basta un messaggino sullo smartphone, ma la sostanza è invariata. Al massimo ogni tanto si danno il turno: il padre va su per primo a cucinare, la madre segue con i bambini. Un piccolo omaggio maschile alla parità dei sessi, per quanto sia di gran lunga preferibile mettere l'acqua sul fuoco e apparecchiare, piuttosto che badare a quei diavoli dalla faccia angelica che rispondono al nome di figli: ne sa qualcosa pure Mura, che sulla spiaggia di Borgomarina, tra un divorzio e l'altro, ha vissuto l'esperienza nei panni di genitore.

All'ingresso del porto, un traghetto collega le sponde del molo: una volta costava 20 lire, adesso sono 20 centesimi di euro. Ma il Caronte di Borgomarina gli dà un passaggio gratis: ogni volta Mura accenna il gesto di cercare gli spiccioli in tasca e Caronte biascica in dialetto: «Lascia ben stare». Lo conoscono da quando era un bimbo, da queste parti. E ora che ci è venuto a vivere appartiene al panorama. Come la casa in cui trovò riparo Garibaldi inseguito dai francesi, se non erano gli austriaci oppure le guardie svizzere del papa: l'Eroe dei Due Mondi scappava sempre da qualcuno e da qualcosa. Come le vecchie barche da pesca a vela del primo Novecento, ormeggiate per bellezza lungo il porto. Come il grattacielo di trenta piani che sormonta la cittadina, memento del boom economico degli anni Sessanta, quando l'Italia contadina si scoprì potenza industriale e la Romagna ambiva a diventare la California italiana. Mezzo secolo più tardi, il miracolo italiano si è sgonfiato ma la Romagna no: la costa delle ferie di massa, delle vacanze a basso prezzo già da prima che fosse inventato il termine low cost, del divertimentificio in disco-pub, aqua-park, go-kart, mini-golf, night-club e tutto quanto si può dire in un inglese facilmente comprensibile con due parole separate da un trattino.

Il grattacielo, così come quelli simili costruiti nello stesso periodo lungo la costa fra Milano Marittima e Rimini, è un pugno in un occhio: forse nelle aspettative del 1960 dovevano riprodursi a grappoli, dando un aspetto più uniforme allo skyline, invece ne sono sbocciati soltanto tre o quattro. Ma ormai la gente ci ha fatto l'abitudine: non li vede più come una stravaganza fuori posto. Alla stessa maniera, pensa Mura, hanno accettato lui: l'inviato giramondo che torna al paesello delle origini. Le sue erano un centinaio di chilometri più a ovest, a Bologna, dove è nato, è cresciuto, ha studiato: ma i tre mesi abbondanti di vacanze estive pesavano più del resto dell'anno. Il tempo si dilatava, superando quello dei nove mesi in città. L'estate al mare, per un bambino e poi per un ragazzo, era la stagione della libertà. Per questo si sente più di casa in Romagna che a Bologna. La sua Itaca è in riva al mare.

Sceso dal traghetto canticchia *Azzurro*, mentre sciabatta verso il Bagno Magnani. È sempre estate per un pensionato: e oggi non c'è una nuvola. Dalle aiuole che cingono gli stabilimenti sale il canto incessante delle cicale: cosa dicono, sfregando senza posa le zampette? «Checaldo checaldo checaldo»: questo gli sembra che cantino. A parte il concerto degli insetti, la spiaggia è silenziosa. Senza turisti, all'ora di pranzo la Riviera romagnola potrebbe passare per un'isola tropicale, se non fosse per le file di ombrelloni colorati: non un corpo in mare, nessuno a prendere il sole, che a quest'ora brucia. C'è però gente che fa lavorare le mandibole anche negli stabilimenti balneari: lasciata la riva del porto canale, Mura attraversa il bar e il ristorantino del Marè, zeppo di clienti. È il lido più figo di Borgomarina, aperto da un famoso allenatore quando si è ritirato dai campi di calcio, sempre frequentato da belle donne. Merito della fama sportiva: il football tira anche quando sei un ex.

Il suo sport quotidiano è la corsa. Cinque chilometri lungo il bagnasciuga, quasi tutti i giorni, alle prime luci dell'alba. Tanto alla sua età non riesce più a dormire: si sveglia che è ancora buio, si rigira nel letto, va a pisciare. Un segno dell'età, la vescica da svuotare con maggior frequenza. Quando prova a riaddormentarsi non ci riesce. E allora mette le scarpette e corre. L'ha fatto anche questa mattina. Ogni tanto aggiunge alla corsetta una nuotata, proprio a quest'ora, quando l'Adriatico è una tavola deserta: come avere una piscina tutta per sé.

«Nuotatina?» lo saluta da dietro il bancone Rio, che conosce le sue abitudini, vedendolo sbucare al bar del Magnani. È lo stabilimento accanto al Marè, ma non potrebbero essere più diversi: uno nuovo di zecca, l'altro esiste da sempre, uno tirato a lucido, l'altro dimesso, il primo preferito dai giovani, il secondo dalle famiglie. La Romagna è fatta così: c'è spazio per tutti.

«Cappuccino, piuttosto» gli risponde Mura. «E brioche.»

Sarebbe il menù della sua colazione da Dolce & Salato, il caffè della rotonda sul mare, un rito delle sue giornate tutte uguali: ma stamane lo ha saltato, dopo la corsa e la doccia si è impigrito, ha preparato un caffè con la moka, divorato gli ultimi due biscotti trovati nella credenza, sulla terrazza tirava una piacevole brezzolina, ha perso tempo sfogliando i giornali sullo smartphone e si è assopito. Se per effetto della stanchezza o dei giornali, non sa dire. Può darsi che non c'entrino né l'una né gli altri: è soltanto l'età, per cui a sessant'anni suonati si dorme bene quando non si dovrebbe, per esempio nella tarda mattinata. Se poi si può riposare a qualunque ora, come nel suo caso, impossibile non appisolarsi a torso nudo sulla sdraio, sotto la tettoia che ripara dal sole, cullati dal dolce rumore del mare, piccole onde leggere che s'infrangono sulle rocce del molo. Sessanta sono i nuovi quaranta, affermano gli slogan del marketing. Sarà: quando non hai niente da fare te li senti tutti e sessanta sulle spalle. Ringrazia il vecchio stereotipo della boa di Ferragosto: gli ricorda che il 15 è dietro l'angolo e che ogni tanto anche un giornalista in pensione deve darsi una mossa.

Come ogni buon bagnino, Rio è capace contemporaneamente di dirigere il movimento fra cucina e tavoli, aggiornare i clienti sugli ultimi pettegolezzi, preparare un ottimo cappuccino e tenere sotto controllo la spiaggia. Quando Mura lo squadra con aria interrogativa, ricorda il motivo della visita e viene al dunque: «Per Ferragosto stai tranquillo, tutto sistemato».

«Trovata la casetta in collina che ci piace tanto?»

«No, ma c'è una trattoria sempre in collina dove mangerete da dio e starete come a casa vostra, anzi meglio: hanno solo quattro tavoli, saranno tutti per voi.»

Mura storce la bocca. I suoi amici sono abitudinari seriali. A Ferragosto, come a Natale e Pasqua, si cucina in casa: pazienza se presa in affitto per un giorno, ma è proibito mangiare al ristorante. Gli amici romperanno le palle a morte se propone una variante. Prova a fare rimostranze con Rio. Niente da fare.

«Guarda, la casa come volevate voi non c'è più. Sono già tutte occupate. Dovevi dirmelo prima.»

In effetti, Mura si è mosso un po' tardino. «Hai trovato il posto?» gli ha chiesto il Prof il sabato precedente, quando si sono incontrati per l'abituale partitella a basket due contro due. A un canestro, s'intende. E senza troppo movimento, specie da parte del Prof, per la sua considerevole mole, e del Barone, per la sua invincibile poltroneria.

«Non preoccuparti e pensa a prendere un rimbalzo» ha risposto Mura. Non è servito: zero rimbalzi, vittoria del Barone e dell'Ingegnere. Vincono quasi sempre loro, del resto. Non tanto per bravura del Barone, sebbene si vanti di essere il più forte dei quattro, quanto per l'impegno dell'Ingegnere, l'unico che si agita come se fossero i playoff dell'NBA e non la patetica partitella tra ex compagni di scuola con la pancetta.

Ma il Prof aveva un buon motivo per preoccuparsi: Mura si era dimenticato. E ora è tardi per rimediare, ma ci prova lo stesso.

«E dai, Rio, con tutta la gente che conosci…»

«Se vuoi pranzare fra le zanzare e la puzza di merda di gallina, un posticino te lo trovo. Ma in collina niente, te lo scordi.»

Rio conosce davvero tutti in paese. Primo di quattro fratelli marchigiani che si sono stabiliti in Romagna da piccoli con i genitori, diventando rapidamente più romagnoli dei romagnoli, anche se qualcuno si ostina a chiamarli marca-gnoli, non più marchigiani, non del tutto romagnoli, ha la passione di gestire locali: un bar dietro la stazione di Bellaria, uno stabilimento balneare a Rimini, una pizzeria a Valverde, un ristorante a Miramare. Soltanto a Borgomarina, questo è il suo terzo «bagno» sulla spiaggia. Prende un'attività, la lancia, la cede, ricompra, rivende. Qualche volta perché gli va male, qualche volta perché spera che sia il colpo della vita, per smettere di lavorare e fare il giro del mondo. La verità è che di lì non si muoverà mai. Soltanto dietro un bancone si sente vivo: perciò ricomincia sempre da capo. «In Italia non si può lavorare» è il suo costante lamento, tirando in causa balzelli, burocrazia e lacciuoli. Nessuno tuttavia lavora quanto lui: è il suo pregio o il suo difetto, non riesce a stare fermo. Si sarà impegnato allo spasimo anche per accontentare Mura. Se dice che una casa in collina per il pranzo di Ferragosto non c'è, dev'essere così.

«E dove sarebbe la trattoria in cui si mangia da dio?» si arrende Mura, senza troppa resistenza.

«A Montecodruzzo.»

«A Montecodruzzo!»

«Da Giovanni.»

«Da Giovanni! Ma dai, Rio, ci andiamo da quando avevamo vent'anni. I ragazzi diranno che non va bene.»

Sarebbero i suoi ex compagni di scuola sessantenni, i ragazzi: continuano a chiamarsi così, fra di loro.

«E tu spiegagli che va bene, no, benissimo. Ho sentito Giovanni. Vi riserva tutto il locale. Sarà la collina più fresca della Romagna. E vi cucinerà…»

«Oggi abbiamo… le tagliatelle e l'arrosto» predice Mura, facendo il verso al tono da coro di voci bianche di Giovanni. «Per forza, non ha mai cucinato altro in vita sua!»

«Starete da dio, a te deg me, te lo dico io. Comunque, non puoi tirarti indietro: ho prenotato.»

«Hai prenotato?!»

«Se no ci andava qualcun altro e restavate senza. Come quelli di Faenza!»

Espressione tipica dello humour romagnolo: parente di quello inglese, molto molto alla lontana.

«Ah, mi hai messo in un bel guaio.» A Mura, in realtà, andrebbe benissimo: fosse per lui, mangerebbe sempre al ristorante. Con rare eccezioni, è così che sopravvive: colazione al caffè Dolce & Salato, per pranzo una piadina al chiosco sul canalino, come cena una pizza al Giardinetto o uno spaghetto alle vongole alla rosticceria dietro il mercato del pesce. Per le cene romantiche, le rare volte che capitano, il risotto alla moda di una volta alla Buca, sul porto canale. Per le cene con i tre moschettieri ed eventuali donne al seguito, la trattoria San Marco, dove Renato prepara le seppioline al pomodoro senza che debba nemmeno ordinare, o la Rupe a Fiorenzuola di Focara, sul monte di Gabicce, ufficialmente nelle Marche, di fatto terra ancora romagnola, dove è andato ad abitare il Barone. Unica eccezione, il fritto di pesce appena pescato sul terrazzo del suo capanno, per le serate speciali. E naturalmente quelle tre feste comandate del calendario, Natale Pasqua Ferragosto, in cui è obbligatorio mangiare a casa. Ma quest'anno, a Ferragosto, il Prof e il Barone dovranno astenersi dall'esibizione di maestria culinaria e l'Ingegnere farà a meno di impartire consigli. Tagliatelle e arrosto a Montecodruzzo. Da Giovanni.

«Mo quale guaio e guaio, se vi fermate fino a sera vedrete anche le lucciole» chiude il discorso Rio, per occuparsi dei primi clienti rientrati dalla pausa in albergo di metà giornata e desiderosi di un caffettino.

«Se non sono lanterne» la butta lì Mura: che lo humour inglese, pur avendo vissuto a lungo in Inghilterra, evidentemente non l'ha imparato. Però è vero che a Montecodruzzo si vedono ancora le lucciole: almeno c'erano, l'ultima volta che ci sono stati nel... nel... nel... ecco, è passato così tanto tempo che è proprio il caso di tornarci.

«Quasi quasi» mormora soddisfatto, dando per risolta la questione di dove mangiare a Ferragosto. Quasi quasi ci starebbe un bagnetto. La nuotatina no, si è stancato a sufficienza a correre: l'afa di agosto si sentiva anche all'alba. Ma un tuffo in mare, perché no? S'incammina per la passarella di cemento che dal bar taglia in due la spiaggia fino alla prima fila di ombrelloni, lascia maglietta e ciabatte su un lettino, mette un piede in acqua: un brodo. Come sempre, in Romagna, dopo due mesi di solleone che ci picchia sopra e due milioni di turisti che ci pisciano dentro.

«Mura?»

Ancora prima di voltarsi, la riconosce dal profumo: Stefania Mancini, la moglie del capitano Bertozzi. Lui, pilota dell'Alitalia, aria da ganzo, un romagnolo di Ravenna che fra hostess e passeggere deve essersi divertito parecchio. Lei, Stefania, detta Stefi dagli amici, riminese prorompente che non sarebbe dispiaciuta a Federico Fellini. Tutto quello che potresti desiderare in una donna e non hai mai osato chiedere, per restare in ambito cinematografico e parafrasare il titolo di un vecchio film di Woody Allen. Al Bagno Magnani occupa un tavolo fisso, quello dei giocatori di maraffone, specialità di carte locale simile al tressette ma con il seme di briscola: insieme al marito o con chi c'è, quando lui è in volo su un Boeing 747. Vince spesso, perché è bravina e perché i più forti della Riviera competono per mettersi in coppia con lei, alle carte s'intende, nella speranza di rimediare qualche forma di gratitudine: un sorriso, una carezza, un bacetto e chissà mai. Una di quelle donne che, quando parlano con un uomo, lo toccano casualmente, posandogli la mano su un braccio, una spalla, una gamba, suscitando grandi illusioni. Eppure, si dice che sia fedelissima al consorte: girassero voci su di lei, il bagnino Rio le avrebbe di sicuro riferite. A meno che, a nascondere i segreti, la Stefi non sia ancora più brava che a carte.

Con Mura si conoscono di vista. A maraffone, lui non gioca. Quando si mette attorno al tavolo dei giocatori, di solito è per infilare gli occhi nella scollatura della Stefi.

Adesso che se la ritrova sola, in bikini, in riva al mare, gli occhi invece potrebbero uscirgli dalle orbite.

«Ehi, Stefi, è un po' presto per una partitella.»

Poteva dire una scemenza peggiore? No, oggettivamente peggio di questa non poteva.

«Ah, non sono mica venuta in spiaggia a quest'ora per giocare a carte.»

Mmm, interessante. L'ora delle carte, in effetti, è più tardi, quando la calura ha allentato la sua morsa. Vorrebbe chiederle per che cosa è venuta in spiaggia, allora, alle due di un pomeriggio di quasi Ferragosto. Ad abbronzarsi, no di sicuro, perché è già nera... come il carbon. Ma non glielo chiede. Ha la sensazione che stia per dirglielo lei di sua volontà.

«Sono venuta a fare il bagno» continua la Stefi.

«Guarda la combinazione, la stessa ragione per cui ci sono venuto io.»

«Non qui vicino a riva, però» prosegue la moglie del capitano Bertozzi, scuotendo la testa bruna di capelli perfettamente cotonati e spandendo zaffate di profumo tutto intorno. Giorgio Beverly Hills, il profumo: Mura lo conosce da quando era un giornalista freelance senza un soldo appena sbarcato a New York. Andava ai grandi magazzini Bloomingdale's per immergersi nell'aria condizionata sparata a palla e le commesse del reparto cosmetici glielo spruzzavano addosso, forse capendo al volo da com'era vestito che non era lì per fare acquisti. Ridevano, le commesse, mentre a Mura veniva un'erezione pazzesca. Da allora associa Giorgio Beverly Hills al sesso.

«E dove vuoi farlo il bagno, in Jugoslavia?» domanda. Altra battuta del cazzo. Anche perché la Jugoslavia non esiste più da un pezzo. Un corrispondente estero dovrebbe saperlo. Perfino un ex corrispondente.

«Al largo. In pedalò. Mi ci porti?»

Un'offerta che non si può rifiutare, op. cit., Marlon Brando, *Il padrino*, regia di Francis Ford Coppola.

Peccato, pensa Mura mentre sospinge in mare un pedalò, che non abbia con sé la pillolina blu. Ma forse con la Stefi non sarà necessaria.

2. Un mormorio sommesso

(Colonna sonora: *Andavo a 100 all'ora*, Gianni Morandi)

Lo dice prima in dialetto.

«U sciòpa de' chèld.»

Poi lo ripete in italiano.

«Si scoppia dal caldo.»

Da queste parti usa così. I romagnoli ripetono sempre due volte. Nella loro lingua e poi in quella nazionale. Un modo per rafforzare il concetto. Anche quando uno parla fra sé e sé.

Lamentarsi del caldo a metà agosto: pure questo fa parte delle tradizioni locali. Dicono che le stagioni non sono più quelle di una volta. Colpa del... come lo chiamano in tivù? C'entra con il clima. O qualcosa del genere. Per Celestina Bazzocchi *n'è cambì un'òs-cia*. Non è cambiato un'ostia. Pedalava sotto il sole da ragazza per fare le pulizie, pedala adesso che avrebbe l'età per godersi la pensione. Godersi che? Non si è mai goduta niente, sempre sgobbato e basta.

«Allò boni boni, arrivo vado via, canditi!»

«È stato smarrito un bambino di quattro anni, indossa un costume azzurro, chi lo ritrovasse è pregato di portarlo al Bagno Milano.»

«Belle signore, comincia la lezione di aquagym in riva al mare!»

Dalla spiaggia arriva l'eco dei bagnanti: la colonna sonora della Riviera. Un rumore di sottofondo, sordo, profondo, un brusio formato da grida di venditori ambulanti, richiami di migliaia di mamme, pianti di bebè, annunci dei bagnini, musica di jukebox, discorsi sotto l'ombrellone su cibo e malattie, i due grandi argomenti di conversazione degli italiani in vacanza – «come cucina l'agnello mia suocera, non c'è nessuno», «mio cognato ha avuto un problema alla cistifellea», «poverino, pure mia sorella», «le lasagne al forno, per conto mio, vengono meglio con la besciamella», «gli dico sempre di coprirsi, che anche al mare ti becca un colpo d'aria a tradimento e addio vacanza» – mescolati insieme in un tutto inconfondibile.

La voce della Romagna, la musica delle vacanze, che arriva sul lungomare come un mormorio sommesso, indecifrabile. Una nenia suadente e tranquillizzante, anche quando reclama bambini smarriti: da queste parti, fateci caso, li ritrovano sempre.

«U sciòpa de' chèld» ripete ancora Celestina mentre sale le scale del condominio Sirenetta. «Si scoppia dal caldo.» Non potevano mica metterci l'ascensore? Era già tutta sudata per la pedalata in bicicletta. Adesso, con i secchi, le scope, le spazzole che ha preso nel vano dietro l'ingresso, è anche peggio. Sbuffa, impreca, bestemmia. Però va su, gradino dopo gradino, come se non sentisse il peso dei suoi anni, né quello del mestiere che fa da quando ne aveva venti.

Sembra costruita con il fil di ferro: smilza, secca, le ossa sul punto di uscire dalla pelle, tanto è poca la carne che ci è attaccata addosso. Era così sua madre e pure sua nonna: una specie particolare di donne di Romagna, che non ingrassano neanche se le riempi di piada con lo stantuffo. Forte, dura, cattiva da far paura, almeno all'apparenza, perché brontola sempre e non ha timore di dire quello che pensa. In realtà non ha mai fatto male a una mosca. Se è sempre arrabbiata, è perché la sua vita non è stata facile. Donna delle pulizie: non ha nemmeno un nome, il suo lavoro. Sua nonna faceva la serva in campagna, sua madre in città, lei è finita in riva al mare: ma la sostanza rimane sempre la stessa, spazzare e sgurare per i signori. Sua mamma almeno spazzava da un signore vero, un *dutor*, un dottore importante, a Forlì. Di signore, quello per cui spazza lei, non ha niente.

Come ogni mattina è venuta al condominio Sirenetta per le pulizie dal fotografo Osvaldo Montanari. Sempre le stesse incombenze, i medesimi gesti. Al piano terra il negozio di Foto & Ottica: ma lì ci vuole poco. Spazzare, spolverare, chiudere i rifiuti in un sacco di plastica nera, mettere ordine nel retrobottega. Al primo piano la sua residenza, e già lì c'è da sgobbare di più. Al secondo, un attico con balcone, lo studio: dove bisogna pulire sul serio, porca Eva. Celestina non ha mai visto cosa succede in quell'appartamento, ma non ci vuole molto a immaginarlo. Lo sanno tutti, in paese, che Montanari è un maiale. Gira film porno o come diavolo li chiamano adesso. Lei non ha avuto figli e di uomini nel suo letto ne sono passati pochi: chi la voleva, secca come un manico di scopa? Ma pulendo nelle case e negli uffici della gente si conosce la vita meglio che a viverla in prima persona. Si scoprono tutti gli altarini, i segreti insomma, se uno c'ha dei segreti. Hai le camere tutte per te, mentre i padroni sono al lavoro o a divertirsi. C'è il maniaco dell'ordine e quello del disordine. I vestiti da sera delle donne: li tira fuori dall'armadio, li posa sul proprio corpo di vecchia davanti allo specchio, per provare per un istante come sarebbe stata un'esistenza diversa. I cestini della spazzatura ingombri di Kleenex: non fanno neanche la fatica di buttarli nel cesso, dopo che si sono fatti una sega, questi pugnettari di uomini. Le mutande sporche. Gli avanzi di roba da mangiare. I piatti in frantumi delle litigate. L'odore del profumo rimasto nell'aria. Le lenzuola fradice di sudore. Passa tutto dalle mani di Celestina. Ci ha fatto l'abitudine. Fuori possono fare un figurone, ma visti dal di dentro, come solo lei può vederli, sono molto più piccoli, banali, squallidi, prigionieri di paure e ossessioni, invidie e paranoie.

«Un caldo boia.» E neanche spegne la luce, l'ultimo, prima di uscire. Anche questa un'abitudine, nello studio del fotografo Montanari. Che festino avranno fatto la sera prima o per l'intero weekend? Quanta gente ci sarà stata? Comincia sempre dalla cucina: spalancare le finestre, bicchieri da lavare, bottiglie e lattine vuote da gettare, i cartoni della pizza, le confezioni di cibo da asporto lasciato a metà. Ha un giramento di testa. Si mette a sedere con le mani sulle tempie. Alla sua età, ancora andare in giro a pulire 'ste schifezze. Quand'è che smetterà? Quando sarà bella che morta, ecco quanto. Quando. Quanto. Si confonde sempre su quale sia la parola da usare. Tanto, non l'ascolta nessuno, sono soltanto i suoi pensieri, può sbagliare quanto e quando vuole, lei capisce lo stesso che cosa vuole dire.

«Mo cos'è 'sta puzza?»

Sarà il caldo che le ha fatto girare la testa o il tanfo che arriva dallo studio di Osvaldo. Prova ad accendere l'aria condizionata: non funziona. Beve un bicchier d'acqua di rubinetto. Pulisce il bicchiere e lo mette nella credenza. Entra in bagno: il solito casino. Sgurare per terra. La tazza del water incrostata. Gli uomini sono veramente delle merde. E le donne non da meno, se non altro quelle che frequentano questa casa. Poi le tre camere. In ciascuna, soltanto un letto, tondo, a forma di cuore. Davanti al letto una telecamera fissa, collegata a un computer. Che begli spettacolini che devono recitare! «Invorniti!» biascica Celestina, mentre cambia lenzuola, sistema cuscini, raccoglie profilattici e salviette igieniche dal cestino per gettarli nel sacco che si trascina dietro.

Ma il peggio è sempre nel salotto. È lì che trova di solito i resti delle peggiori maialate. Stavolta dalla puzza per poco non le viene la nausea. Tappa il naso con le dita. Preme di nuovo il tasto del condizionatore: un brontolio sordo ma non parte. Allora tira su la tapparella, apre le finestre del balcone per far entrare aria e luce. Poi si gira e lo vede.

Osvaldo.

Il fotografo.
Nudo, con le gambe divaricate.
E qualcosa di scuro che gli sbuca dal culo.
Celestina Bazzocchi ha un altro giramento e sviene sul serio.
Non per il caldo boia di metà agosto.

3. Lontano da riva

(Colonna sonora: *C'è una strana espressione nei tuoi occhi*,
The Rokes)

Quand'è che i pedalò hanno cominciato a sostituire i mosconi?

Mura cerca di ricordarselo, mentre pedala insieme alla Stefi e l'imbarcazione prende velocità. Sarebbe tentato di chiederlo a lei, più che altro per fare conversazione, ma preferisce evitare riferimenti temporali che ricordino quanti anni ha. Quarantacinque, a giudicare dall'età dei figli, due adolescenti che non si staccano mai dai videogiochi dello stabilimento. E poiché la Stefi tace e pedala, tace e pedala anche lui.

Dev'essere stato nei primi anni Settanta. Nei suoi ricordi d'infanzia, a partire dal 1960, l'anno in cui i genitori affittarono per la prima volta un appartamentino a Borgomarina per l'intera villeggiatura estiva, c'erano solo mosconi – o pattini, come li chiamavano su altri litorali. I mosconi, così battezzati dal poeta Alfredo Panzini nel 1923, metafora di un grosso insetto che si posa sul pelo dell'acqua, avevano due panchine, una di fronte all'altra, oppure una panchina sola e il resto dello scafo piatto, i più desiderabili se andavi al largo con una ragazza. Ma per arrivarci, al largo, bisognava remare, con il rischio di trovarsi al momento giusto senza fiato. C'è addirittura una famosa foto di Benito Mussolini a Riccione mentre voga su un moscone gonfiando i muscoli. Non ci voleva la patente, per navigare così. Era il mezzo migliore per appartarsi, se avevi sedici anni e le voglie dell'adolescenza. Spesa modica. Nessuna necessità che i genitori venissero a saperlo. Il bagnino ti guardava di sottecchi, capendo benissimo lo scopo della gita in barca. Il moscone era dotato di ancora, che gettavi arrivato abbastanza lontano da riva. A quel punto, steso un asciugamano, cominciavi a pomiciare liberamente. Ma non in santa pace. C'era sempre qualche altro moscone o motoscafo o barchino a vela che si avvicinava: guardoni o buontemponi, dipende dai casi, comunque rompipalle. Fra la necessità di tenere gli occhi aperti per non essere spiati, le onde del mare che ti facevano ballare, la preoccupazione che l'ancora si slegasse e la marea riportasse a riva il moscone mentre ci davi dentro, era un miracolo se uno manteneva un minimo di eccitazione. A sedici anni è possibile. A sessanta sarebbe un'impresa più ardua.

Per fortuna, a partire dal decennio successivo, sulla Riviera comparvero i pedalò. Le biciclette del mare! Una rivoluzione tecnologica! Una svolta nei costumi nazionali. Andavano più veloci. Lasciavano le mani libere. Ci si poteva stare in quattro e stringendosi, in barba alle regole, anche di più. Ma soprattutto, per una coppia, era più facile nascondersi agli occhi di estranei. Distesi sul retro, sistemando asciugamani stile staccionata e restando sdraiati il più possibile aderenti al fondo, si diventava quasi invisibili. Erano anche più comodi. Si poteva andare oltre la pomiciata, il ditalino, il pompino. Sul pedalò, volendo, si poteva scopare. Senza bisogno di avere la macchina. Senza chiudersi in casa sperando che la mamma non tornasse sul più bello. Non c'è da meravigliarsi che, uno dopo l'altro, i mosconi scomparissero, sostituiti dai pedalò. Nel giro di dieci anni soltanto il bagnino di salvataggio ne aveva ancora uno, verniciato di rosso, su cui sapeva remare stando in piedi per scrutare l'orizzonte, e con cui mostrava i possenti bicipiti al lavoro. Tutti gli altri, in pedalò. Talvolta con scivolo centrale, per divertire i più piccini. Ma il maggior divertimento era quello dei più grandicelli. E non soltanto gli adolescenti brufolosi in eruzione ormonale; pure i sessantenni come lui, ora.

Naturalmente, occorre stare attenti anche in pedalò. Mura ricorda bene la volta che pedalando sull'acqua portò al largo una mamma di Borgomarina. Il marito di lei era al lavoro in città. E la sua seconda moglie, russa – la prima era stata americana: un corrispondente estero deve pur imparare le lingue –, impegnata come sempre a far sanguinare la carta di credito negli outlet della Repubblica di San Marino. Con Tiziana, questo il nome della mamma oggetto del suo desiderio, si erano conosciuti attraverso i bambini, iscritti allo stesso corso di nuoto: era una bolognese con i capelli tinti di biondo e lo sguardo insoddisfatto. Quando il consorte la raggiungeva nel weekend non aveva mai un'aria felice. In verità non ce l'aveva nemmeno il consorte: esiste un'ampia letteratura sul concetto di "mariti in città". Cosa stavano insieme a fare, allora? Be', non era certo Mura a poter giudicare: la domanda valeva anche per lui. Le risposte possono essere una moltitudine: il legame dei figli, la riluttanza a spartire i beni condivisi con il matrimonio, la forza dell'abitudine, cosa diranno i miei, cosa diranno i tuoi. Che avrebbero mai potuto dire, poi, i miei e i tuoi? Metà dell'umanità divorzia e l'altra metà è scontenta di restare in coppia, sogna nuovi amori, la libertà, un po' di compagnia nella vita. Vedi la massima di Oscar Wilde: se avete paura della solitudine, non sposatevi.

«Come sei silenzioso oggi!» osserva la Stefi pedalando. «A cosa pensi?»

«Alla direzione in cui andare. Quale preferisci?»

A Borgomarina la scelta è tra andare a destra verso Rimini o tirare dritto verso il largo. Quella volta in pedalò con la bolognese Tiziana, Mura fece l'errore di virare nell'unica direzione proibita: a sinistra. La sua idea era attraversare il porto canale e spostarsi sull'altra spiaggia, quella di Ponente, dove i bagnanti di Levante non vanno mai: lì nessuno li avrebbe riconosciuti. Ma proprio mentre ci dava dentro a pedalare per attraversare il canale il più in fretta possibile, l'altoparlante della capitaneria lo arrestò come una fucilata: «Pedalò blu del Bagno Magnani, si prega di tornare immediatamente indietro. È vietato attraversare il porto». Certo che era vietato: uno rischiava di scontrarsi con motoscafi, barche da pesca e altri natanti che uscivano ed entravano in continuazione. Lo avrebbe capito anche un bambino. Ma non un uomo di mezza età tutto preso da una imminente scappatella. Che quella volta, non ci fu: il richiamo dell'altoparlante attirò l'attenzione di tutta la spiaggia. Dovettero rientrare davanti al Magnani e passare mezz'ora a sguazzare come idioti per dimostrare a tutti che volevano solo fare il bagno e due chiacchiere! Un buco, letteralmente, nell'acqua. Sebbene con Tiziana ebbero altre occasioni di sfogare le reciproche infelicità coniugali. Sulla terraferma, però.

Morale: stavolta, con la Stefi, tira dritto, senza bisogno di una risposta da parte di lei, che si è limitata a un'alzata di spalle. Come a dire: boh, non so, fai tu, capitano mio capitano. Altro che Walt Whitman, qui si sente come il capitan Trinchetto del Carosello della sua infanzia: «Cala cala cala, cala Trinchetto», uno che, sollecitato dall'alcol, esagerava sempre.

«Che c'è di divertente?» chiede di nuovo la Stefi, notando il suo risolino.

«Ma no, niente, è solo che... non andavo in pedalò da tanto tempo, mi fa tornare all'infanzia, lo trovo buffo.»

«Be', mi pare che siamo abbastanza al largo, no?» dice la Stefi.

Segno che è pronta.

Mura si guarda attorno: la riva in effetti è lontana, popolata di pigmei che si muovono lungo il bagnasciuga. In acqua a quest'ora c'è poca gente, anche quella distante. Il bagno si fa alle quattro, come ammoniscono le mamme, devono passare due ore per la digestione, altrimenti potrebbe venirti un collasso: solo in Italia si sentono cose simili. Gli inglesi entrano nelle gelide acque della Manica con il fish and chips in bocca. Mura non ha mai rispettato la regola: sua madre, nata a Fiume fra le due guerre quando la città faceva ancora parte dell'Italia, si gettava in acqua appena finito il panino e lo ha educato così sin da piccolo.

«Getto l'ancora» annuncia, sporgendosi per prenderla da prua: non vorrebbe andare alla deriva proprio adesso.

La butta in mare, tira la corda per verificare che sia bella tesa: dovrebbe reggere agli scossoni a cui sarà presto sottoposta da due corpi ansimanti.

«Ci mettiamo di dietro?» propone alla donna delle sue brame. «Si sta più comodi.»

«Mica tanto» obietta lei. «Non abbiamo neanche un asciugamano su cui stenderci. Il fondo è duro.»

Solo a sentir nominare quella parola, Mura avverte un fremito nei boxer. Dal punto di vista tecnico, la Stefi ha ragione: sarebbero stati meglio sdraiati su un soffice asciugamano di spugna. O magari su un materassino gonfiabile.

«Giusto, cara» concorda. «Ma seduti qui sarebbe altrettanto scomodo.» Senza contare che c'è il timone di mezzo a separarli: neanche un equilibrista riuscirebbe a fare l'amore su quei sedili. A meno che lei non venga a sedersi su di lui. Un po' strettino, però, con le gambe infilate nel buco per i pedali…

«Non si sta mica male seduti qui» insiste la Stefi, che non è un'aquila ma neppure un'ingenua. «Per fare due chiacchiere, si sta benissimo.»

E dovevamo venire in mezzo al mare, secondo te, per fare due chiacchiere, vorrebbe rispondere Mura: «Ah, be', anche questo è vero». Quando un uomo desidera una certa cosa, non capisce più niente.

«Volevo raccontarti una storia, Mura» dice la Stefi, accavallando le gambe: come ci riesca, nel sedile stretto e con la fossa dei pedali, è un mistero.

«Una storia?» fa Mura, che a questo punto ha capito: non sarà un'aquila nemmeno lui, ma del tutto scemo non è.

Lei s'azzittisce, come se fosse pentita di averlo attirato in un tranello: al mare, al largo, con l'illusione di qualcosa che non aveva intenzione di concedergli. La *milf* più sexy del Bagno Magnani, come adesso hanno imparato a dire anche gli italiani grazie ai siti pornografici: *mother-I'd-like-to-fuck*, mamma che mi piacerebbe scopare. Ma che a quanto pare Mura non scoperà: non stavolta, perlomeno.

«Dai, racconta» dice con tutto l'entusiasmo di cui a questo punto è capace: più o meno lo stesso di fare un bagno nell'oceano a Galway, Irlanda, il 31 dicembre, con un tronco d'albero attaccato a un piede.

E la Stefi racconta la sua storia.

C'era una volta, e per la verità c'è ancora, suo marito, Carlo Bertozzi detto il "Comandante", il quale ha un sacco di punti con il programma Mille Miglia dell'Alitalia: ai piloti li danno come bonus, così chi vuole può portarsi dietro la moglie in un viaggio transoceanico. L'equipaggio, per le tratte a lungo raggio, ha diritto a trascorrere tre o quattro giorni in un bell'albergo per recuperare le forze e abituarsi al jet lag. Per piloti, copiloti, steward e hostess, oltre che riposare, è l'occasione di spassarsela tra di loro o con amichette e amichetti del posto, visto che l'itinerario è sempre lo stesso ed è inevitabile avere conoscenze in loco. Ma ogni tanto non possono tirarsi indietro con i rispettivi coniugi. E così, il mese prima, Bertozzi si è messo in ferie e ha utilizzato la montagna di punti premio che aveva da parte per un volo della nostra compagnia di bandiera Roma-Singapore, destinazione sufficientemente esotica per soddisfare la Stefi.

Bene, a Singapore non ci sono mai arrivati. Erano in business class, vezzeggiati dall'equipaggio anche più di quanto la classe in questione preveda. Bertozzi, che dopo tanti anni di matrimonio non considera più sua moglie una *milf*, ha bevuto più del dovuto. Mentre lei guardava una commedia romantica, lui si è addormentato, ronfando come un ghiro.

«E a questo punto mi è venuta una tentazione» dice la Stefi. Andare a fare una sveltina nella toilette con il tizio del sedile di fianco che di sicuro le avrà messo gli occhi addosso? Mura lo pensa, ma non lo dice. E deve sforzarsi di non ridere pensando alle reazioni che avrebbero i suoi tre amici del cuore: possibile che continui a fare delle battute così sceme? Ma avrebbero riso lo stesso, perché si divertono così da quando erano compagni di classe al liceo Fermi di Bologna: a dire scemenze sapendo che sono scemenze. «Ridiamo di noi stessi, è fine autoironia inglese» sostiene l'Ingegnere. Gli altri in genere gli rispondono con una pernacchia, tanto per elevare il livello della discussione.

Le onde li cullano dolcemente. Una lieve brezzolina impedisce di sudare sotto il solleone. Un altro pedalò getta l'ancora un po' più in là: abbastanza vicino da capire che a bordo c'è una coppia, abbastanza lontano da non riconoscerli. Spariscono presto, quei due, sdraiandosi sul retro. Avranno portato l'asciugamano di spugna per distendersi e stare comodi, loro.

«Insomma, che cavolo hai fatto?» la incalza spazientito, poiché da sola non si decidere a rivelarglielo.

La mano destra del Comandante pendeva leggiadra dal bracciolo della poltroncina. La Stefi ha preso lo smartphone del marito dalla tasca del sedile, ha acceso il telefonino e ha posato delicatamente il polpastrello di Bertozzi sul sensore di riconoscimento. Lo smartphone ha riconosciuto il dito del legittimo proprietario e si è aperto a lei senza più segreti.

«Hai capito?!» esclama con un tono un po' troppo alto.

Ho capito, vorrebbe rispondere Mura, che faccio bene a usare codici numerici per azionare il mio smartphone: con il dito si fa prima, ma è decisamente più pericoloso. Abbassa il capo, per dimostrare che ha compreso l'importanza del gesto. E anche le sue possibili conseguenze.

La Stefi è andata sull'icona degli sms, quindi su WhatsApp, poi su Messenger. Non ci ha messo molto a trovare una marea di messaggini. I destinatari avevano tutti nomi maschili:

Franco, Mario, Alberto, Marco… Ma il contenuto dei messaggi non lasciava dubbi sulla loro sessualità: erano tutte donne.

«Non puoi immaginare che schifezze si scrivevano!» s'arrabbia, come se le leggesse di nuovo in quel momento.

Mura se lo immagina eccome, invece, ma abbassa nuovamente il capo con aria complice a sottolineare la drammaticità della situazione. «Tipo?» prova a dire, perché gli uomini non sono meno curiosi delle donne. E i giornalisti ancora di più.

«Voglio leccarti il culo! Appena ti vedo ti scopo da dietro! Mettiti il reggicalze senza le mutandine! Mi faccio una sega solo a pensarti nuda come l'altra volta!»

Non poi così schifose, ragiona Mura, ma anche questo lo tiene per sé. Domanda piuttosto: «E tu allora cosa hai fatto?».

«Gli sono saltata addosso.»

Probabilmente prima lo ha svegliato. E qualcosa deve avergli anche detto, per giustificare l'attacco. Comunque, botte da orbi: schiaffi, pugni, graffi, calci, morsi. La Stefi ha perso la testa.

«Perché tu, lui, voi insomma» la incalza, «stavate bene, non avresti mai pensato…»

No, ammette che lo aveva pensato. Essere sposati a un pilota d'aereo è come essere sposati a un marinaio: in ogni porto, c'è una donna che lo aspetta. «Ma io non ero gelosa, sai.»

Strano, vista la reazione a diecimila metri d'altitudine.

«Anzi, all'inizio della nostra relazione, il geloso era lui.»

Questo non è difficile immaginarlo, pensa Mura. Ma poi, continua la Stefi, lui ha smesso di infastidirsi perché gli uomini la guardavano. «E ha fatto bene, sai, perché io magari piaccio agli uomini ma sono un tipo fedele.» Ecco, se questo glielo avesse detto prima di prendere il pedalò, Mura avrebbe risposto che gli dispiaceva, e anche molto, ma aveva proprio un impegno urgente. O magari doveva andare a comprare le sigarette. È vero, ha smesso di fumare, ma gliene sarebbe tornata la voglia all'improvviso.

«E anche se non mi facevo illusioni su mio marito, pensavo che mi volesse bene» prosegue la Stefi.

«Sono certo che te ne vuole» osserva Mura, anche se non ha alcuna certezza in materia. Alla fin fine, non li conosce per nulla: sono fra le tante conoscenze casuali della spiaggia. Le carte a Mura, per di più, non interessano: preferisce altri giochi. La sua curiosità per il maraffone era centrata tutta sulla Stefi. Una su cui è impossibile non lasciarsi andare a fantasie. E invece, guarda un po', la realtà è che è una moglie innamorata, gelosa e fedele.

Ora ha le lacrime agli occhi. Le trema il mento. Non si metterà a piangere? In pedalò? In mezzo al mare? Mura si guarda intorno: anche questo sarebbe imbarazzante.

«Una scappatella ogni tanto, guarda, gliel'avrei anche perdonata. Per questo non mi era mai passato per l'anticamera del cervello di andare a spiare nel suo telefonino. Peraltro, non avrei potuto, con lui da sveglio. Sarà che a vedere il suo dito che mi pendeva davanti agli occhi e lui addormentato cotto… Sai come si dice: la tentazione fa l'uomo ladro. Ebbene, vale anche per la donna.»

«Ma poi avete fatto pace?»

No. Non hanno fatto pace. La rissa ad alta quota è risultata inarrestabile. Lui si difendeva con le braccia alzate, lei gli sputava addosso, lui scappava verso la classe economica, lei gli correva dietro, travolgendo hostess, vassoi, bambini in coda per la toilette. Insomma, un tale pandemonio che sono dovuti intervenire tutti gli assistenti di volo per separarli. E hanno dovuto restargli appiccicati, se no la Stefi ricominciava. In quel modo, con l'equipaggio intero occupato a tenere a bada lei e il marito, il volo non poteva continuare per altre quattro o cinque ore. Sicché il comandante, non il Bertozzi, l'altro, quello di turno in cabina di pilotaggio, non ha avuto alternativa: ha ordinato un atterraggio d'emergenza nell'aeroporto più vicino, a Dubai, dove la coppia molesta è stata obbligata a scendere e il volo è proseguito senza di loro.

«Non ci credo» fa Mura.

«È andata proprio così.»

«E non è finita sui giornali?» Immagina il pezzo che ci avrebbe ricavato lui.

«Trattandosi di un membro del suo equipaggio, Alitalia è riuscita a tenere la cosa sotto silenzio. Naturalmente ci sono state sanzioni per mio marito, che poverino in effetti non c'entrava niente, era solo una mia vittima, ma in quanto coniuge indirettamente responsabile. E un bel po' di punti premio ai passeggeri, affinché non sporgessero reclamo per il ritardo con cui sono arrivati a Singapore e non raccontassero niente alla stampa.»

Dopo un interrogatorio all'aeroporto in Dubai, loro due sono ripartiti per l'Italia, su voli separati, per non rischiare nuove risse in cielo.

«E poi?»

«Poi, un po' alla volta, ci siamo riappacificati. O meglio, l'ho perdonato. A modo mio gli voglio bene, a quel disgraziato.»

Un modo tutto speciale, deve essere, perché a Mura il Comandante è sempre sembrato un bamboccio: uno che deve annoiare anche mentre scopa. Ma sarà tutta invidia, la sua, visto il portfolio di fanciulle che Bertozzi aveva nell'agenda del telefonino.

Sul pedalò cala il silenzio. Il vento si è alzato. Non fa freddo, ma neanche il piacevole caldo di prima, e loro sono nudi, a parte il costume da bagno. Avrebbero dovuto scaldarsi in altra maniera, nelle aspettative di Mura. Adesso è troppo tardi.

Vorrebbe proporre di rientrare verso riva. Ma prima ha un'altra domanda da farle.

«Di' un po', Stefi, perché mi hai raccontato questa storia?»

Di situazioni strane gliene sono capitate, da quando è venuto a vivere da pensionato a Borgomarina. E in verità anche prima. Una così, tuttavia, non ancora.

«Perché... perché... perché... temo che mi tradisca ancora.»

Lo temo anch'io, pensa Mura. Anzi, ne è sicuro. Il lupo perde il pelo ma non il vizio. E quello non ha neanche perso il pelo. Ha sempre gli stessi capelli biondicci, tinti ci giurerebbe, la stessa aria ebete compiaciuta di sé e soprattutto lo stesso mestiere di pilota d'aereo, con occasioni discrete lontano da casa e i soldi per soddisfarle.

«Mah» si limita invece a dire.

La mia parola è una sola: forse.

«Torniamo?» aggiunge, rabbrividendo. È sempre stato un po' freddoloso, nonostante i sette anni trascorsi in Russia come corrispondente del suo giornale. O proprio a causa di quei sette anni: gli è rimasto dentro il freddo di Mosca.

«Va bene, torniamo» acconsente lei con aria malinconica.

Mura tira su l'ancora, gira il timone, comincia a pedalare. Pedala anche la Stefi, un po' svogliatamente, con quelle adorabili gambe che lui avrebbe preferito vedere impegnate in un'altra forma di ginnastica.

«Ho capito» riprende Mura pedalando. «Mi hai raccontato questa storia perché temi che tuo marito ti tradisca. Ma io che c'entro?»

C'entra eccome, e lo capisce benissimo. Lo sanno tutti, in paese, che Andrea Muratori detto Mura, giornalista in pensione, ora ha un lavoretto part time: l'investigatore privato. Be', non proprio come quelli dei film, con il trench all'Humphrey Bogart, che poi non si usa più, probabilmente nemmeno tra gli investigatori, di sicuro non a Borgomarina sotto Ferragosto.

Un detective per caso. Era cominciato tutto con una donna: una russa, ritrovata più morta che viva durante la sua corsetta mattutina in riva al mare. A ripensarci oggi, sembrava che la Russia lo perseguitasse sotto le diverse forme dello spettro dell'ex moglie: migliori di come le ricordava al tempo del loro matrimonio, deve ammettere.

Ma poi, strada facendo, una specie di zia adottiva che ha a Borgomarina, in realtà una vecchia amica di sua madre, gli ha chiesto di occuparsi dei giovinastri rumorosi che non la lasciavano dormire. E quando i giovinastri sono andati a fare baccano altrove, la zietta lo ha pregato di recuperare la figlia della vicina di casa che aveva brutte compagnie. Insomma, sempre donne di mezzo.

Fatto sta che nella minuscola stazione balneare si è sparsa la voce: se hai un problema e non vuoi rivolgerti alle forze dell'ordine, bussa alla porta di Mura. E dire che il suo amico d'infanzia Giancarlo Amadori detto Gianca, maresciallo della locale stazione dei carabinieri, lo ha avvertito più di una volta: «Dedicati alla pesca col bilancino, al basket, al limite alle bocce, fai le tue corsette mattutine, ma non giocare al detective privato».

Si vede che ormai non c'è verso: vengono a cercarlo e non sa dire no. Non tanto per arrotondare i quattro soldi che gli restano dalla pensione, da cui toglie gli alimenti per due ex mogli e gli spiccioli al figlio che fa l'apprendista avvocato a Londra. No, lo fa per altre ragioni. Per sport. Per noia. Per dare un senso alla sua vita. Per la curiosità del giornalista che gli è rimasta dentro.

«Non mi dirai di no, vero?»

Dire di no a che cosa, esattamente?

Ma lei lo guarda in un modo che non richiede risposte. Anzi, ne richiede solo una: ti dirò di sì.

Una classica richiesta di pedinamento di marito infedele. Proprio come nei film e nei romanzi gialli: quelli di una volta, però, perché i detective privati del cinema e della narrativa odierni si occupano di questioni più eccitanti, come serial killer, maniaci sessuali, lupi di Wall Street.

«E dovrei volargli dietro in giro per il mondo?»

«Ma no, certo. Sospetto che l'amante ce l'abbia qui, a Borgomarina. E poi adesso è in ferie. Sarà facile. Al massimo dovrai seguirlo lungo la Riviera. Devo sapere la verità. Devo scoprirla. Ti prego, Mura, puoi aiutarmi soltanto tu.»

Fa gli occhi dolci, finalmente.

«Ti ricompenserò a dovere.»

Il pedalò si infila tra i bagnanti. Sono quasi a riva.

«D'accordo Stefi, ci proverò.»

Lo abbraccia e gli stampa un bacio su una guancia. Un bacione, eh, niente di erotico: ma è una ricompensa anche quella.

Forse addirittura un anticipo.

4. Fatta roba

(Colonna sonora: *Stasera mi butto*, Rocky Roberts)

L'Alfetta dei carabinieri è parcheggiata di traverso all'imbocatura di viale Silvio Pellico: il brigadiere Antonio Perroni ha pensato di fare prima così a chiudere la strada, i cordoni di plastica li stenderà più tardi fra i pini che la costeggiano sui due lati.

Tanto è un vicolo più che un viale, poche decine di metri, in quella che un tempo era la periferia della stazione balneare e adesso ospita invece la più alta concentrazione di alberghi della zona. Tutti piccoli, a due o tre stelle, gestione famigliare: Hotel Jole e Hotel Camay, Hotel Blue e Hotel Favorita, Hotel Ambra e Hotel Marina, Hotel Admiral e Hotel Riz, Hotel Gioiosa e Hotel Capinera. È ora di pranzo e dalle cucine di questi dormitori a buon mercato giunge l'odore di sughi e intingoli preparati per sfamare i vacanzieri tornati dalla prima parte della giornata in spiaggia. A Perroni viene l'acquolina in bocca. Avrebbe mangiato volentieri qualcosa anche lui, in caserma con i colleghi, se non fosse sopraggiunta la chiamata che ora lo costringe a stare di guardia davanti a Foto & Ottica Montanari. La targhetta sulla porta è girata verso CHIUSO: oggi non aprirà di sicuro. In compenso c'è un bell'andirivieni di gente che entra ed esce dal condominio sovrastante il negozio.

Il brigadiere è stato fra i primi ad arrivare nell'attico che funge da studio fotografico. Lì ha trovato la persona che ha dato l'allarme: la donna delle pulizie, più morta che viva, su una seggiola in cucina. E la vittima: Osvaldo Montanari, decisamente morto, steso su un lettino da ospedale. O meglio, appeso, legato da cinghie e corde, con carrucole che gli tengono le gambe alte, divaricate e con qualcosa che gli spunta dal buco del culo.

«Fatta roba» ha esclamato il brigadiere e ha chiamato a sua volta in caserma. Perroni è laziale ma è in servizio da tanto in Romagna che ha imparato qualche frase del posto. «Fatta roba», ripete ancora adesso, ripensandoci: significa che roba, roba da matti. Poco dopo il maresciallo Giancarlo Amadori gli ha ordinato di mettersi giù di guardia davanti al portone e può solo immaginare cosa stia succedendo.

Amadori è seduto nella cucina dell'attico davanti a Celestina Bazzocchi, la donna delle pulizie. Ha provato anche lui ad accendere l'aria condizionata: niente da fare. Agita un giornale come se fosse un ventaglio nel tentativo di rinfrescarsi dall'afa. Celestina ha la fronte imperlata di gocce di sudore, ma non sembra accorgersene: beve a piccoli sorsi dal bicchier d'acqua che le ha porto il maresciallo.

«Allora, dai, racconta.» Le dà del tu.

Mezzo in dialetto, mezzo in italiano, la donna ripete con maggiori dettagli quello che ha raccontato nella telefonata ai carabinieri. Era venuta come ogni giorno a fare le pulizie. Ha iniziato dal negozio a pian terreno, poi è salita per le scale al piano di sopra per pulire l'appartamento in cui abitava il fotografo. Infine, è arrivata all'ultimo piano: ha messo in ordine bagno e cucina, dato una ripassata alle stanze da letto e quando è entrata in soggiorno ha visto il corpo di Montanari e ha perso i sensi.

«E quanto sei rimasta svenuta?» chiede Amadori.

«Boh. Che ne so.» Guarda l'orologio. «Ostia com'è tardi! Devo essere rimasta per terra tutta la mattina. Ho un'altra casa da pulire. Devo andare via!»

E prova ad alzarsi. Amadori le indica di rimettersi a sedere ma ricade da sola sulla sedia. «Povera me, mi gira la testa.»

«Avrai fame» dice il maresciallo. «Adesso andiamo in caserma per la tua deposizione e ti faccio preparare qualcosa da mangiare.»

Conosce la Celestina da un pezzo. La conoscono tutti, a Borgomarina. Per un po' ha fatto le pulizie anche in caserma, poi i soldi non bastavano e ora i carabinieri ci pensano da soli, a turno. Segaligna, dura come il fil di ferro, sempre sola, gran lavoratrice. Cosa farà con i soldi che guadagna, non lo sa nessuno. Anni prima si diceva che volesse aprire una baracchina di piade. Ma lei ripete sempre che sa fare una cosa e una soltanto: pulire le case della gente. Bestemmia mentre lo fa, ma forse le piace. Un'ansia di rimettere tutto a posto: se potesse, penserebbe da sola alle case dell'intera cittadina, la ripulirebbe da sola. «E dopo che ci hai chiamati, che hai fatto?» riprende il maresciallo.

«Son rimasta seduta qui in cucina.»

«Non ti sei avvicinata alla vittima… a Montanari intendo?»

«Quello spettacolo m'è bastato vederlo una volta.»

Il maresciallo conosce bene anche Montanari. Uno di quei romagnoli che hanno conquistato il mondo, o almeno così dicono, prima di tornare a godersi la fortuna al paesello natio. Aveva cominciato fotografando le bellezze locali sotto gli ombrelloni, poi era andato a fare il paparazzo a Roma, in Costa Azzurra, a Londra e perfino a New York. Qualche soldo doveva averlo guadagnato, perché al ritorno aveva aperto il negozio di foto e ottica in viale Silvio Pellico. Non tanti soldi e non un gran negozio, però con il mutuo si era comprato anche l'attico all'ultimo piano, trasformandolo in studio dove andavano a posare le modelle per i dépliant pubblicitari di supermercati, fabbriche di scarpe, boutique della zona. Gli piacevano le donne e ne aveva sempre sottomano, spesso molto giovani ed esotiche: brasiliane, russe, filippine, thailandesi. Si diceva che nello studio girasse anche dei filmini pornografici, ma di questo il maresciallo non era sicuro. E poi al giorno d'oggi chi paga più per guardare i film porno, con tutto quel che si può trovare gratis su internet?

«Con chi viveva Montanari?» le domanda.

«Prima con una donna di colore» risponde Celestina. «Qualcuno dice che si erano anche sposati. Se è vero, deve essere la sua terza moglie. O la quarta, ho perso il conto. È sparita da un po'.»

«Prima, hai detto. E dopo, ora, con chi viveva?»

«Due ragazze. Tedesche, credo. O qualcosa del genere.»

Doveva esserci un bel traffico lì dentro. Domanda se ha avvertito pure le tedesche. Celestina scuote la testa: «Ho chiamato soltanto voi. Non saprei dove trovarle, quelle due».

«Montanari aveva un figlio, però. Ricordo che una volta giravano insieme per la spiaggia a fotografare i turisti.»

«Sì, ogni tanto lo incontro in negozio. Ma non so dove vive e non ho il suo telefono. Ero pagata da Osvaldo, io.» Beve l'ultimo sorso d'acqua. «Chi lo ha conciato così, maresciallo?»

«Cercheremo di scoprirlo. Intanto lasciami le chiavi dell'attico, dell'appartamento e del negozio. Si vede che di te si fidava. Sai se altri avessero delle copie?»

«Boh. La moglie o quel che è, la donna di colore, le avrà avute. Non so le tedesche. Credo le avesse anche il figlio, almeno del negozio, forse pure quelle di casa.»

Amadori chiama un gendarme e gli ordina di accompagnare Celestina in caserma. «Tra poco arrivo anch'io» aggiunge. Prima però torna in soggiorno, dove il medico legale ha raggiunto gli esperti della Scientifica.

Il cadavere è ancora nella posizione in cui l'ha trovato la donna delle pulizie: anatomicamente difficile da mantenere, se non ci fossero le cinghie a tenergli su le gambe. In effetti non un bello show, pensa il maresciallo.

«Ora del decesso?»

«Aspettiamo accertamenti, ma dovrebbe essere avvenuto durante la notte. Le due o le tre del mattino» risponde il medico legale.

«Causa?»

«Questa è più difficile da stabilire. Non ci sono ferite visibili o segni di contusioni. Potrebbe essere stato un infarto. A meno che non abbia ingerito droghe o alcolici in quantità tali da provocare una overdose. Ne sapremo di più dopo l'autopsia.»

Il maresciallo ammicca in direzione del fallo nero che sbuca dal sedere della vittima.

«Non è stato certamente quello la causa diretta della morte» replica il medico. «Sebbene, viste le dimensioni, debba essere stato piuttosto doloroso e qualche danno interno l'avrà fatto. A meno che la vittima non ci fosse abituata.»

Per quello che risulta ad Amadori, il fotografo preferiva darlo che prenderlo.

«Noi abbiamo finito» gli comunicano gli agenti che hanno raccolto le impronte digitali.

«Tiratelo giù di lì, prima di andarvene» dice il maresciallo. «E toglieteli pure quella roba dal culo.»

Con le mani guantate, i poliziotti slegano le gambe dalle cinghie e le posano sul lettino. Poi cercano di estrarre il fallo dal sedere. Ma è difficile, con le gambe giù. Armeggiano, imprecano, finché non hanno alternativa che legare di nuovo le gambe alla vittima, sollevandole, divaricate, in modo che l'estrazione sia più semplice. Un fiotto di sangue rappreso e altri liquidi esce dallo sfintere.

«Puttana Eva» esclama uno degli agenti, facendo un passo indietro per evitare gli schizzi. Quindi poggia su uno sgabello un cazzo mostruoso, un dildo lungo almeno trenta centimetri.

«Richiamate la Scientifica a prendere campioni di quei liquidi. Poi fate portare via il corpo e mettete i sigilli alla porta» ordina il maresciallo. «Io vado a dare un'occhiata di sotto e ci vediamo in caserma.»

«Me ne vado anch'io» annuncia il medico legale, dopo avere raccolto gli ultimi campioni per l'esame post mortem.

Mentre quelli armeggiano intorno al cadavere, Amadori

esplora le altre stanze dell'appartamento, circondato da un balcone su tutti i lati. Un po' di soldini ne aveva fatti, Montanari. O si era indebitato, per comprare una casa così. I negozi di foto e ottica, sulla Riviera, una volta guadagnavano bene. Da quando ci sono gli smartphone, la gente non compra più pellicole né stampa rullini. Avrà puntato anche sul business degli occhiali da sole: ormai tutti ne hanno un paio o due a testa e li cambiano in continuazione. Non come quando era giovane il maresciallo, che ti sentivi uno sborone se compravi i Ray-Ban a specchio e li tenevi per tutta la vita.

Le camere da letto sembrano dei miniset per riprese cinematografiche. Tutte uguali, cambia solo il colore dell'arredamento: una rosa, una azzurra, una gialla. Un letto a forma di cuore, con tanti cuscini e un computer posato sopra. E una collezione di vibratori di tutte le forme e misure. Verrà da lì quello che hanno infilato in culo al povero Montanari. O se l'è infilato da solo? Amadori non se ne intende abbastanza per capire se sia tecnicamente possibile: per quanto, con un po' di vaselina, non dovrebbe essere troppo difficile. Uno dei suoi brigadieri passa un sacco di tempo a navigare sul web: l'hanno assunto per questo, ormai c'è più crimine su internet che nel mondo reale. Almeno sulla rete anche la morte è virtuale: non ti ammazzano sul serio, come è capitato a Osvaldo Montanari. Il maresciallo si morde la lingua: *se* Montanari è stato ammazzato. Non si può escludere che si sia legato da solo o fatto legare a quel modo e poi sia morto di crepacuore. Per quanto, così a naso, lui non ci giurerebbe. Dirà al suo brigadiere high-tech di guardare cosa c'è dentro a tutti quei computer.

Intanto scende al piano di sotto, con la chiave che gli ha dato Celestina apre l'appartamento in cui il fotografo viveva e dà un'occhiata.

«Permesso, c'è nessuno?» grida entrando. Silenzio. Cucina, soggiorno e bagno avrebbero bisogno di una ripassata, si vede che Celestina oggi aveva fretta. La camera da letto principale ancora di più. Vestiti dappertutto, un gran disordine. Che mestiere, la donna delle pulizie: è come guardare dentro le mutande della gente. Quelle che vede sparse per la stanza sono tutti boxer o slip maschili. Apre i cassetti, spalanca l'armadio: non ci sono abiti femminili. Le due ragazze tedesche di cui parlava Celestina non hanno lasciato tracce. O se la sono filata o girano nude. Che, considerate le frequentazioni di Montanari, non è un'ipotesi da scartare in partenza.

Bisognerà mettere i sigilli e indagare anche qui, pensa il maresciallo. Scende di sotto, nel negozio. Non si era sbagliato: Osvaldo puntava sull'ottica. In vetrina e sugli scaffali tante marche di occhiali da sole di tutte le fogge. Cornici per foto, poster, cartoline illustrate di Borgomarina: sembra più una cartoleria che la bottega di un fotografo. Evidentemente Montanari lo gestiva da solo, perché se stamattina non l'ha aperto lui, nessun altro ha provveduto a farlo.

«Torniamo in caserma, marescià?» gli domanda Perroni, con il suo accento romano.

«Ci torno io, Perroni» lo delude Amadori. «Tu resta qui a fare la guardia. Se arriva qualcuno chiamami. Più tardi mando un agente a portarti una piada.» Poi aggiunge, come parlando a sé: «Bisognerà avvertire i parenti. Sai dove vive il figlio di Montanari?».

«No, marescià.»

Ci avrebbe giurato. Toccherà a lui trovarlo, incontrarlo, raccontargli che il padre è morto. Con un fallo grosso così infilato nel sedere. Oddio, quello magari potrebbe anche non dirglielo subito.

5. Uno per tutti, tutti per uno

(Colonna sonora: *Cuando calienta el sol*, Los Marcellos Ferial)

Palleggio in mezzo alle gambe, finta e tiro in sospensione. *Ciuff*. La sfera centra perfettamente il canestro, schiaffeggiando la retina.

«Tale e quale a John Fultz» commenta il Professore.

«Ti manca solo la fascia sui capelli» gli fa eco il Barone.

«Per la verità ormai ti mancano anche quelli» completa la presa per i fondelli l'Ingegnere.

Mura non si aspetta applausi. È da quando aveva quattordici anni che imita Fultz, l'americano della Virtus Bologna primi anni Settanta. La sua squadra del cuore. Quella che fece sbocciare il suo amore per la pallacanestro. Antenati indiani davano a Fultz lineamenti da pellerossa che gli valsero il soprannome di Kociss. I capelli lunghi fino alle spalle, tenuti fermi da una fascia durante le partite, aumentavano il fascino del personaggio. Grazie a lui la Virtus, che l'anno prima aveva rischiato la retrocessione in B, ricominciò a vincere. Fu il capocannoniere del campionato 1971-72 con 655 punti. E i tifosi bolognesi, non appena si ritrovavano davanti a un canestro, imitavano il colpo preferito di Kociss, o almeno ci provavano: palleggio fra le gambe, finta, tiro in sospensione. Quasi sempre, in quel modo faceva canestro, Fultz. Qualche volta, anche i suoi imitatori. Compreso Mura, che ogni tanto la mette ancora dentro.

«Quello che però mi chiedo» soggiunge il Prof, «è chi cerchi di ingannare con la finta. Non ti marca nessuno.»

Sul campetto vicino agli stabilimenti balneari di Borgomarina, in effetti, ci sono soltanto loro quattro. Il Professore seduto, sotto l'unica ombra che si allunga sul terreno di gioco. Il Barone in piedi, con sigaretta in bocca. L'Ingegnere accovacciato, come un coach che studia la partita. Mura ha fatto una finta al vuoto, prima di tirare, peraltro da dentro la lunetta dei liberi: bella forza che in quel modo ha fatto *ciuff*! Del resto, era il suo problema anche quando giocava un po' più seriamente, quarantacinque anni prima: quando si esercitava da solo in allenamento, aveva una discreta media di realizzazioni. «Ho la mano morbida» sosteneva, suscitando commenti politicamente scorretti. «La mano morta» gli rispondevano: per palpare lascivamente e di nascosto qualcuno, in particolare una donna. Ma il politicamente scorretto, all'epoca in cui erano giovani loro, non era ancora stato inventato. In partita, tuttavia, con un marcatore addosso, il tiro di Mura andava quasi sempre fuori. Anche nelle partitelle d'allenamento. Ricorda ancora il giorno in cui un compagno, nuovo arrivato in squadra, gli si appiccicò addosso. «Ehi, ma che fai» lo apostrofò, «ti sei innamorato? Non possiamo pomiciare più tardi?» Ma quello non aveva il senso dell'umorismo: faceva semplicemente il suo lavoro di difensore. Lo marcava così stretto, che non solo Mura non la metteva dentro: non riusciva neanche più a farsi passare la palla. «Se vuoi entrarmi dentro, dillo» lo provocava Mura, «ma non staremmo più comodi negli spogliatoi?» Quello non faceva una piega. Fu il giorno in cui Mura capì di non avere un grande avvenire nel mondo dei canestri. E cominciò a scrivere, invece di tirare. Con maggiore successo.

Eppure, quasi mezzo secolo più tardi, i quattro ex compagni di scuola si ostinano a giocare a basket. Con le loro regole, ammettiamolo. Non più di una volta alla settimana. In genere per un'oretta. Due contro due a un canestro, così c'è da muoversi di meno. Se possibile non in un campo regolare, ma in uno ristretto, dove c'è da correre ancora meno: come quello attuale, un canestro con pochi metri di campo intorno, tra le docce, le cabine e il campo di pallavolo del Bagno Magnani. Correre, a dire il vero, è un eufemismo.

Il Professore, che ha una certa stazza, non si muove di un centimetro: come Lucy, quando gioca a baseball con Charlie Brown nei Peanuts, se la pallina è un centimetro più in là del suo guantone lascia perdere.

Il Barone, che è di una pigrizia leggendaria, palleggia fermo sul posto, al massimo un passo a destra o uno a sinistra, finché non tira o non entra: l'altra sua caratteristica è l'egoismo, per cui non passa mai la palla, nemmeno se glielo ha ordinato il dottore. «E poi il dottore sono io» risponde alle obiezioni in merito.

Mura a dire il vero fa le sue corsette mattutine di cinque chilometri. Per tenersi giovane, sostiene. Per tenersi occupato da quando è in pensione e non ha un cazzo da fare, sostengono gli altri. Comunque sia per combattere l'insonnia, che tra una pisciata notturna e un brutto sogno per l'inconscio troppo vivido lo sveglia sempre intorno all'alba. Eppure sul campo da basket non va molto oltre il palleggio fra le gambe, la finta e il tiro in sospensione. Forse perché ha già speso tutto nella corsetta in spiaggia del mattino.

L'unico che corre e si impegna come se facessero sul serio è l'Ingegnere, il più sportivo del quartetto, sciatore tutti i weekend da dicembre a Pasqua, velista da Pasqua a ottobre, stomaco palestrato e soprattutto, *nomen omen*, ingegnoso per carattere: davanti a qualunque problema lo studia con profitto e lo risolve, che si tratti di disegnare un ponte o, per l'appunto, vincere una partitella a un canestro con i vecchi amici.

Stavolta non è nemmeno una partitella. «Troppo caldo» ha avvertito dall'inizio il Barone. Hanno optato per una gara di tiro. Ha cominciato Mura: palleggio fra le gambe, finta e tiro in sospensione.

«Se ho voglia di fintare, finto, anche se non mi marca nessuno» proclama indifferente alle battutine del Prof. «Intanto siamo 2-0 per me.» E gli passa la palla. Il Prof si avvicina lemme lemme alla lunetta dei tiri liberi. Tiene la palla bassa, all'altezza dei marroni. Prende bene la mira. E da lì, con incredibile disinvoltura, la mette dentro anche lui. «2-2!» esulta. «Non è valido, non si tira così» obietta l'Ingegnere, che rispetto agli altri tre al basket è arrivato tardi, anche se poi li ha superati con l'impegno fisico e le master class online di Stephen Curry, l'asso dei Golden State Warriors. «È valido eccome» lo corregge il Prof. «Li tirava così anche Flaborea.» Ottorino Flaborea, ala dell'Ignis Varese fino al 1972: già, una volta si davano nomi così. Forse l'ultimo in Italia, Ottorino, a tirare i liberi in quel modo: dal basso, partendo con la palla in mezzo alle gambe. Dall'altezza dei marroni, per l'appunto. L'ultimo a parte il Prof, che continua tuttora.

Tocca al Barone: spenta la sigaretta, si avvicina a sua volta alla lunetta con l'aria del professionista vagamente sdegnato di competere con simili nullità, lui che ha giocato in Promozione con la Vulcal sul campo in cemento dei frati francescani appena fuori porta San Mamolo, a Bologna. In effetti da ragazzo era il migliore dei quattro, con qualche potenziale cestistico, se avessero inventato un basket in cui non si corre. Poi, crescendo, non di statura perché s'è fermato a un metro e settantacinque, ma di età, ha preferito un altro sport: correre dietro alle donne. Figurativamente parlando. Terreno in cui se la cava meglio che a basket.

Mura osserva i suoi amici. Ecco, aveva le palle di traverso per la scopata mancata in pedalò con la Stefi. Si sentiva ancora più scemo per avere accettato di pedinarle il marito. Avvertiva in sottofondo, come spesso gli succede, la sottile depressione del giornalista che non scrive. Aveva sempre pensato di poter continuare a fare il corrispondente estero e l'inviato speciale giramondo fino a settant'anni e passa, forse anche oltre, come i grandi del mestiere che gli hanno fatto da maestri: Vittorio Zucconi, Bernardo Valli, Sandro Viola. Invece no: in pensione a sessant'anni. «Be', e ti lamenti?» lo scherniva il Barone. «Ti sei divertito per una vita in giro per il mondo e ora hai noi per la vecchiaia in patria: cosa potresti volere di più?» Ebbene sì, ha ragione il Barone: cosa volere di più? Gli è passato il malumore.

Si conoscono dai banchi di scuola.

Danilo Baroncini, detto il Barone per assonanza con il cognome, medico primario di gastroenterologia all'ospedale di Pesaro, dove si è spostato da Bologna per fare carriera: «Guardo dentro i buchi della gente, dall'alto e dal basso» spiega a chi vuole dettagli sulla specializzazione. Vera specialità, fuori dall'ospedale, le donne: una lunga serie di relazioni fisse, saltuarie e clandestine, culminate ora nel rapporto con Rafaela Gutierrez, detta da loro la Raffa, prorompente brasiliana approdata nella Marche con figlio a carico e rimasta a furore di popolo. Scegliendo, fra il popolo, il Barone.

Pietro Gabrielli detto il Professore per la sterminata cultura, bibliotecario dell'università, troppo onesto e orgoglioso per fare carriera, «altrimenti saresti diventato rettore non bibliotecario, dell'Alma Mater» sostengono gli amici. Grande conoscitore di musica rock jazz pop, sebbene non se ne vanti. Fidanzato da quarant'anni con Carla Rovati, professoressa di lettere al liceo classico, vera fonte della sterminata cultura di Pietro, secondo gli altri tre. Vivono separati, sui lati opposti della stessa strada. «Come Woody Allen e Mia Farrow» si vantava il Prof, prima che Woody sposasse la figlia adottiva di Mia, con tutti i guai che ne derivarono. In ogni modo, a differenza di Mia, la Carla non ha figli, né naturali né adottivi, soltanto due gatti: che al Prof piacciono ma non abbastanza da scappare con uno dei due, il maschio o la femmina, tanto meno da sposarseli.

Sergio Baldazzi detto l'Ingegnere, per la capacità di ingegnarsi in ogni disciplina, compreso il campo cestistico, oltre che per la cattedra alla facoltà di Ingegneria, si ritiene l'esperto di tutto: ha da dire la sua su qualunque argomento dello scibile umano, convinto di avere ragione, nonostante gli altri obiettino che non sempre ce l'ha («Hai rotto il cazzo» la maniera un po' meno forbita con cui glielo fanno presente). Si accompagna da anni con Bianca Maria Bellombra detta Mari, interior designer, ex ragazza più bella di Bologna: non nel senso che non è più bella, lo è ancora, ma in quello che non è più ragazza. Diversamente da loro quattro, che quando hanno notizie di una coetanea che non vedono più da un pezzo domandano: «Com'è oggi?».

«Un po' invecchiata.»

«Be', le donne non possono essere come noi che abbiamo per sempre trentacinque anni.»

Teatrino che genera salaci battute della Carla e della Mari su tutto quello che hanno di floscio i quattro eterni ragazzi: a cominciare dalla pancetta per finire con, vabbè, ci siamo capiti.

Dal basso di una che trentacinque anni li ha davvero, la Raffa si limita a dire del Barone: «Sarebbe afflosciato anche il mio bibi, se non mi impegnassi a tenerlo su». E scoppia a ridere.

Il Prof e l'Ing abitano a Bologna da quando avevano i calzoni corti e non hanno mai avuto intenzione di allontanarsi dalle Due Torri. Quando raggiungono Mura e il Barone sulla Riviera, affermano solennemente: «Oggi ci tocca giocare in trasferta». Non è che siano provinciali, all'estero in ferie ci sono andati anche loro. Sono pigri. È diverso.

«In fondo la via Emilia è un piano inclinato che scivola verso l'Adriatico» filosofeggia il Prof.

«L'Emilia lavora, la Romagna spende» concretizza l'Ing.

«Mi ricorda una massima su Israele» osserva Mura: «Gerusalemme prega e Tel Aviv si diverte».

«Devi sempre metterla in politica, fra'» lo rimprovera il Barone. Il quale è andato dieci anni dall'analista per vincere il complesso di sentirsi comunista ma desiderare la Porsche. «E comprala!» gli ha detto un giorno lo strizzacervelli. È stata la sua Festa della Liberazione. «La mia è usata, però» si giustifica, come se questo rendesse l'auto più di sinistra.

«Tutti per uno, uno per tutti» conclude il dibattito Mura. Che per loro è anche un po' come dire: la messa è finita, andate in pace. O almeno è finita la sfida a basket, vinta, come quasi sempre, dall'Ingegnere. Dopo un po' che fa centro Mura si emoziona e sbaglia. Il Prof si arrabbia al primo errore e perde la concentrazione nel tiro dal basso ventre. Il Barone ha un colpo di tosse, da bravo medico s'accende un'altra sigaretta come cura e se ne frega di dove va la palla. L'Ing invece mantiene impegno e determinazione, calcola la traiettoria a occhio come se avesse righello e compasso su un foglio di carta, finendo in bellezza alla media di 6 su 10, non uno scherzo per un ultra-sessantenne che ha preso in mano la palla da basket soltanto da adulto.

«Tuffo in mare e doccia in spiaggia, prima di cena?» propone Mura.

«Sai bene che non amo mostrare le parti intime» commenta il Prof. L'ultima volta che è stato visto in costume da bagno doveva essere bambino: in spiaggia ci va anche lui per stare in compagnia, ma vestito da capo a piedi in modo da conservare una carnagione di un pallore che farebbe invidia a un finlandese. Gli altri lo sanno benissimo e non perdono occasione di punzecchiarlo per questo.

«In effetti, se tu le mostrassi» lo tormenta il Barone, «bisognerebbe chiamare la forza pubblica per tenere a bada le donne.»

«È il fascino irresistibile della panza» gli va dietro l'Ingegnere.

«Il Prof può aspettarci al bar» taglia corto Mura, «ci penseranno noccioline e patatine a intrattenerlo.»

«Non mi dispiacerebbe anche un'oliva o due» concorda lui.

Lasciano il Prof in compagnia di uno Spritz e due piattini di antipasti, depositando camicie, polo e scarpette al suo tavolino. Il bar del Magnani è pieno di giovani per l'ora dell'aperitivo. Il secondo controesodo delle famiglie con bambini, quello serale, verso la cena in albergo, è già cominciato. Mura rimane con gli stessi braghini da basket, che poi sono anche i suoi braghini da jogging e che usa pure come braghini da bagno. Il Barone, sotto i jeans aderenti, aveva già uno slip Speedo ancora più aderente.

«Ci hai messo dentro un fazzoletto per evidenziare il pacco» fa il Professore, «o sei semplicemente felice di vedermi?» Op. cit., Mae West, diva di Hollywood dalla lingua lunga.

L'Ingegnere va a cambiarsi alla toilette e torna con un paio di bermuda a fiorellini ultima moda. «Me li ha regalati la Mari» spiega. «Dice che mi donano.»

«Stai davvero bene» approva il Prof. «Bene come… come… come… un eschimese alle Hawaii.»

«Come un sudtirolese ai tropici» gli dà corda Mura.

«Come un cazzo in culo» sintetizza il Barone, sempre poetico.

«Andateci voi, affanculo» risponde l'Ingegnere, offeso. Ma non è davvero arrabbiato. Le prese in giro sono il loro modo di stare insieme. Le battute sceme il loro modo di divertirsi. E i vaffa il loro modo di manifestarsi affetto.

S'incamminano per la passerella di cemento. A quest'ora, l'Adriatico fa la sua figura: il mare è vuoto, l'orizzonte è addolcito dalla luce che precede il crepuscolo, perfino l'acqua ha un colore invitante.

«Nonostante i due milioni di persone che ci pisciano dentro, verso il tramonto anche questo sembra un pezzo di Mediterraneo, in fondo» sentenzia Mura. Il Barone mette dentro un piede: «La temperatura è la stessa della piscia, però».

«Chi si tuffa per ultimo non gli tira più l'uccello» avverte Mura e prende la rincorsa, seguito dagli altri due. Si gettano in acqua tutti e tre insieme, rischiando di rompersi la testa sul fondale troppo basso. Si rialzano, si spintonano, si sgambettano, ripiombano nell'acqua. Mura spruzza il Barone negli occhi, che si gira, abbraccia da dietro l'Ingegnere e gli caccia la testa sotto. L'Ing riemerge e per tutta reazione tira giù gli slip al Barone. «Mi dispiace, in questo momento sono occupato» risponde il Barone, «ma se vuoi, più tardi, in cabina, ci mettiamo d'acc...»

Non finisce la frase perché Mura piomba addosso a tutti e due e il terzetto frana in acqua fra gli schizzi.

«Peccato che non ci sia anche il Prof» dice l'Ingegnere, «se no facevamo la battaglia due contro due, uno sulle spalle dell'altro.»

«Peccato che abbiamo passato da un po' i sessant'anni» replica il Barone, «altrimenti si potrebbe pensare che ne abbiamo quattordici.»

«Dai, basta giocare, usciamo» fa Mura.

«Guarda» obietta l'Ing, «che non c'è la mamma a controllare se le dita stanno diventando pinne.»

È l'unico dei quattro ad avere ancora un genitore, la mamma, ultranovantenne.

«Pfiuuu, fortuna che la mia oggi non c'è» risponde Mura guardandosi le mani, «se no magari mi sgridava.»

«Anche la mia è un po' che non la vedo» commenta il Barone. È stato il primo fra loro a perderla, quando andava ancora alle elementari. Sono fatti così: scherzano perfino sulla morte. Comunque, escono dall'acqua. Di corsa, perché si sono infreddoliti: sta calando il sole. Arrivano alle docce, Mura e il Barone occupano le due con l'acqua calda, comodità che una volta in spiaggia non esisteva. Poi era diventata a pagamento: una monetina da 50 lire. Adesso è gratis, almeno al Magnani.

«Siete dei mezzi uomini, io la faccio fredda» annuncia l'Ing. «Ti rigenera.»

«Sempre che non ci rimani secco» lo ammonisce il Barone. «Te lo dice il medico.»

Ma l'Ingegnere sopravvive alla prova. Poi litigano per l'unico telo da bagno, offerto in prestito dal bagnino Rio. Mura e il Barone se lo tirano a mo' di palla per non farlo prendere all'Ing, che però con un guizzo lo acchiappa e si guarda bene dal ridarlo agli amici.

«Quando avete finito di dare prova di maturità al resto dei villeggianti, c'è un aperitivo che vi aspetta» li avverte il Prof, allo stesso tavolino di prima, ma con molti più piattini di antipasti. A questo punto vuoti, naturalmente.

«Aaah» dice il Barone dopo un sorso di Spritz. «Adesso ho proprio voglia di una bella sigaretta.»

«Sottolineo bella» osserva Mura. «Non per niente sei un dottore, *bro*.»

«Una toccatina di palle, fra', e passa tutto» replica lui, infilando la mano nei jeans: impresa non facile, considerato come sono stretti. Sua zia, l'unica parente che gli è rimasta in vita, iniziò a ricucirglieli su misura quando era in prima liceo e non ha mai smesso.

Si chiamano *bro* e fra', Mura lo dice in inglese per la sua lunga permanenza all'estero, il Barone in romanesco: fratelli di sangue, o meglio fratelli "adottivi", come si definiscono compiaciuti da quando scoprirono che la madre divorziata del primo aveva avuto una relazione con il padre vedovo del secondo. Si erano conosciuti, i rispettivi genitori, al ricevimento dei professori. Quando erano vivi, Mura e il Barone facevano finta di niente. Adesso che sono entrambi morti, lo citano come motivo per considerarsi quasi parenti.

«Ormai è ora di cena» interviene il Prof, riportando la

conversazione sul suo terreno preferito, casomai a qualcuno venisse la malinconia, «e io comincio ad avere un certo languorino.»

«Ci credo, cippa lippa, non hai mangiato niente mentre ci aspettavi» lo punzecchia il Barone. Il vezzeggiativo di uno dei loro film cult: op. cit., *Amici miei*, regia di Mario Monicelli. Bisticciano sempre per chi è chi: tutti vorrebbero essere il personaggio interpretato da Tognazzi.

Pagato e salutato il bagnino, si avviano verso la tradizionale meta del dopo-basket: il San Marco, trattoria sul porto canale che taglia in due Borgomarina. Da un lato, sul molo di Levante, i ristoranti, i caffè, la pescheria, il bar biliardo e il bar tabacchi, il barbiere, la chiesa, la statua di Garibaldi e la targa ricordo nella casa in cui si nascose. Dall'altro, sul molo di Ponente, il municipio, due osterie, un ferramenta, un garage. A Levante, da secoli, vivevano i commercianti, quelli che il pesce lo vendevano e guadagnavano qualche soldo; a Ponente, i pescatori, i marinai, quelli che il pesce lo pescavano e facevano la fame. Ora i marinai abitano altrove, al di là della ferrovia, nella città nuova, verso la campagna, ma la differenza tra i due moli, quello ricco e quello povero, è rimasta.

Fra le due rive, nel canale, sono ormeggiati i vecchi barconi da pesca con le vele color ruggine: trabaccoli, nel vernacolo veneziano che diede origini al paese grazie a un pugno di pescatori di Chioggia emigrati verso il basso Adriatico in cerca di lidi migliori. Sono barche ornamentali, messe in mare solo nei giorni di Ferragosto per la Festa di Garibaldi, accanto a due decine di moderni pescherecci che rammentano come la pesca qui sia ancora un affare serio, sebbene per fare soldi i romagnoli abbiano trovato un metodo migliore: il turismo. Ma a Borgomarina la pesca è come una traccia dell'antica miseria, quasi un'opzione di riserva, se per qualche ragione la miniera d'oro delle vacanze un giorno si esaurisse, come la Riviera aveva temuto l'anno della mucillagine, l'alga che minacciava di mandare i turisti da un'altra arte. Poi l'alga scomparve, con l'aiuto di qualche buon depuratore, sebbene i romagnoli sostengano che sarebbero sopravvissuti anche alla "muci", come la chiamavano loro, riempiendo la spiaggia di piscine e vasche idromassaggio, facendo a meno del mare perfino davanti al mare, convinti che il loro vero tesoro sia la bonomia, la simpatia, il calore umano, insomma l'arte dell'accoglienza, dal sorriso del bagnino al gusto inconfondibile di una piadina con le erbe.

Anche il San Marco appartiene a quest'arte: una trattoria famigliare, dove si spende poco, il cibo è abbondante, genuino e pure buono. Merito di Renato Senni, da cinquant'anni proprietario, cuoco, capo cameriere, cameriere semplice e aiuto cameriere. Uno che serve duecento coperti al giorno assistito da un paio di azdore in cucina, due nipoti ai tavoli e un cameriere che come lui è lì dal primo giorno. Pranzo e cena, senza bisogno di prenotare. Fuori dall'uscio, un tavolo appartato, senza tovaglia, dove i vecchi del paese giocano a carte e lui porta un bicchiere di vino, un caffè, un cestino di piada.

«Vi faccio le seppioline al pomodoro?» dice al quartetto di reduci da basket e nuoto.

«Comincia con quelle e vai avanti come vuoi» risponde Mura. Per recuperare a tavola le calorie perdute, contano dieci tiri a canestro e un tuffo in mare come due allenamenti completi.

«Sì, ma intanto portaci una caraffa di frizzantino e la piadina» soggiunge il Prof.

«Mi raccomando la piadina» commenta il Barone. «Oggi il Professore non ha mangiato niente, a parte quindici porzioni di antipastini, lo vedi come è emaciato?»

Ma Renato li conosce, sa che sono dei mattacchioni ed è

già corso in cucina ridacchiando: quei quattro gli ricordano se stesso e i suoi amici delle carte, con una quindicina d'anni in meno.

«Be', che c'è di nuovo?» domanda il Prof accendendo un toscanello.

«Non puoi aspettare a impuzzolentirci tutti?» protesta Mura.

«Ceniamo all'aperto. È mio diritto.»

Intanto arriva il cesto della piada. Il Prof, sbuffando, spegne il sigaro e addenta il caldo pane della Romagna: «Tci cuntént mó?». Sei contento, adesso?

«Da quando hai abiurato il tabacco, fra'» interviene il Barone, soffiandogli in faccia una boccata di fumo della sua sigaretta, «sei diventato rompicoglioni come una vecchia suocera.»

«Categoria che tu ben conosci, le suocere, con tutti i matrimoni che hai alle spalle.»

«Tanto ci pensi tu a sposare abbastanza donne per quattro» interviene l'Ingegnere. «Ancora due e siamo a posto.»

«Ma stai attento, si comincia rinunciando al tabacco, poi a Bacco e infine anche a Venere» lo ammonisce il Barone. «Va a finire che le preferisci Marte.»

«Va a finire che a Venere dovrete rinunciare voi, perché vi basteranno gli altri vizi.»

Ci pensano le seppioline al pomodoro a concludere la discussione. Per un po' lavorano di mandibole, inframmezzando i bocconi con commenti sulla campagna acquisti del Bologna. «Se quel miliardario canadese ha comprato il Bologna per non spenderci una lira» si infervora il Barone, «cosa l'ha comprato a fare?»

«Però non avete risposto» riprende il Prof, spazzato via l'antipasto, che per lui sarebbe il sedicesimo, dopo quelli ingoiati mentre gli altri tre facevano il bagnetto. «Che novità ci sono?»

Il Barone risponde che i culi della gente si somigliano tutti, visti da dentro: dunque niente di nuovo sotto il sole, per così dire, dal suo punto di vista.

«E la Raffa?»

«Tutto bene.»

Poi però racconta di un'infermiera che gli fa venire una voglia... La Raffa è più bella da ogni punto di vista, ma quando sa che la sera deve vedere l'infermiera ce l'ha già duro dal momento che si sveglia.

«Anche senza Viagra?» s'informa l'Ingegnere.

«Anche senza.»

Concordano che sarebbe da brevettare come farmaco per anziani, l'infermiera.

«Più che la pillola blu, o la pillola gialla per l'effetto prolungato, o qualche altra diavoleria artificiale» confida il Barone, «quello che serve per sentirsi giovani è una donna nuova.»

«Nuova non so» obietta l'Ing. «L'ideale è l'usato sicuro, una che già conosci e rivedi ogni tanto, così niente ansia da prestazione.»

«Se ne becco una che le piace bazzocco, la faccio morire» conclude il dibattito il Prof. «Bazzocco»: versione dialettale di barzotto, letteralmente a metà cottura, in uno stato intermedio, ovvero, riferito al membro virile, eretto ma non del tutto.

«Se la Raffa ti scopre, *bro*» ammonisce Mura, «ti taglia l'uccello.» Più alta e voluminosa di lui, in virtù di tutte le curve che le ha dato madre natura, la fidanzata brasiliana del Barone ci riuscirebbe indubbiamente, a tagliarglielo.

«Quella ha capito tutto di te» ragiona il Prof, «ti lascia il guinzaglio lungo, ma ti porta a spasso dove vuole.»

Renato porta un padellone di spaghetti alle vongole su cui i quattro si tuffano con voluttà.

«E un altro po' di piada» si raccomanda Mura, «per tirare su il sugo.»

«Il signore sì che se ne intende» commenta l'Ing. Op. cit. di un vecchio Carosello su una marca di digestivo.

«E voi» domanda il Barone, per distogliere l'attenzione da quel che potrebbe fargli la Raffa all'uccello, «qualche novità?»

Il Prof sostiene che non c'è mai niente di nuovo, nella sua vita: poi si scopre che sta trattando con il British Museum per una collezione di stampe del Quattrocento mai uscite da Londra e che soltanto lui riesce a fare prestare all'Università di Bologna.

«Chissà in che lingua li convinci» lo interroga Mura.

In inglese, al liceo, erano un disastro. L'insegnante consegnava i compiti partendo dal voto più alto. Finite le sufficienze, i quattro amici si consolavano: be', dai, un 5 si ripara facilmente. Poi: e vabbè, un 4 capita a tutti. Prendevano sempre 3.

«Se hai imparato l'inglese tu» nota l'Ingegnere, «può cavarsela anche lui.»

«Ho dovuto sposare un'americana» gli ricorda Mura, «per impararlo.»

«Se è per questo» interviene il Barone, «con lo stesso metodo hai imparato anche il russo.»

Vecchie battute che ripetono da anni: eppure si divertono. Come le barzellette che si conoscono a memoria.

«E tu Ingegnere, cosa ci racconti?» insiste il Prof per finirla con le lingue straniere.

«La Mari ha trovato un nuovo itinerario da fare in barca fra le isole greche. Partiamo a settembre, via dalla pazza folla.»

La Mari cerca di dare un tono snob alle sue vacanze: Cortina d'inverno, crociera a vela nell'Egeo d'estate. Per distinguersi, restano a Bologna la settimana di Ferragosto, limitandosi a una puntatina in Romagna. D'altronde se provi a prenotare per Zanzibar, l'Oman o il Vietnam in agosto, è già tutto pieno. Perlopiù di bolognesi.

«E tu?» continua l'interrogatorio il Prof.

«Io...» s'inceppa Mura. «Io avrei bisogno di prendere in prestito la Porsche del Barone per qualche giorno.»

A tavola cala il silenzio. Gli altri tre si guardano negli occhi, dandosi di gomito a vicenda.

«Be', cosa ho detto?» chiede Mura.

Tacciono ostinatamente. Poi il Barone scuote la testa, imitato dal Prof e dall'Ing.

«Siete a posto così?» domanda Renato avvicinandosi con le mani cariche di piatti e padelle. È un intermezzo benvenuto.

«Magari un'insalatina» suggerisce l'Ingegnere.

«Un frittino misto» lo corregge il Prof.

«Vedi tu» taglia corto il Barone.

Mura non dice niente. Aspetta che l'oste s'allontani e torna alla carica. «Dai, te la chiedo solo per qualche giorno, la Porsche…»

Ma non è questione di durata. Ricordano bene cosa è successo, qualche mese prima, l'ultima volta che il Barone gliel'ha prestata.

«Per un pelo non ci rimanevi secco, sulla Porsche» esplicita il pensiero il Professore.

«Pazienza per te» precisa il Barone, «ma per poco non me l'hai distrutta.»

«Ma se te l'ho ridata con il pieno di benzina» si difende Mura, «e rimessa a nuovo dall'autolavaggio.»

È successo in primavera, quando ha trovato l'affascinante russa sulla spiaggia. Per salvare lei e figlia, Mura si era messo sulle piste della 'ndrangheta che sfruttava entrambe sul mercato della prostituzione. Non fossero arrivati i carabinieri, guidati dal maresciallo Amadori, di lui e della Porsche non si sarebbe saputo più niente.

«E grazie all'autolavaggio» aggiunge Mura, «sono saltate fuori le copie delle chiavi di casa che avevi perso due anni prima.»

Il Barone sostiene che non perde mai niente: quello che non trova subito è semplicemente da qualche parte, nel bazar di oggetti sparpagliati sui sedili, o sotto gli stessi, della sua Carrera nera. Usata, s'intende.

Arrivano intanto il fritto misto e l'insalata.

«Insomma» va al sodo il Barone, «non hai smesso di giocare al detective privato?»

No, non ha smesso. Senza bisogno di avere un ufficio con la porta smerigliata, come Philip Marlowe. In paese sanno dove trovarlo: il secondo tavolino a destra da Dolce & Salato, al mattino. Nel capanno, il resto del tempo. Al Bagno Magnani, d'estate.

«E stavolta a chi darai la caccia?» chiede l'Ingegnere.

Non ha detto che darà la caccia a nessuno. Ma il fatto è che Mura non ha mai bisogno della macchina: per andare in giro a Borgomarina gli basta la bicicletta senza freni in dotazione al capanno, se deve spostarsi più lontano gli danno un passaggio gli amici, in casi estremi c'è il treno. Sta bene così: "viaggiare leggero" è la norma che applica all'esistenza da quando è pensionato. Un minimalismo che gli permette di vivere con poco e avere tutto quello che desidera.

Se ora vuole una macchina in prestito, fanno notare i suoi amici, deve esserci sotto qualcosa. Non resta che raccontare ai moschettieri la gita in pedalò con la Stefi.

«E hai accettato di pedinare suo marito in cambio di un bel niente?!» si scandalizza il Barone alla fine del racconto.

«Dice che mi ricompenserà.»

Segue dibattito sul tipo di ricompensa: in denaro, come vorrebbe la prassi per un investigatore privato, o in natura, come preferirebbe Mura.

«Che poi non sono davvero un investigatore privato» puntualizza.

«Che cosa sei?» domanda l'Ing.

«Già, cosa sei?» gli fa eco il Prof.

«Che cosa sei, che cosa sei, che cosa sei?» canta in falsetto il Barone. E partono con il ritornello della vecchia canzone *Parole, parole*, duetto fra Alberto Lupo e Mina diventato un tormentone quando erano ragazzi.

«Andate a prenderlo in quel posto» risponde Mura.

Ovvero: vi voglio bene.

La verità è che non lo sa nemmeno Mura chi è.

Un giornalista in pensione.

Uno sfaccendato.

Un perdigiorno.

Uno che si annoia e cerca emozioni.

Un investigatore privato? Per gioco. Per modo di dire. Per avere qualcosa da fare, cavoli!

Soprattutto, è uno che non sa dire di no. Alla vita. E ancora meno alle donne. Se poi sono un minimo carine, ti saluto. E la Stefi è più carina del minimo salariale. Decisamente di più.

È come una malattia: dovunque si trova, si guarda intorno famelico esaminando le donne. Quella la scoperei. Quella sarebbe il perfetto amore della vita. Ma non esiste l'amore della vita! A Ibiza in spiaggia una volta ha visto una biondina: gli piaceva come si muoveva, come parlava con l'amica, gli piaceva tutto di lei. Le ha seguite fino alla fermata del bus e poi? Non l'ha mai più rivista. Possibile che ne soffra solo lui di questa malattia? In fondo, tutto il resto lo stanca. La pesca non è male, il basket una vecchia passione, gli amici un grande affetto, ma soltanto le donne possono fargli cambiare idea da un momento all'altro. Sì, basta, ho deciso, con lei ho chiuso, ora le confesso che amo un'altra: ma in quel momento la lei di turno chiama, dice una certa cosa in un certo modo, e allora decidi che non vi lascerete mai e che con l'altra in fondo non sareste stati bene, anzi sarebbe stata una follia.

«D'accordo, ma come funzionerebbe 'sto pedinamento?» s'informa l'Ingegnere, il più pratico del quartetto, distogliendo Mura dai suoi pensieri.

Quando è in ferie, il pilota dell'Alitalia gioca a maraffone tutti i pomeriggi al Magnani. Se è vero, come sostiene la Stefi, che da un po' di tempo si alza a metà partita e dice che deve sgranchirsi le gambe, vedere un amico, fare una commissione, Mura gli andrà dietro. A piedi, se nelle vicinanze. In macchina, se quello s'allontana. In tal caso, con la Porsche del Barone.

«Tanto tu hai la moto, a che ti serve la Porsche?»

«Mi serve a prestarla a te, naturalmente.»

Il Professore obietta che, per un pedinamento, andrebbe meglio la Golf dell'Ingegnere. Bianca, per spendere meno. E a tre porte. «Potevi prenderla con tre ruote, così risparmiavi di più» non perde mai occasione di aggiungere il Barone.

Sono come la cicala e la formica: il Barone spende più di quello che guadagna, l'Ingegnere è un risparmiatore incallito, o meglio una raspa, un piumone, come si dice avaro a Bologna e come lo chiamano loro.

«Sono parsimonioso» replica lui.

«Per lasciare tutto ai figli» scherza il Barone. «Degli altri, visto che non ne hai neanche mezzo.»

Comunque la Golf serve all'Ing e al Prof per tornare a Bologna, dopo la cena di stasera al San Marco.

«Dai *bro*, ti riaccompagno a casa e mi tengo la Porsche» propone Mura. Da Borgomarina a Fiorenzuola di Focara, la frazione di Pesaro sul monte di Gabicce dove vive il Barone, è un'oretta di macchina.

«E io che ci guadagno, fra'?»

«La mia gratitudine. E magari anche quella della Stefi.»

Non sarebbe la prima volta che condividono la stessa donna. O che la stessa donna se li piglia tutti e due. Magari a loro insaputa.

«Allora vengo anch'io» s'intromette l'Ingegnere, «così se a uno di voi due con la Stefi non tira, c'è il sostituto di riserva.»

«No, tu no» dice il Barone.

«E perché?» chiede l'Ing.

«Perché no» chiude l'argomento Mura. Op. cit., Enzo Jannacci.

«Vengo in che senso?» arriva l'inevitabile scemenza del Professore.

Ormai è chiaro: il Barone gli presterà la Porsche.

E loro resteranno immaturi a vita.

Uno per tutti, tutti per uno.

6. I furbi scrivono

(Colonna sonora: *Una carezza in un pugno*,
Adriano Celentano)

A Borgomarina li conoscevano tutti. Padre e figlio, sempre insieme sulla spiaggia a offrire ritratti ai bagnanti. Soprattutto alle belle ragazze sotto l'ombrellone. Battevano il litorale su e giù come i vucumprà: il padre scattava le foto, il figlio portava la borsa con gli album, il treppiede, le pellicole.

Il maresciallo cerca di ricordare se hanno fotografato anche i suoi bambini, quando in estate tornava con la famiglia in paese per due settimane di vacanza, al tempo in cui prestava servizio lontano da casa, su e giù per la penisola. E adesso deve dire al figlio che suo padre è morto. Ammazzato, probabilmente, sebbene per la certezza occorra aspettare i risultati dell'autopsia. E con un cazzo di gomma nel culo. Ma questo dettaglio ha deciso di risparmiarglielo, per ora.

La casa di Giorgio Montanari è a Ponente, in via da Pian del Carpine, una stradina ricurva da cui non passa nessuno sulla riva povera dei pescatori, delle colonie estive per i figli degli operai dove venne da piccolo anche Dario Fo, di un vecchio night per puttanieri da pochi soldi. La spiaggia è più stretta che sulla riva di Levante: quasi un'anticipazione di Zadina e Pinarella, le due località immediatamente più a nord, non molto dotate di glamour.

Alla fine l'indirizzo glielo ha trovato il brigadiere Perroni: in fondo sa come rendersi utile. È bastato consultare l'elenco del telefono. Quello digitale, s'intende: il librone cartaceo non ce l'ha più nessuno, nemmeno i carabinieri. Perroni ha telefonato, senza ottenere risposta, quindi è scattata la segreteria:

«Giorgio non è in casa, lasciate un messaggio dopo il segnale acustico oppure cercatemi al 3296745539». Quelli che parlano di sé in terza persona, nel messaggio registrato della segreteria, non sono mai piaciuti al maresciallo. Lo ha chiamato sul cellulare. Ha detto soltanto che aveva bisogno di vederlo per una comunicazione urgente.

«Merda, la multa, ho dimenticato di pagarla! I furb i scriv e i pataca i lez.»

I furbi scrivono e i patacca leggono: si dà dello scemo da solo, il figlio del fotografo. Davanti a uno così, Amadori ha rinunciato all'idea di dargli la notizia al telefono. «Sono cose che succedono» ha risposto. «Vedrà che sistemiamo tutto. Ma dov'è ora?»

«Sto tornando dalla spiaggia.»

Gli ha proposto di incontrarsi a casa sua in un quarto d'ora e Montanari ha accettato. Non si è insospettito. E nemmeno innervosito.

Ora il maresciallo suona il campanello. «Vengo anch'io marescià?» propone il brigadiere Perroni che l'ha accompagnato con l'Alfetta.

«Làsa fè, Antò.» Lascia stare. Ci va da solo.

È un condominio vicino alle colonie, di quelli per le seconde case estive. Abitare tutto l'anno in un posto così è il segno che Giorgio Montanari se la passa peggio di suo padre. L'ascensore c'è, ma è rotto. Dopo tre piani di scale, il maresciallo si trova davanti un uomo sulla quarantina.

«Non doveva scomodarsi per una multa, maresciallo. Oddio, non sarà mica venuto per arrestarmi, ostia della Madonna.»

«Ma no, cosa dice» lo tranquillizza. «Posso entrare?»

Montanari è ancora in tenuta da spiaggia: canottiera, slip e ciabatte. Lo fa accomodare in cucina.

«Preparo un caffè?»

Il maresciallo fa segno che non importa. L'altro armeggia lo stesso con la caffettiera.

«La multa non c'entra» comincia il maresciallo.

In piedi davanti ai fornelli, Montanari sbianca.

«Si metta a sedere che le spiego bene.»

«Mio padre ne ha combinata un'altra?»

«Cosa glielo fa pensare?»

«È tutta la vita che combina guai.»

Deve essersi spezzato qualcosa fra padre e figlio, rispetto agli anni in cui gli portava la borsa con gli attrezzi in spiaggia.

«Stavolta ne hanno combinata una a lui. Mi dispiace doverle comunicare che suo padre è morto. Lo abbiamo trovato...»

«L'ha ammazzato lei! Ne sono sicuro, l'ha ammazzato lei!»

«Non ho detto che è stato ammazzato. Aspettiamo i risultati dell'autopsia.»

«Ne sono sicuro, maresciallo. È stata lei!» E si mette a sedere al tavolo della cucina, singhiozzando come un bambino.

Il maresciallo lo cinge con un braccio. Si alza, stacca un foglio da un rotolo di Scottex e glielo porge.

«Coraggio.»

Gli versa un bicchiere d'acqua del rubinetto.

«Papà... il mio povero papà...»

«Chi sarebbe questa che potrebbe averlo ammazzato?»

«La Giuseppina! Jo! Sua moglie. O ex moglie: papà voleva divorziare.»

«Sua madre?»

«No, no. Mia mamma è romagnola. La Jo è... dei Caraibi. È la terza moglie.»

«E che motivo avrebbe avuto di ammazzarlo?»

«Per non divorziare! Per portarsi via tutto! Tutto quello che spetterebbe a me.»

Il maresciallo chiede dove possono trovarla, la Jo.

«Boh, vive per conto suo, da un po'.»

«Dunque suo padre era solo, ieri sera.»

«Sì. No. Cioè, credo. Aveva spesso... ospiti. Da qualche tempo dormivano da lui due tipe.»

«Che tipe?»

«Due ragazze. Straniere. Tedesche, credo.»

Le ragazze di cui ha parlato anche Celestina, la donna delle pulizie: bisognerà trovarle. Potrebbero essere state loro a ucciderlo.

«E lei quando lo ha visto per l'ultima volta, suo padre?»

Seduto a tavola, con la testa fra le mani, la rialza come se lo avessero punto nel sedere: «Boh, un giorno o due fa, non me lo ricordo».

«Ma lavoravate insieme, nel negozio di ottica?»

«Guardi, maresciallo, in negozio ormai ci andavo solo io. E poi non si vende più niente, potremmo anche tenerlo chiuso. Mio padre si occupava d'altro.»

«Di cosa, esattamente?»

Fa un gesto vago con la mano, come se nemmeno lui lo sapesse con precisione.

«Verrebbe con me? Avremmo bisogno di identificare... il corpo. E così per strada mi racconta dove posso trovare questa Giuseppina.»

Lo fissa come se non avesse sentito.

«Montanari, si sente male?»

Scivola dalla sedia, finisce a terra.

«Brigadiere» ordina il maresciallo al telefono, «vieni su anche tu.»

Invece che in caserma toccherà portarlo in ospedale, se non vogliono ritrovarsi con due morti, padre e figlio.

«Almeno» osserva il brigadiere mentre lo trasportano giù a braccia, «a questo non gli sbuca niente dal culo.»

«Stà zèt, invurnì» impreca il maresciallo e lo caricano sull'Alfetta. Sta' zitto, invornito.

7. Damigella in pericolo

(Colonna sonora: *Maracaibo*, Lu Colombo)

MORTO IL FOTOGRAFO DEL PIACERE OCCULTO
Così titola a tutta pagina il quotidiano locale che Mura tiene sul tavolino di Dolce & Salato. Dopo la corsetta all'alba per smaltire la mangiata con gli amici della sera prima è venuto a fare colazione al suo caffè preferito. Dal capanno alla rotonda sul mare, neanche cinque minuti in bici. Cappuccino e brioche, nemmeno qui ha bisogno di ordinare: basta che sieda e glieli portano, più o meno tutti i giorni alla stessa ora. E con i giornali da leggere gratis.

Lo conosceva anche lui, il fotografo "del piacere occulto". Fotoromanzi erotici, calendari di pornostar di provincia, qualche servizio su «Playboy». Per qualche tempo aveva anche aperto un topless bar. Si erano incontrati più di trent'anni prima, a New York: Osvaldo Montanari gli aveva fatto una visita a sorpresa nel suo ufficio di corrispondenza, proponendo di organizzare insieme dei servizi sulla città di notte. Poteva essere un'idea: uno dei suoi primi articoli per il grande quotidiano che lo aveva assunto era intitolato L'INFERNO DELLA 42ª STRADA, cuore di Manhattan e, a quell'epoca, epicentro di prostituzione e peep-show, squallidi club in cui inserivi una monetina in una fessura perché si aprisse una finestrella sullo spogliarello. Mura non era certo un moralista. Ma Montanari aveva qualcosa di laido che non gli piaceva, come se avere a che fare con lui significasse diventare complice di un affare sporco. Se n'era disfatto con la scusa che la redazione di Roma non aveva approvato. Anni dopo lo aveva incrociato qualche volta a Borgomarina, in estate: all'inizio si salutavano, in seguito fingeva di non vederlo. Mura ci passava le vacanze con il bambino: la località balneare diurna frequentata da lui, a base di spiaggia gelati sala giochi, era ben diversa da quella notturna, segreta, libidinosa, di Montanari.

L'articolo spiega che le cause del decesso sono ancora da stabilire, ma cita fonti bene informate secondo cui non si è trattato di morte naturale. Visto il personaggio, l'autore del pezzo ci ha ricamato sopra un giallo, con varie ipotesi: vendetta d'amore, regolamento di conti malavitoso, gioco sessuale finito male.

«Era tuo socio?»

La domanda arriva insieme a una brioche affondata nel cappuccino di Mura, che poi il maresciallo ingoia soddisfatto in un boccone. Detto, fatto, si siede al tavolino con un espresso. Per Giancarlo Amadori è la prima pausa caffè della giornata. La stazione dei carabinieri dista due passi: il maresciallo viene da Dolce & Salato due volte al giorno, per sgranchirsi le gambe, bere il miglior caffè di Borgomarina, parole sue, rimpinzarsi di brioche o bignè e sentire che aria tira in giro. «S'imparano più cose lì» sostiene, «che al posto di comando.»

Con Mura sono amici da quando erano bambini: stessa spiaggia, stesso mare, dai cinque ai diciotto anni d'età. La spiaggia del Bagno Medusa, dove il babbo di Giancarlo era il bagnino tuttofare, come si usava allora: una mano gliela davano i parenti stretti, ma pensava a tutto, aprire e chiudere gli ombrelloni, servire gassosa e schiacciatina, noleggiare i mosconi. Una giovinezza di partite a pallone, tuffi dal molo, gare di biglie, corse in bicicletta, fino a quando Mura era andato all'università e per un po' in Romagna non c'era più venuto. Nel frattempo, Gianca si era arruolato nei carabinieri finendo in giro per l'Italia. Ma quando si sono rivisti, in età adulta, entrambi con prole, è stato come essersi lasciati un minuto prima. Da cui la confidenza che permette al maresciallo di tuffare la brioche nel cappuccio dell'amico.

«Socio di che?»

Il maresciallo ammicca al titolo di giornale: «Non fare il finto tonto, che è già un motivo di insospettirmi».

«Con uno così non mi metterei in società di alcun genere.»

«Ma se vi piace la stessa roba» e disegna nell'aria un paio di tette o un culo, non si capisce bene.

Mura gli riferisce di averlo incontrato a New York moltissimi anni prima, poi intravisto per strada e niente di più. Ma naturalmente sa anche lui che tipo era Osvaldo Montanari.

«E che tipo era?» lo incalza.

«Lo sai meglio di me, Gianca, non spreco il fiato. Piuttosto, dimmi tu cosa è successo. C'è davvero dietro un giallo, come scrive il giornale? L'hanno ammazzato?»

Prima di rispondere, il maresciallo finisce brioche e caffè.

«Più che un giallo» abbassa la voce, «dietro c'è un coso lungo così.» Posa il palmo delle mani ben distanziate sul tavolino: «Di color nero».

«Un vibratore come arma del delitto?»

«Sssh, non è una conferenza stampa. Adesso si dice dildo, se non lo sapevi. Piantato in culo. Questa ancora non l'avevo vista. Ma non è la causa della morte. Vedremo cosa stabilisce l'autopsia. Di certo non si tratta di suicidio.»

Gli racconta come l'hanno ritrovato: legato per i polsi e le caviglie a un lettino da corsia d'ospedale, le gambe divaricate. Lo mette al corrente dell'interrogatorio di Giorgio, il figlio del fotografo, che poi gli è svenuto fra le braccia: lo hanno portato al pronto soccorso nel timore che avesse avuto un infarto. Invece era stato solo un mancamento.

«Comprensibile, no?»

«Sì, ma sto cercando di capire chi potesse avere interesse a uccidere Montanari. Ha una moglie, la terza, o forse ex moglie, pare della Martinica. Da quando la consorte se n'è andata stavano da lui due ragazze, tedesche sembra: me l'ha detto Celestina, la donna delle pulizie. E ora sono scomparse. Il figlio vive solo, mai sposato, senza famiglia, a occhio pochi quattrini e non mostra grande simpatia per il genitore. Ma sospetta della moglie. La sua matrigna, così per dire. Tu che ficchi il naso negli affari altrui, non hai sentito niente su questa famigliola?»

Niente di più di quel che si sentiva in giro, risponde Mura: se a Montanari avessero chiesto il proprio stato civile e sentimentale, avrebbe potuto rispondere come va di moda adesso su Facebook: *it's complicated.*

«Itscomche?»

«*It's complicated.* Cioè è complicato descrivere il rapporto: coppia chiusa, coppia aperta, celibe, coniugato, bisex, divorziato, fidanzato, amante...»

«Scopamica.»

Giancarlo non è così provinciale come vuole sembrare. E ha conosciuto la Cate.

«*Touché*» alza le spalle Mura. «Altro non so. Tutti i particolari, in cronaca» aggiunge indicando il giornale.

«Stiamo freschi, non sei sempre stato tu a dirmi che i giornali lavorano di fantasia?»

Annuisce. Probabile sia vero anche stavolta e che l'articolo abbia fatto ampio uso dell'immaginazione citando le solite fonti bene informate.

«Chi sa non parla, chi parla non sa» sentenzia il maresciallo.

«Lao-Tzu.»

«Sa iè?» replica Gianca in dialetto: cos'è?

«L'autore della massima che hai appena citato: filosofo cinese del VI secolo avanti Cristo. Fondatore del Taoismo. Gli dobbiamo il *Libro della via e della virtù.*»

«Però, ne sapete di cose voi giornalisti.»

In realtà fa parte del piccolo bagaglio dell'inviato speciale: *Il libro delle citazioni* aiuta sempre in un articolo.

«Tu però dai retta a me: visto che non sai niente di questa storia, non metterti a chiacchierare, non occupartene, come se non ti avessi detto niente.»

E allora perché glielo ha detto? Perché gli ha raccontato perfino il particolare scabroso del fallo su per il culo? È il vecchio bisogno di condividere i segreti con gli amici, altrimenti che gusto c'è. Come nella storiella del naufrago che si ritrova con la top model Claudia Schiffer su un'isola deserta, finiscono inevitabilmente per scopare e dopo qualche mese lui le dice: «Claudia, posso chiamarti Pierino per un po'?». «Va bene, dai, se proprio ti fa piacere.» E il naufrago: «Senti Pierino, non ci crederai, mi scopo la Schiffer».

«Ti vedo pensieroso. Ti è venuto in mente qualcosa su Montanari?» chiede il maresciallo che nel frattempo ha pagato il caffè ed è sul punto di andarsene.

«No, cercavo di ricordare qualche altra frase celebre di Lao-Tzu, ma non ci riesco.»

«Te ne suggerisco io una: starò alla larga da questa storia. Non continuerò a giocare al detective privato. Ricordi com'è finita l'ultima volta, vero?»

Se lo ricorda benissimo: ossa rotte e una pistolettata evitata di un soffio, se non fosse intervenuto proprio il maresciallo Amadori. Con una mano dai tre moschettieri.

«Montanari te lo lascio tutto.» Gli basta occuparsi del marito della Stefi. E in ultima analisi della Stefi, se possibile. Il Barone gli ha lasciato la Porsche. L'ha parcheggiata vicino al Bagno Magnani. Se nel pomeriggio il Comandante lascerà il tavolo del maraffone, lui è pronto a seguirlo. Una storia priva di rischi, in cui non ha niente da perdere e, potenzialmente, tutto da guadagnare. È da quando l'ha vista che la Stefi gli fa voglia. Le cinquantenni d'oggi sono meglio delle trentenni.

E mentre lo pensa, arriva la smentita: appena uscito il maresciallo, nel bar entra una trentenne da favola, che si guarda intorno, punta gli occhi su di lui e lo raggiunge al tavolo.

«Dottor… Muratori?»

Gli verrebbe da dire: no, mi dispiace, ha sbagliato persona. E gli dispiacerebbe molto, vista la donna che gli ha fatto la domanda. Nessuno lo chiama più così da un pezzo. Per i vecchi amici è sempre stato Mura. Per i colleghi di redazione, pure. Per la mamma e il papà, Andrea: ma loro non ci sono più da un pezzo. Per suo figlio: papà. Oppure *dad*, in inglese. Non è più abituato a essere chiamato Muratori. Dottor, ancor meno, per quanto i giornalisti in Italia siano tutti "dottori". Guardi, non ho mai curato neanche un canarino, sarebbe la risposta da dare alla trentenne da favola.

Invece risponde: «Ehm, be', sì sono io, come posso aiutarla?».

Eccolo qui, già sdraiato come un tappetino. Se non è una malattia, è un incantesimo. Magari non tutti gli uomini ne soffrono. C'è anche chi mantiene la propria dignità. E chissà se le donne soffrono di una sindrome analoga? Oppure, loro, se l'uomo più sexy della terra le avvicina chiedendo della "dottoressa Muratori" non fanno una piega?

«Piacere, Josephine. Ma può chiamarmi Jo. Le dispiace se mi siedo?» E poggia un magnifico posteriore sulla stessa sedia su cui poco fa era poggiato il sedere del maresciallo Amadori.

Pelle ambrata, capelli ricci castani, occhi chiari. Camicetta hawaiana, shorts bianchi, zoccoli rossi. Borsone giallo a tracolla. I colori dell'arcobaleno ci sono quasi tutti.

«Sono la moglie di… la vedova di Osvaldo Montanari.»

Lupus in fabula, direbbe il maresciallo. Cambio di favola, pensa Mura: dalla Stefi alla Jo.

«Le mie condoglianze.»

«Grazie.»

E non aggiunge altro. La conversazione si ferma lì. Anche perché su Dolce & Salato è improvvisamente calato il silenzio. Mura non è stato il solo a notare l'arrivo di Josephine, Jo, o come diavolo si chiama la forza della natura seduta accanto lui. Hanno addosso gli occhi di tutti. Come se si aspettassero una scena madre. Lui bacia lei? Lei lo schiaffeggia? Una raffica di mitra da un'auto in corsa li stende entrambi? Mura preferirebbe la prima ipotesi.

«Josephine» dice per rompere l'imbarazzo. «Giuseppina, in italiano, se non sbaglio. Non era il nome della moglie di Napoleone?»

«*Oui*» risponde la Giuseppina in questione. «Sono della Martinica. Ex colonia francese. Il nome dell'imperatrice andava di moda, un tempo. Le mamme pensavano che portasse fortuna.»

Un tempo non tanto lontano, a giudicare dalla sua età, ma lasciamo perdere.

«E a lei…» Si ferma in tempo prima di completare la frase: a una donna che ha appena perso il marito non si chiede se il nome le ha portato fortuna. O forse gliel'ha portata proprio per questo?

«Per lei, dico, cosa posso fare per lei?» rattoppa in qualche modo la domanda.

Josephine si gira a destra e a sinistra, scuotendo la bruna chioma: fissa gli altri avventori con fastidio, ottenendo che riprendano per un momento a occuparsi delle proprie faccende.

«C'è un posto più tranquillo per fare due chiacchiere?»

Eccome se c'è, ragiona in fretta Mura. Depone una manciata di spiccioli sul tavolino per il cappuccio e la brioche e la invita ad alzarsi. «Venga con me.» Lascia la bici appoggiata a un pino: tanto è così sgangherata che non gliela ruba nessuno.

Neppure a piedi il percorso dal caffè al suo capanno è lungo, ma sufficiente per ricoprire Mura di sudore. Per due motivi: il caldo e le occhiate che i passanti riservano alla strana coppia, un sessantenne in scarpe da basket e una trentenne con fisico da top model che lo sovrasta di una spanna. Ci sono quelli che quando hanno al loro fianco una donna così godono, come il Barone. Ce ne sono altri, tipo Mura, che sudano. Si sente inadeguato per la parte. Non vede l'ora di arrivare alla sua tana e rimanere da soli: non per farci qualcosa, ma almeno per sottrarla alla curiosità morbosa del prossimo.

Lungo la strada cerca di fare *small talk*, come lo chiamano gli inglesi, maestri nell'arte di conversare senza dire niente. Ma provvede Josephine detta Jo a coprire i silenzi.

«Dottor Muratori, ci è mai stato ai Caraibi?»

Ecco, questo è un bell'argomento.

«Sì. Ma non mi chiami dottore. E nemmeno Muratori. Mi chiamano tutti Mura.»

«Anche in Martinica, è stato?»

«No. E se possibile, cosa dici se… ci diamo del tu?»

«Volentieri! Dovrebbe… dovresti visitarla. I Caraibi francesi sono più dolci delle altre isole delle Antille piene di inglesi e americani.»

Mura non ne dubita. In quelle dove è stato, la puzza di hamburger arrivava fin sul bagnasciuga.

«Troppa gente con la pancia gonfia di birra» risponde per restare in tema alimentare.

«Esatto. Mentre noi a Martinica beviamo rhum, che non ti gonfia. Non la pancia, perlomeno.»

Allusione sessuale? Forse è presto per chiederselo.

«Il rhum ti allarga soltanto la fantasia, le emozioni, lo spirito» riprende Jo. «Mia madre lavorava in una distilleria. E a Martinica abbiamo il rhum migliore di tutti i Caraibi.»

Com'è che, dal cappuccino e brioche di poco fa a Dolce & Salato, sono passati a parlare di rhum? Mura non se lo ricorda più.

«Lo sa… lo sai come viene distillato? La maggior parte del rhum è a base di melassa, un sottoprodotto dello zucchero che si compra sui mercati internazionali. Viene dal Brasile, dalle Filippine. Ma il rhum della Martinica è diverso da tutti perché è perlopiù distillato dalla canna da zucchero, pressata di fresco, perché per ragioni logistiche deve crescere vicino alla distilleria, altrimenti il succo di canna comincia a inacidire un giorno dopo essere stato pressato. Insomma, il nostro rhum sa di Martinica!»

E anche lei, Mura ci giurerebbe, deve avere quel sapore lì. Se si potesse assaggiarla.

«E quale è, secondo te, il rhum più buono della Martinica?»

«Ce ne sono tanti. Ognuno è distillato da canne provenienti da differenti terreni dell'isola, alcuni dal sud, dove la terra è più grassa e sabbiosa, altri dalle colline vulcaniche del nord.»

Solo a sentirla parlare gli viene una gran voglia di andarci, in Martinica.

«Ti annoio? Magari sei astemio!» E scoppia in una risata così frizzante che starebbe bene dentro un cocktail.

«Per nulla. Voglio dire, non sono astemio e non mi annoio. Continua.» Tanto ormai sono arrivati a destinazione.

«Ebbene, il migliore per conto mio proviene dalle canne prodotte su una particolare cresta proprio sopra la distilleria dove lavorava mia madre. Ha l'altitudine e il sole giusti, non distante dal mare, ma non troppo vicino. È il Saint James. Il re dei rhum.»

«Come lo bevete?» chiede Mura mentre apre la porta del capanno. Non serve la chiave, tanto dentro non c'è nulla da portare via: un tavolaccio con quattro sedie, un vecchio fornello e un frigo arrugginito, un divano sfondato, un letto a una piazza e mezzo, un armadio che non chiude e qualche sdraio in terrazzo. Dove vanno a sedersi.

«Non in un cocktail.»

Fortuna che prima non gli ha letto nel pensiero.

«E meno che mai in un Cuba Libre. In Martinica lo beviamo liscio, o in un *petit punch*, come lo chiamiamo noi, un mix di zucchero, spremuta di lime e due dita di rhum.»

«Altri ingredienti per renderlo perfetto?»

«Un cubetto di ghiaccio, a scelta. Sole, una sedia confortevole e preferibilmente la vista sulle palme in riva al mare. Ma anche la vista dell'Adriatico dalla tua terrazza andrebbe bene.»

Non ha rhum in casa. Non ha niente, a dire il vero, anche se dice: «Vedo cosa posso offrirti».

In frigo, mezza bottiglia di vino e una birra. Fuori dal frigo, un pacchetto di crackers e mezzo pacchetto di sigarette: lasciate dalla Caterina. Lui ha smesso, fuma solo per farle compagnia quando viene a trovarlo, che non succede spesso, per cui i suoi polmoni ringraziano. Altri organi meno. O forse ringraziano anche quelli: meglio risparmiare le forze, a una certa età.

«Ho solo questa.» Ha stappato la birra, la divide in due bicchieri. Spaiati. Il suo servizio non è granché.

«*Merci*.»

«Hai un magnifico accento francese.»

«La mia città di origine, Saint-Pierre, l'ex capitale della Martinica, prima che fosse distrutta da un'eruzione vulcanica era soprannominata la Parigi delle Antille.»

Bevono una lunga sorsata di birra. Una tenda bucherellata dal tempo li ripara dal sole. Bene, di rhum e Martinica hanno parlato abbastanza.

«E dunque, che volevi dirmi?» chiede Mura. Butta giù un secondo sorso e la sua metà di birra è finita. Schiarisce la gola. Si tira su dalla sdraio.

«Di Osvaldo.»

Questo non ci voleva molto a immaginarlo.

«Tuo marito» osserva, come se ci fosse bisogno di precisarlo.

«Non lo saremmo rimasti a lungo. Dovevamo divorziare.»

Adesso non ce ne sarà più bisogno. Le chiede chi dei due voleva lasciare l'altro.

«Entrambi. Io ho girato l'Europa facendo la ballerina, sai...»

E gesticola mimando una che muove le anche: Mura si

domanda in che tipo di locali ballava. Non certo al teatro dell'opera.

«Quando sono arrivata in Italia ho conosciuto Osvaldo, mi ha fatto la corte, tante promesse, mi ha chiesto di sposarlo in un batter d'occhio e ho accettato.»

Gli legge in faccia quello che Mura si sta domandando. E che ogni uomo si domanderebbe: cosa ci trovava, una femmina di neanche trent'anni come lei, in un maschio di oltre sessanta come Montanari?

«Mi era venuta voglia di fermarmi. Di riposarmi. Di trovare un porto sicuro, almeno per un po'. E il porto di Borgomarina è così carino! Non l'ha disegnato Leonardo da Vinci?»

S'intende pure d'arte, oltre che di rhum, la ragazza.

«E poi ti è tornata voglia di ripartire?»

«Sì, ma anche lui si era stufato. Per un po' mi ha fatto lavorare, girava dei video in streaming, roba un po'… sexy.»

Non ci vuole molto a immaginare quanto sexy, conoscendo Montanari.

«Aveva sempre la casa piena di donne. Alcune si fermavano anche a dormire. Come due ragazzine olandesi o tedesche che sono sue ospiti adesso. Be', che erano sue ospiti. Adesso Osvaldo non c'è più.»

Non spreca neanche una lacrima, a dirlo. Se è stata lei, ragiona Mura, non sta cercando di nasconderlo.

«E non eri gelosa?»

«Ma va. Non sono il tipo. A parte che le olandesine o tedesche sono lesbiche e simpaticissime. Siamo subito diventate amiche. Insomma, quando gli ho detto che volevo andarmene, Osvaldo non ha obiettato nulla. E allora, con la stessa semplicità con cui ci siamo sposati, ci siamo detti: tanto vale che divorziamo. Solo che non abbiamo fatto in tempo. Di una cosa bisogna dargli atto: era un uomo libero.»

«E tu hai continuato ad abitare con lui?»

«No, sono andata a stare da un'amica. Un'altra che ho conosciuto tramite Osvaldo. Un mio vecchio datore di lavoro mi vorrebbe in Toscana, vicino a Forte dei Marmi, dice che guadagnerei bene. Mi divertirei di più a ballare nei locali che nei video che giravo per Osvaldo, questo è certo.»

E vissero tutti felici e contenti, concluderebbe Mura: se non fosse che uno dei protagonisti di questa bella storia d'amore è morto.

«Ho capito. Mi sembra la scelta giusta» commenta. Anche la birra di Jo è finita. Mura ne berrebbe volentieri un'altra. Più che un rhum, con questo caldo. «Ma tornando al motivo per cui sei venuta a cercarmi: cosa posso fare per te?»

«Ecco, sospetteranno di me. Sospettano già, ne sono certa. Ho ricevuto una chiamata dai carabinieri. Non ho risposto, ma hanno lasciato un messaggio dicendo che richiameranno. Vogliono interrogarmi. Penseranno che l'ho ucciso per l'eredità o qualcosa del genere. Insomma, ho paura di essere nei guai.»

Mura fa di sì con la testa come se avesse capito. Ma non ha capito per niente.

«Quello che ti serve è un avvocato, non un investigatore privato. A parte il fatto che io non lo sono.»

«Oh, sì che lo sei. Comunque, sei la persona a cui rivolgersi per uscire dai guai. Lo dicono tutti, in paese, che se hai un problema, c'è un tipo a Dolce & Salato che può risolvertelo.»

Girano in fretta, le voci. E dire che ha cercato di mantenere il riserbo: non c'è mica un sito o un annuncio sui giornali per reclamizzare i tre o quattro casi che ha affrontato finora.

«Ripeto, se sei preoccupata per l'interrogatorio, prenditi un avvocato. Posso consigliartene un paio. Conosco un bravo penalista da queste parti.»

«Ma io non ho fatto niente! L'avvocato difensore serve,

come dice la parola, per difendersi. Io non ho niente di cui difendermi! Non l'ho ucciso io Osvaldo! A me serve qualcuno che vada all'attacco, che scopra chi è l'assassino. Perché voglio giustizia per Osvaldo. E perché scagioni me. Per questo ho bisogno di... di un poliziotto privato.»

Pausa.

«Un... *detective*» detto con l'accento sbagliato. «O quello che sei.»

«Posso pagarti» aggiunge, estraendo un borsellino.

Mura alza il palmo della mano con una faccia che dice: la prego, signorina, non parliamo di soldi.

E perché non parlarne, poi? Gli farebbero comodo. Ma è prigioniero del proprio personaggio di cavaliere senza macchia e senza paura.

Jo lo rimette nella borsa. «Se lavori per me» afferma, «voglio pagarti.»

«Se lavorerò per te, ne discuteremo. Ma non ho ancora cominciato. E nemmeno accettato, a dire la verità.»

Già un'ammissione che sta per farlo.

«Ti prego...»

«E va bene.»

La resistenza più breve della storia. A una donna non sa dire no. A una bella donna, ancora meno. A una bella donna in difficoltà, non importa neppure chiederglielo: si prostrerà ai suoi piedi. Lo stereotipo della letteratura, dell'arte, del melodramma, quello della damigella in pericolo: giovane donna nubile, messa in situazione pericolosa da un cattivo, un mostro, un drago, in modo tale che sia necessario un salvataggio da parte dell'eroe, il quale puntualmente salva la fanciulla all'ultimo momento e da essa viene ringraziato con generosità nel finale. Avete presente *A Damsel in Distress*, dello scrittore inglese P.G. Wodehouse, in cui un compositore libera una nobildonna soltanto per scoprire di essere innamorato di un'altra?

Oppure Ercole nel cartone di animato di Walt Disney? Ecco: quella situazione lì.

«Raccontami un po' più di particolari e provo a informarmi. Non prometto niente. Per trovare l'assassino, c'è la polizia.» O i carabinieri del suo amico Giancarlo, il maresciallo Amadori. Ma poi chi glielo ha detto, a Josephine, che il marito è stato assassinato?

8. Il gioco dell'asfissia

(Colonna sonora: *Dedicato*, Loredana Bertè)

«Le donne sono sempre state la sua debolezza.»

Il brigadiere Perroni lo dice come se fosse la soluzione del rebus.

Il maresciallo Amadori non è per niente convinto: «A me sembra che siano state il suo punto di forza. Puttaniere incallito, erotomane, pornografo, con tre mogli e un viavai di ragazze che casa sua somigliava a un bordello. Mi pare che sulle donne ci vivesse, il Montanari».

Ma il brigadiere Perroni ha fatto un po' di telefonate in giro, qualche ricerca su internet, sentito i vicini di casa e i vecchi del paese, e resta della sua idea: «Le donne, maresciallo, le donne» ripete, «erano la debolezza del Montanari».

Sfoglia il taccuino dei suoi appunti e ricapitola. Sposato tre volte: a trent'anni con una concittadina, madre dell'unico figlio, hanno divorziato dopo dieci anni; a quarantacinque con una nigeriana di vent'anni più giovane di lui, hanno divorziato dopo cinque anni; a sessantuno con l'attuale consorte, Josephine Belloc, originaria della Martinica, trent'anni meno di lui. «Ho telefonato agli avvocati che abbiamo in città, non risulta che avessero depositato la richiesta di divorzio. Chiederemo al figlio se ne sa di più.»

Appena arrivato al pronto soccorso del piccolo ospedale di Borgomarina, Giorgio ha ripreso i sensi, colore e sicurezza. L'hanno riportato a casa avvertendolo di restare a disposizione. È lui a sostenere che Josephine avrebbe ammazzato il padre per incassare l'eredità. Ma senza alcuna prova.

«E questa Josephine l'hai trovata?» domanda il maresciallo.

«Verrà tra poco a deporre di sua volontà. Dice che ieri sera era con un'amica. Conferma che con Montanari parlavano di divorziare, ma in modo consensuale, e aveva lasciato al marito il compito di avviare le pratiche.»

«E le due tedeschine?»

«Sono olandesine.» Celestina Bazzocchi si era sbagliata sulla nazionalità, ma sembrava saperla lunga sul resto.

«La donna delle pulizie ha riferito che la vittima le chiamava…» il brigadiere controlla sul taccuino: «Badamanti. Le sue badamanti».

«Sarebbe?»

«Badante. Amante. Badamante è una via di mezzo per anziani. Una che si prende cura di lui, anche a letto.»

Un burlone, questo Montanari, pensa il maresciallo.

«Ma Celestina mi ha raccontato che le definiva anche "lesbichine perverse".»

«Perché erano pure lesbiche, oltre che badamanti?»

«Così pare» fa il brigadiere. «Abbiamo rintracciato qualcun'altra delle frequentatrici della casa. Prostitute. *Entraîneuses* del night. A questo servivano le camere con il letto a forma di cuore. Le ragazze si mettevano davanti al computer e si toccavano in collegamento online con i clienti. Un tanto al minuto.»

«E una bella percentuale se non quasi tutto al fotografo, scommetto.»

«Sì, ma funziona solo con quelle senza una casa propria o perlomeno senza accesso a computer e WiFi. Altrimenti possono organizzarlo da sole e allora addio percentuale per Montanari. Anche le due olandesi prendevano parte a questo tipo di spettacolo. Senza contare lo show nel letto di Montanari. Le ospitava, insomma, ma non gratis.»

«Il triangolo no, non l'avevo considerato.»

«Perché no, marescià? Come canta Zero, la geometria non è un reato. Una ragazza di vent'anni, a vivere con un vecchio porco come Montanari, si annoierebbe a morte dopo una settimana, forse prima. Per cui l'accordo poteva funzionare. Ricevevano vitto, alloggio e pure qualche spicciolo, ogni tanto si lasciavano coinvolgere nei videogiochi erotici. E magari mettevano in scena uno spettacolino privato pure per lui. La felice convivenza era aiutata dal fatto, secondo quanto ho saputo, che alle due giovani amichette piaceva girare per casa senza niente addosso. Erano sempre nude.»

«Bravo Perroni, puoi andare. Mi sembra che questo tipo di indagini ti piaccia.»

In caserma si sa che il brigadiere vive solo. E di sicuro un po' di porno se lo guarda anche lui, nel tempo libero.

Il maresciallo fa segno che vuole restare solo. Prende un foglio A4 dalla fotocopiatrice e ci scrive sopra il nome della vittima: Osvaldo Montanari. Quindi, collegati alla vittima da freccette, i possibili sospetti: il figlio, che sembra strambo a dir poco, un solitario che non va d'accordo con nessuno; la moglie o in procinto di diventare ex, che avrebbe intascato l'eredità o almeno una parte di essa; le due giovani olandesi scomparse, magari dopo un gioco erotico finito male. Le altre più o meno saltuarie lavoratrici della piccola industria casalinga del sesso online messa in piedi da Montanari. Bisognerà verificare anche l'alibi delle due prime mogli, non si sa mai.

Torna Perroni, bussando alla porta dell'ufficio, peraltro rimasta aperta.

«È arrivato il rapporto dell'autopsia» e glielo mette sul tavolo.

L'esame tossicologico rivela una probabile intossicazione da barbiturici: un'overdose di sonniferi. Amadori scrive sul foglio: verificare se ne sono stati trovati altri a casa della vittima. E se soffriva di insonnia.

In ogni caso sembra da escludere che li abbia ingeriti volontariamente. A meno che non si sia fatto legare e… inculare, per poi chiedere di essere lasciato lì ed essere liberato più tardi. Ma da chi? E perché?

L'ondata di caldo calata su Borgomarina, e il fatto che l'aria condizionata fosse apparentemente guasta, prosegue il rapporto, rende difficile stabilire con precisione l'ora del decesso in base al processo del rigor mortis, alterato dalla temperatura esterna. L'assassino potrebbe avere manomesso l'impianto proprio per occultare l'ora in cui si trovava nell'appartamento. In tal caso deve intendersene di medicina legale!

Ma c'è un altro elemento degno di nota, conclude l'autopsia: il cadavere mostra una contrizione delle arterie e delle vene del collo, come avviene in uno strangolamento, che non causa morte per asfissia, ma piuttosto ischemia cerebrale. In definitiva, se l'ora del decesso si può supporre tra la mezzanotte e le tre del mattino, cioè circa dodici ore prima che la domestica ritrovasse il cadavere, le cause possono essere duplici: overdose da droghe e soffocamento. Quest'ultimo presenta l'ipotesi di gioco dell'asfissia, una pratica BDSM in cui il collo viene stretto per aumentare il piacere sessuale. Il soffocamento, infatti, può avvenire per vari scopi: fare del male o uccidere una persona, il più evidente; ma anche per aumentare l'eccitazione sessuale.

C'è un post scriptum: il medico legale nota un "rilasciamento sfinteriale". Al maresciallo scappa da ridere: ecco cos'era quella puzza, quando gli hanno estratto il fallo dal culo! Morendo, Montanari s'è cagato addosso. Poco da meravigliarsi, con un dildo grosso così. Quando gli agenti l'hanno tirato fuori, è venuta fuori una bella colata di merda. Ma non è solo colpa del dildo: il rilasciamento dello sfintere, sottolinea l'autopsia, è un indizio di strangolamento o soffocamento.

Insomma, gli hanno fatto prendere o si è preso un'overdose di sonniferi. Poi è stato soffocato. Prima, durante o dopo tutto questo, l'assassino gli ha infilato il fallo nel sedere. Se n'è andato all'altro mondo per due motivi ed è difficile capire quale sia stato decisivo: di intossicazione sarebbe deceduto comunque, ma più lentamente; lo strangolamento avrebbe soltanto accelerato il decesso.

Il maresciallo è un patito di cinema. I suoi preferiti sono i western alternativi, tipo *I compari* di Robert Altman. Ma non disdegna i film di 007. Com'era il titolo di quel film di James Bond? *Si vive solo due volte*. E quante volte si muore?

9. Di notte ti strabilia

(Colonna sonora: *Saint Tropez twist*, Peppino di Capri)

Nella Porsche del Barone l'aria condizionata va a palla: per fortuna, perché fuori ci saranno quaranta gradi e la macchina, parcheggiata sotto il sole all'ora di pranzo, ricorda a Mura la tortura dei campi di prigionia giapponesi nella Seconda guerra mondiale: visti soltanto al cinema, beninteso. *Il ponte sul fiume Kwai*. Con quella memorabile fischiatina dei prigionieri di guerra inglesi: *tata-tataratatata, tata-tataratatata, tata-tatara, tatatara, tatara, tatatà*. Più o meno.

Be', non ha diritto di lamentarsi. I prigionieri britannici non avevano scelto di rinchiudersi sotto una tettoia di metallo battuta da un sole implacabile, mentre lui ci si è messo di sua volontà.

Oggi mio marito dice che porta figli e amici dei figli a Mirabilandia e farà tardi. Non ci credo per niente al suo spirito di sacrificio paterno. Sarebbe il giorno giusto per seguirlo e vedere cosa fa, dove va, con chi.

Rilegge il messaggino della Stefi. Si vede che, con il Ferragosto alle porte, tutti hanno fretta di girare la benedetta boa. Anche quella del sesso extraconiugale.

Poco prima li ha visti, il Comandante e la Stefi, al tavolo del maraffone con gli abituali compari di carte, sotto la tenda del Bagno Magnani, con la birra sul tavolo e una relativa frescura. Gli è parso che la Stefi gli facesse l'occhiolino. La promessa di saldare il conto non solo finanziariamente? Comunque si è ben guardato dal risponderle allo stesso modo. È andato a piazzarsi in macchina nel parcheggio dietro lo stabilimento balneare e ha aspettato. Un'ora più tardi è ancora lì che aspetta. E aspetta. E aspet...

Circondato da una truppa di adolescenti, Carlo Bertozzi esce dal Bagno Magnani e sale su un Range Rover rosso fiamma. Una Porsche nera non è il massimo per non farsi notare in un pedinamento. Porsche usata, però, gli pare di sentire la voce del legittimo proprietario. Ah be', allora, direbbero gli altri tre moschettieri.

Se è andata bene per pedinare due mafiosi della 'ndrangheta l'ultima volta, dovrebbe funzionare anche per seguire un pilota d'aereo con la testa fra le nuvole. *Up in the Air*, come il titolo di quel film con George Clooney di qualche anno fa. Però Clooney non pilotava aerei, era solo un passeggero. Bel film, comunque. Piuttosto carina anche l'attrice con cui andava a letto Clooney. Sarà poi vero che il capitano Bertozzi continua a tradire la moglie? E che in testa, più delle nuvole, ha la gnocca?

Sulla statale Adriatica a quest'ora non c'è molto traffico. Bisogna lasciare una certa distanza per non dare nell'occhio. Ma anche il rischio di perdere di vista un Range Rover rosso è minimo. Mura conosce questa strada a occhi chiusi. Ci sono solo due semafori importanti, in cui non deve farsi distanziare: uno all'angolo con la statale per Cesena, l'altro con la provinciale Cervese. A quello per Cesena qualche volta per un pelo non è andato a sbattere, all'epoca in cui ci avevano messo un mega cartello pubblicitario del Pepe Nero, night club di Riccione che andava per la maggiore, con le Peperine ritratte in abiti discinti. Ma adesso lo hanno tirato giù, il manifesto: tanto il night lo conoscono già tutti, e Mura passa con il verde, senza problemi, due o tre auto dietro la macchina di Bertozzi.

Tutte queste coppie infelici, che si lasciano o si tradiscono e poi ricominciano da capo con un altro o un'altra, per ripetere all'infinito la stessa storia, ti innamori, ti raffreddi, ti stufi e per poco non tamponi l'auto davanti guardando il sedere delle Peperine su un manifesto pubblicitario. Non resta che affidarsi a Woody Allen nel finale di *Io e Annie*, il suo capolavoro: «Un tizio va dallo psichiatra e dice: "Dottore, mio fratello è pazzo, crede di essere una gallina". E il dottore gli dice: "Perché non lo fa internare?". E quello risponde: "E poi a me le uova chi me le fa?"». Morale: i rapporti uomo-donna continuano perché la maggior parte di noi ha bisogno delle uova. Qualunque cosa questo voglia dire: compagnia, tenerezza, sesso, romanticismo, passatempo, perversione, amicizia, illusione.

La ruota panoramica del parco divertimenti lo distrae dalle sue elucubrazioni. Fin qui tutto regolare: Bertozzi ha detto alla moglie che portava figli e amici dei figli a Mirabilandia e ha mantenuto la promessa. Mura s'infila in coda per il parcheggio. Non gli resta che seguirli anche all'interno: magari l'amante è la tipa che fa funzionare l'ottovolante.

Mirabilandia. DI GIORNO TI PIGLIA, DI NOTTE TI STRABILIA: recitava così lo slogan pubblicitario, quando la aprirono. 850 MILA METRI QUADRATI DI ATTRAZIONI, precisa il dépliant che gli consegnano alla cassa insieme al biglietto, dal prezzo esorbitante di 35 euro e 90. Quando ci portava lui suo figlio, una quindicina d'anni prima, di attrazioni ne ricorda solo un paio: Sierra Tonante, un ottovolante di legno, e Rio Bravo, un percorso acquatico tra le rapide a bordo di gommoni rotondi. Ma adesso avrebbe ampia scelta: Niagara, Hurricane, Katun, Raratonga, Dinoland, Far West Valley, Scuola di Polizia... C'è talmente tanta gente che seguire il Comandante e marmocchi senza dare nell'occhio non è un problema. Unica seccatura, l'attesa: coda interminabile per ogni attrazione, poi mentre quelli si divertono lui deve aspettarli all'uscita e andargli dietro fino all'attrazione successiva. Bertozzi dà l'impressione di spassarsela quanto i suoi ragazzini. A Mura l'ottovolante non è mai piaciuto: gli dà le vertigini, tutto quel su e giù. Ma un pilota d'aereo dev'esserci abituato. Nell'aria stagna un odore indefinibile, un misto di hamburger patate fritte birra e abbronzante. Ogni volta cerca uno spazio all'ombra per aspettare i suoi bersagli e inganna l'attesa mangiando e bevendo: gelato, ghiacciolo, Coca-Cola, frappè. Gli costerà caro, questo pedinamento.

Il primo parco divertimenti della Romagna era stato Fiabilandia, aperto all'inizio degli anni Sessanta: ci andava anche lui, da bambino, accompagnato dai genitori. Poi fu il turno dell'Italia in miniatura: era fantastico attraversare la penisola a piedi, toccare con mano la punta del campanile di San Marco, guardare il Colosseo dall'alto in basso. Adesso ce ne sono a decine, grandi e piccoli, luna park, acquapark, giostre, circhi, castelli gonfiabili e sale giochi. È una Disneyland romagnola, un'altra delle ragioni per cui la gente viene qui in vacanza. A Mura sono sempre piaciuti, i parchi giochi: insieme ai grattacieli spuntati in ogni cittadina, anch'essi negli anni del boom, danno un'atmosfera americana alla Riviera, quella via di mezzo tra Florida e California ma con il sapore locale da fiera paesana.

Bertozzi e ragazzini puntano ora su Mirabeach: già, perché dentro a Mirabilandia si può fare anche il bagno. Evidentemente loro hanno comprato il biglietto multiplo per entrambi i parchi, perché entrano senza coda. Invece a lui tocca mettersi di nuovo in fila alla cassa e pagare il supplemento. Fortuna che è in maglietta e calzoncini, tenuta da spiaggia: fa un caldo da deserto del Sahara, quasi quasi un tuffetto se lo farebbe. Appena dentro si butta in acqua. Ci mette venti minuti a ritrovarli: gli precipitano addosso in piscina da uno scivolo così alto che non se ne vede la cima. Poi si gettano nell'onda artificiale della piscina a fianco. Che sia una di queste ragazze in bikini, l'amante del Comandante? Mamme e papà seguono le acrobazie acquatiche dei figli con aria depressa da sotto gli ombrelloni. Meglio allontanarsi dai bambini altrui, se Mura non vuole passare per un pedofilo.

Compra un ghiacciolo e si mette a leccarlo sotto un gazebo con vista sulla piscina con l'onda. L'acqua sale e scende, sale e scende, facendo scomparire e riapparire i bagnanti. Poi l'onda si quieta, a intervalli regolari, prima di riprendere a cullarli come se fossero su una spiaggia delle Hawaii.

Con un balzo, il Comandante esce dalla piscina, saluta i ragazzi a mollo nell'acqua e si avvia a passo deciso verso lo spogliatoio. In effetti, dovrebbero andarsene anche i suoi figli: il sole comincia a tramontare. Mirabeach tra non molto chiuderà. Mirabilandia invece rimane aperta fino a mezzanotte. Finora non è successo niente di sospetto. Dovrà dire alla Stefi che ha pedinato il marito per niente? Magari è proprio quello che lei vorrebbe sentirsi dire.

I ragazzi continuano a spruzzarsi d'acqua, indifferenti al fatto che la piscina si stia svuotando. Dallo spogliatoio appare Bertozzi, rivestito in camicia e pantaloncini corti. Controlla l'orologio, rivolge un ultimo sguardo ai figli, con un gesto segnala che tornerà più tardi e s'allontana.

Forse ci siamo. L'appuntamento con la sua bella. A meno che non vada soltanto a mangiare in uno dei ristoranti di Mirabilandia: sarebbe ora di cena.

Ma il Comandante non va a cena. Non a Mirabilandia, perlomeno.

Ci vuole mezz'ora a uscire dal parco divertimenti: è già cominciato anche qui un controesodo, le famiglie con i bambini più piccoli ne hanno abbastanza. Genitori esausti, con figli in braccio, in carrozzina, qualcuno perfino al guinzaglio per tenerne sotto controllo due o tre insieme: come reduci da una battaglia, che si ripete quasi uguale giorno dopo giorno, quale che sia lo scenario, parco giochi o spiaggia. Non c'è da meravigliarsi se, alla fine delle due settimane medie di vacanze, sono felici di tornare a lavorare: un riposino, almeno nella pausa caffè, in ufficio potranno farlo.

Bertozzi sale sul Range Rover e riprende l'Adriatica, in direzione sud, verso Cervia. Di colpo è venuto buio e il traffico ora è più intenso, quindi è più semplice stargli dietro senza essere notato. Sulla strada c'è il popolo della notte, per la precisione da queste parti il popolo dei puttanieri: dopo il crepuscolo, la statale è una casa di tolleranza all'aria aperta. Quasi tutte straniere, in maggioranza africane, albanesi, slave. Cerca una di queste? Oppure soltanto una piada a uno dei chioschi davanti alle saline che costeggiano la strada? Bertozzi non rallenta. Prosegue. Forse vuole semplicemente fare benzina? Cambiare l'olio? Supera anche la stazione di servizio Repsol.

E infine d'improvviso Mura capisce.

«Altro che puttane. Quello sta andando dai trans!»

Lo esclama fra sé, sorpreso dalla scoperta, quando il Range Rover abbandona l'Adriatica e all'altezza di Lido del Savio torna a puntare verso nord, infilandosi nella via Romea Sud, la strada che esisteva prima che rifacessero lo svincolo su modello di una moderna tangenziale. La vecchia statale, che conduce a un crocicchio di viuzze fra casupole, canneti e canali, da sempre territorio esclusivo dei viados che battono da quelle parti. Da sempre, magari no. Ma da quando Mura e i tre moschettieri erano giovani, sì: ci andavano anche loro, a vedere i viados, a chiacchierarci, offrirgli una sigaretta, fare gli stupidi. Quegli uomini-donne o donne-uomini, così vistosi, esagerati, provocatori e provocanti, pronti a dire maialate al finestrino: molto più di una puttana, insomma, di una donna del mestiere. Solo a vedere andavano, non sono mai diventati clienti, nemmeno per scherzo.

Il capitano Bertozzi non sembra esserci venuto con la stessa intenzione. Per quanto, poi, chi è il genere d'uomo che va... con un altro uomo travestito da donna? Uomini di ogni tipo, si direbbe dai caroselli di auto di tutte le cilindrate. Si forma una lunga fila di macchine davanti a ciascuna delle stangone in tacchi a spillo che ruotano la borsetta, ridono gettando la testa all'indietro come nei vecchi film di Hollywood e sculettano in modo esagerato.

Il Comandante però non si mette in coda, rimane in seconda fila, come se cercasse qualcuno di sua conoscenza. Sempre lo stesso giro: l'argine sinistro del fiume Savio, la via Romea vecchia, il retro del bar del Savio dove due trans sono seduti a bere un caffè a gambe accavallate, via Don Alieto Melandri, quindi a sinistra in viale dei Lombardi, a destra di nuovo sull'Adriatica, stavolta in direzione sud, poi inversione della rotta, argine sinistro del Savio e si ricomincia. Saranno decine i viados lungo il percorso. Come in un circuito di Formula Uno, dopo un po' incontri le stesse auto, le stesse facce al volante. Forse non cerca nessuno, è soltanto indeciso, vuole solo guardare. Un puttan-tour, anzi un trans-tour, come li chiamavano loro da ragazzi: guardare e non toccare è una cosa da imparare. Per pura distrazione, prima di tornare a prendere i figli a Mirabilandia. Forse cerca soltanto l'ispirazione per spararsi una sega nella doccia prima di coricarsi o domattina, ripensando a muscolosi donnoni che ha intravisto dal finestrino. Magari, a occhi chiusi, penserà a loro mentre scopa la Stefi a notte fonda... da dietro... come con un uomo.

Che bei pensierini, ammette Mura, ridacchiando. Vorrebbe avere con sé i suoi tre amici per commentare. Almeno il Barone: tutti e quattro nella Porsche ci starebbero stretti.

Anche così è uno scoop da raccontare alla Stefi: tuo marito non ti tradisce, tranquilla. Però, se di notte ti viene sopra da dietro a occhi chiusi, potrei raccontarti che fantasie ha in testa...

Al terzo giro del circuito, arrivato all'angolo tra via Don Alieto Melandri e viale dei Lombardi, invece di svoltare a sinistra verso la strada da cui è venuto per farsi un quarto tour panoramico o eventualmente tornare a Mirabilandia, il Comandante vira a destra, filando in viale dei Lombardi, direzione est. Verso il mare, in sostanza. Qui dopo poco il traffico sparisce: solo qualche coppia di fari nella notte, campi coltivati sui due lati della strada, qualche casolare di campagna, ora una rotonda. Le luci di una cittadina. Lido di Classe, annuncia il cartello. Bertozzi sbuca in viale Giovanni da Verrazzano, parcheggia al primo spazio libero, chiude il Range Rover e prosegue a piedi. Questo Mura non se l'aspettava. Passa oltre per non farsi notare, parcheggia più avanti, cerca di capire dove si è diretto il Comandante. Basta un'occhiata per rendersene conto. Il viale è intasato di macchine come e più della vecchia Romea che si è appena lasciato alle spalle. Le auto sono incolonnate, procedono a passo d'uomo. Davanti a ogni casa è appeso un faretto rosso. Le porte sono aperte. Nel vano, seduti su una seggiola o in piedi in posa sconcia, i trans aspettano i clienti. Qui però evidentemente non si tratta di un pompino in macchina in un vicolo o di doversi cercare una stanza in un albergo a ore: vuoi mettere la comodità del servizio in camera?

Mura scende a sua volta dall'auto, attraversa la strada, controlla da lì le mosse del Comandante. Cerca di non attirare l'attenzione dei viados, che invitano anche lui, come gli altri passanti: «Tesorino, cerchi me?», «Amore, sono qui», «Giovanotto, hai da accendere?». Giovanotto? O hanno bisogno dell'oculista o hanno il senso dell'umorismo. Propende per la seconda ipotesi. Somiglia al set di un film: grottesco, volgare, comico.

Il Comandante deve essere arrivato a destinazione. Quasi all'angolo con via Bering, si ferma davanti a una figura ancora più alta di lui, che già è più alto di Mura. Lunghi capelli biondi, tettone da maggiorata, gambe che non finiscono più. Mura cerca di avvicinarsi senza farsi vedere. I due confabulano brevemente, quindi il trans prende il Bertozzi per mano e se lo porta dentro. Forse la cercava sulla via Romea e non l'ha trovata. Forse ha cambiato idea all'ultimo. O avevano già preso appuntamento. Oppure gli... le... gli ha fatto una sorpresa. Quale è il pronome politicamente corretto per un... una... un... trans?

A questo punto potrebbe dichiarare missione compiuta, ma ha la curiosità di arrivare fino in fondo. In fondo alla strada, perlomeno. Via Bering ha le case sul lato sud e una fitta pineta a nord. Deve essere la pineta della Bassona, l'ultima riserva naturale della costa romagnola su cento chilometri di stabilimenti da Ravenna al monte di Gabicce. La spiaggia dei desideri, come la chiamava lui da ragazzo, quando ci andava in moto con la sua compagnia di amici: poi sono arrivati i nudisti, con seguito di guardoni, e infine i trans, che per stendersi al sole si ritrovano sul lato nord della pineta, in prossimità di Lido di Dante, l'altra località balneare di questo tratto di litorale. Lido di Classe, Lido di Dante: non la Romagna delle cartoline turistiche. Una Riviera più povera e semplice, edificata sul nulla perché qui una volta era tutto come la Bassona: pini, dune, sterpi e mare, daini e cavallini selvatici. Non c'era niente. Non ci veniva nessuno, su questo spicchio di costa. Adesso è un'altra storia. Il turismo di massa ha creato anche qui delle città artificiali, fatte di condomini, villette, gelaterie, pizzerie e sale giochi. Mura torna alla macchina. Vuole vedere quanto tempo il Comandante passerà lì dentro. Sono le 21.45. Andrebbe a mangiarsi una piada o una pizza, la sua tipica cena delle serate solitarie, ma teme di perdere il suo uomo. Abbassa il finestrino e si gode lo spettacolo. Un viavai incessante. Come in centro all'ora di punta. Saranno contenti, i residenti di Lido di Classe. Ma, in fin dei conti, sono residenti anche i viados.

Bertozzi ricompare alle 22.40. Accende una sigaretta, ingoia una gomma, monta in auto e riparte a razzo. Con Mura dietro. Fila dritto all'ingresso di Mirabilandia. Si avvicina mezzanotte e una fiumana di gente esce dal parco divertimenti. Il Comandante si ferma nel piazzale e aspetta alla guida. Poco dopo arrivano i figli con gli amici. I ragazzi danno il cinque al papà: chissà cosa racconterà loro su dove è stato. Forse che ha mangiato un boccone ed è uscito ad aspettarli per non restare impantanato nel traffico del parcheggio. Salgono tutti in macchina e via verso Borgomarina.

Il momento per Mura di mangiare qualcosa. Un bel rapportino per la Stefi ce l'ha già. Tuo marito ti tradisce, ma non con chi pensi tu. Tutti quei nomi di uomo che la Stefi gli ha scoperto sul cellulare in volo per Singapore pensando che fosse un trucco per nascondere donne: stai a vedere che erano uomini davvero!

Com'è buono il cassone con pomodoro e mozzarella: una piada richiusa su se stessa con gli stessi ingredienti della pizza.

Dlin!

Messaggino.

Il maresciallo mi ha interrogato. Credo che sospetti di me. Do-mattina alle 11 c'è il funerale di Osvaldo al cimitero di Borgo-marina. Ci sarò. Dovresti andarci anche tu.

Firmato: Josephine.

E poi: xx. Bacio bacio.

Un'altra a cui non sa dire di no.

10. Un mazzolino di violette

(Colonna sonora: *Eppur mi son scordato di te*, Lucio Battisti)

«O Dio, onnipotente ed eterno, Signore dei vivi e dei morti, pieno di misericordia verso tutte le tue creature, concedi il perdono e la pace a tutti i nostri fratelli defunti, perché immersi nella tua beatitudine ti lodino senza fine. Per Cristo nostro Signore. Amen.»

Il sacerdote ha il sottanone dei preti di una volta. È riuscito a trovarsi uno spicchio d'ombra, grazie ai rami di un platano che si protendono sopra le tombe, ma suda lo stesso copiosamente mentre, terminata la breve orazione funebre, cosparge la bara con l'incenso nel rito della benedizione.

«Aiè un cald ch'amaz tot» si ode dal gruppo dei presenti.

Un caldo che ammazza tutti. Senza guardare in faccia a nessuno: neanche a don Frullino, com'è soprannominato il parroco di Borgomarina, perché non sta mai fermo, sempre indaffarato a combinare qualcosa, per la gloria del Signore naturalmente, ma anche della sua chiesa affacciata al porto canale. Mura ricorda quando andò a trovarlo, vent'anni prima, per il battesimo di suo figlio: nato in Russia, voleva che avesse un certificato legato all'Italia, e chiese di battezzarlo durante la sua prima vacanza in Romagna, quando Paolo aveva sei o sette mesi di vita. Saltò fuori che era nato da un secondo matrimonio.

«Dunque lei è divorziato.»

«Be', evidentemente, sì.»

«Al Signore Iddio questo dispiace.»

Mura non sapeva come rimediare al dispiacere dell'Altissimo.

Ma don Frullino sì: «Se lei compra un biglietto della lotteria di beneficenza, il Signore chiuderà un occhio».

E così, con un biglietto da 100mila lire, anche il figlio di un divorziato ricevette l'acqua santa battesimale.

Il Signore deve avere chiuso un occhio anche per il funerale di Osvaldo Montanari. Non c'è stata messa: sarebbe stata un po' troppo per un peccatore incallito come il pornofotografo assassinato. Ma due parole e la benedizione sono state assicurate, forse sganciando un'offerta votiva al parroco. Non che se le metta in tasca direttamente lui. Con quel che passa l'arcivescovado e il calo dei fedeli a messa, in qualche modo deve pure arrangiarsi a finanziare le attività per i suoi parrocchiani, la merenda per i poveri dopo il catechismo, il calcetto per i ragazzini, la festa di san Giacomo, patrono di Borgomarina. Altrimenti in paese si festeggerebbe soltanto quel mangiapreti di Giuseppe Garibaldi, sia pace all'anima sua, patrono dei laici del posto e dei rivoluzionari di ogni dove.

Il cimitero sorge sulla strada che porta fuori il paese, oltre la ferrovia, verso Pinarella. Nelle vicinanze ci sono soltanto un paio di campeggi. È un camposanto con una piccola cappella all'ingresso, le tombe fra gli alberi, una fontanella per dare acqua alle piantine di fiori che i parenti portano ai defunti.

La breve cerimonia volge al termine. I becchini calano la bara nella fossa. Magro come un chiodo e fedele al proprio nomignolo, don Frullino ondeggia ritmicamente a ogni colpo del turibolo spargendo l'incenso: insomma, frulla, e se arrivasse un alito di vento potrebbe volare via. Ma neppure un refolo d'aria giunge a dare sollievo ai presenti, come quando in mare c'è bonaccia e le imbarcazioni a vela rollano appena, paralizzate, sbattute dalle onde.

«L'eterno riposo dona loro, o Signore, e splenda ad essi la luce perpetua» riprende in tono cantilenante. «Riposino in pace. Amen.»

«Amen» risponde in coro la piccola folla.

Il prete estrae di tasca un fazzoletto tutto avvoltolato e terge gli occhiali appannati per l'umidità. Quindi congiunge le mani e abbassa il capo, come se si concentrasse in una preghiera silenziosa. Probabilmente pensa a cosa l'aspetta in tavola.

Mura è l'unico vestito da spiaggia. Oddio, ha messo i jeans sopra le ciabatte e una polo sbiadita invece della solita t-shirt, ma ha lo stesso l'aria di uno fuori luogo, date le circostanze. Gli altri sono vestiti di scuro, gli uomini in giacca e cravatta, le donne in tailleurino.

C'è Giorgio Montanari, figlio della vittima, in prima fila, con aria assai sbattuta. Nessuno che lo sorregga: non una moglie, una famiglia, neppure un paio di zii. Un passo dietro, un gruppetto di uomini, stesso abito nero, cravatta nera, scarpe nere: tutto nero, tranne le facce paonazze per la calura. Ma non potevano celebrarlo alle sei di sera il funerale? Magari sarebbe stato caldo lo stesso. E metti che don Frullino a quell'ora non potesse. Mura riconosce un paio di volti. Dolfo, il fioraio, con bottega sul porto canale: la sua ex moglie andava sempre a comprare da lui enormi e costosissimi mazzi di fiori, che dopo pochi giorni lasciavano un odore appunto da funerale in tutta la casa. A Mura non sono mai stati simpatici: né i fiori, né il fioraio.

Poi Ernesto Semprini, il farmacista. Un altro che Mura conosce di vista. Non perché entri mai nella sua farmacia, all'inizio del porto canale. Se deve comprare un'aspirina, preferisce la farmacia verso la fine del porto.

Più indietro, staccata dagli altri, spicca la testa di Josephine. Tailleur d'ordinanza, ma nocciola, non proprio un colore da funerale. Più indietro ancora un'arzilla vecchietta: Celestina

Bazzocchi, la donna delle pulizie. È venuta anche lei. Mancano soltanto le olandesine e la famigliola si è riunita al completo. Mura li studia da lontano. Ci sono facce che non conosce. E, in fondo a tutti, una chioma bionda, più alta anche della Jo, ma non riesce a vederla in volto.

Gli addetti alle pompe funebri finiscono di ricoprire la fossa di terra, ripongono i badili e si asciugano il sudore dalla fronte. Il minuscolo assembramento si disperde rapidamente. Don Frullino si intrattiene con Celestina Bazzocchi. Il fioraio e il farmacista consolano Giorgio Montanari. La Jo resta in disparte, rivolge un'occhiata a Mura, scuote la testa, s'allontana: non è il momento di essere visti insieme. Dov'è finita la watussa bionda? La vede sul lato opposto del cimitero; forse non era questo il caro estinto che è venuta a visitare. Occhialoni scuri. Foulard. Due spalle così. Due spalle... da uomo. Non sarà mica il trans che la sera prima ha ricevuto il capitano Bertozzi a Lido di Classe?

«Che ci fai qui di bello?»

Sobbalza alla voce del maresciallo Amadori. Lo prende sempre di sorpresa: si diverte così. E in castagna: come se lo scoprisse intento in un'attività illecita.

«Perché, non si può venire al cimitero?»

Classico errore: mettersi sulla difensiva è ammettere la propria colpa.

«Si può, si può. Ma se uno gioca a fare il detective privato e ci viene per il funerale di un morto ammazzato, due più due fa quattro.»

«Non sei mai stato forte in matematica, Gianca.» Prova a buttarla in ridere. Ma il maresciallo non abbocca.

«Ti avevo detto di non impicciarti di queste cose.»

«Non m'impiccio.»

«Senti, Mura, ti conosco troppo bene: quando dici una bugia si vede lontano un miglio. Per me se vuoi giocare a Sherlock

Holmes, fa lo stesso, ma te lo ripeto per l'ennesima volta: limitati a mariti cornuti.»

Moglie cornuta, nel caso della Stefi. Tradita dal suo uomo con un altro uomo. Non è però il momento di spiegarlo al maresciallo.

«E se fosse proprio questo il motivo per cui sono qui?» Indica la gente che se ne sta andando alla spicciolata, come se fra di loro ci fosse il suo cliente.

«Affari tuoi» ribatte il maresciallo. «Uomo avvisato mezzo salvato. Non posso passare il tempo a tirarti fuori dai guai.»

Mura atteggia le labbra a un bacetto.

Sono arrivati all'uscita. L'Alfetta con il brigadiere Perroni al volante è parcheggiata a motore acceso e l'aria condizionata a palla. Sempre insieme, il maresciallo e il brigadiere. Sarebbero una bella coppia.

«Vuoi un passaggio?» chiede Amadori.

«Sono venuto con i miei mezzi» risponde Mura, indicando la bici arrugginita appoggiata al muro.

Poco più in là Josephine monta su un vespino e parte tirando le marce come se fosse una Suzuki.

«E di quella che mi dici?» chiede Mura indicando la ragazza.

«L'abbiamo interrogata. Sembra che abbia un alibi per la notte del delitto. Non mi convince tanto. Simpatica ragazza, ma ci sono mogli che hanno ucciso il marito per molto meno. Lei si porterebbe via almeno un terzo dell'eredità. Sono i rischi di sposare una giovane straniera.»

Non raccoglie l'allusione: di straniere Mura ne ha sposate due.

«Bella ragazza, oltre che simpatica.»

«Ecco, pensa alle belle ragazze» si congeda Giancarlo e raggiunge il brigadiere. «At salut!» gli grida dal finestrino dell'Alfetta.

Mura indugia con le mani sul manubrio della bici. La riappoggia e torna dentro. Nel frattempo, anche Giorgio Montanari, il figlio del fotografo, si è dileguato.

Intorno alla tomba di Montanari sono rimasti in quattro: il fioraio Dolfo, il farmacista Semprini e due tizi dalla testa rasata. Il piccolo cimitero ora è deserto. Il sole picchia implacabile. Nascosto dietro una colonna, Mura osserva la scena. I quattro si guardano intorno per essere certi di essere rimasti soli. Quindi Dolfo grida: «Camerata Montanari!». E tutti e quattro rispondono «Presente!» facendo il saluto romano. Poi si avviano all'uscita con aria soddisfatta, come se avessero portato a compimento una missione pericolosa.

Ma non sono soli. In fondo al cimitero, da dietro un albero, sbuca una figura che i quattro uomini non avevano visto, perché si era inginocchiata a pregare e solo ora si rialza in piedi. Per la precisione, si erge sui tacchi a spillo: come faccia a rimanere in equilibrio così sulla ghiaia è un miracolo. La donna che Mura ha intravisto poco prima. Che sia un trans, ora che guarda bene, non c'è dubbio. Che sia quello della sera prima, non potrebbe esserne del tutto sicuro. Un po' si somigliano tutti, alti, muscolosi, esagerati nelle chiome e nei vestiti. Come adesso; tacco 12 e tubino nero striminzito più adatto a un night club che a un funerale, da cui strabordano carni in abbondanza. Però il colore dei capelli è lo stesso. Aspetta che il donnone si allontani, la vede salire su una Fiat 500 giallo canarino, proprio il colore per non attirare l'attenzione eh, e la vede partire senza accorgersi di lui.

Se non era venuta per il funerale di Montanari, davanti a chi pregava? Ripercorre il viottolo di ghiaia che corre lungo il prato fino in fondo al cimitero, dove c'è ancora un po' di spazio per scavare una fossa. Quale sarà stata la tomba davanti a cui si è inginocchiato il trans? Scruta nomi e date, uno a uno: Dante Tassotti, 1940-2013; Maria Quadretti, 1944-2018; Primo Battistini, 1939-2016. Gli ultimi arrivati. Un giorno sarà qui anche la tomba di Mura? Dinnanzi a ogni nome, un lumicino e un mazzolino di fiori secchi.

No. Non tutti secchi. Ci sono violette davanti a una tomba recente. La lapide recita: Edoardo Olivares do Nascimento, 1996-2019.

11. Il significato dell'esistenza
(Colonna sonora: *Vamos a la playa*, Righeira)

«Ma cos'è tutta questa luce?»

Accecato dal sole dell'una, fuori dal cono d'ombra del suo tavolino preferito, il Barone barcolla, riparando prontamente dietro un paio di occhiali da sole specchiati. L'estate non gli piace: la trova eccessiva, appiccicaticcia, urticante. Una stagione che ti mette a nudo, come una radiografia, un'ecografia, una risonanza magnetica. E non gli piace che altri sappiano cosa ha dentro. Non vuole saperlo neanche lui. Perciò preferisce l'autunno e l'inverno, più scuri, torbidi, riservati.

S'è alzato per accogliere gli amici al caffè di Fiorenzuola: "l'ufficio", come lo chiama quando non è nell'ufficio vero, il suo studio di primario all'ospedale San Salvatore di Pesaro. Torna immediatamente a sedersi al tavolino sempre riservato a lui, nell'angolo della piazzetta, spalle al muro di una casa in perenne attesa di restauro.

«*Bro*, lo sai che hai l'aria del magnaccia, con i Ray-Ban a specchio?» lo apostrofa Mura.

«Professione di cui ti intendi» gli risponde a tono il Barone, «se non altro per avere frequentato le dipendenti di chi la pratica, vero fra'?»

«Be', che si beve?» chiede l'Ingegnere.

«E cosa si mangia, con il bere?» gli fa eco il Professore.

Fiorenzuola di Focara: 133 abitanti, frazione del comune di Pesaro su uno sperone roccioso a strapiombo sul mare, al centro del Parco Naturale del Monte di San Bartolo, antico insediamento romano in posizione strategica su uno dei pochissimi promontori dell'Adriatico settentrionale. L'unico promontorio, per la precisione, da Trieste ad Ancona. "Splendido luogo ancora incontaminato dal turismo di massa" recitano le guide turistiche. Appunto, turistiche: non è più così incontaminato, specie a Ferragosto. Tutti i tavolini del bar sono occupati, tranne quello che il barista riserva al Barone per rispetto: nel paesucolo lo chiamano "il dottore" e si rivolgono a lui per qualsiasi problema di salute, solitamente risolto con la formula "due aspirine e passa". In genere, passa, e tutti sono contenti così: non era mai capitato che uno stimato primario decidesse di abitare in questo borgo selvaggio e per i residenti è un punto d'onore.

Serviti Spritz, noccioline, olive e patatine, i quattro vecchi amici si accomodano.

«E dove le mettiamo le ragazze?» si preoccupa l'Ingegnere.

«Quali ragazze?» lo redarguisce il Prof. Le due eterne fidanzate in arrivo da Bologna su un'altra auto hanno soltanto qualche anno meno di loro. La Raffa fa eccezione: ha trentacinque anni ma ne dimostra dieci di meno. Li raggiungerà più tardi. Insieme al figlio Pelé ha preferito restare a fare il bagno nella spiaggetta che cinge la località, a cui si arriva soltanto a piedi, attraverso una lunga e impervia discesa per il sentiero che segue il profilo della montagna, e la risalita sembra ancora più lunga. Quanto a Mura, senza più mogli e senza fidanzate storiche, la sua scopamica non è classificabile in alcuna categoria. Lui la descrive citando il grido dei venditori ambulanti d'una volta in Romagna: oggi ci sono, domani vado via.

Questa non è più Romagna, ma non ancora del tutto Marche. Un villaggio fra cielo e mare, cinto da mura del Trecento, citato da Dante nella *Divina Commedia*. Un posto con un suo perché, evidentemente sin dal tempo del poeta che con questa parte d'Italia doveva avere un rapporto contraddittorio: ci ha passato un sacco di tempo, molto prima dell'invenzione delle vacanze, ma l'ha messa quasi tutta all'Inferno.

«La Cate verrà a trovarmi per Ferragosto» annuncia Mura.

«Giornalista in pensione, ma non hai perso il vizio di darci notizie» commenta il Prof.

«Con un nido d'amore delizioso come il tuo» prevede il Barone, «prima o poi le verrà voglia di fermarsi.»

«La mia ispirazione sei tu» risponde Mura.

«La mia solitudine sei tu» replica il Barone. Op. cit., Iva Zanicchi, *Testarda io*, 1974.

Fra i due è opinabile chi abbia la casa più piccola. O tenuta peggio. Il capanno da pescatori di Mura, sul molo di Borgomarina, è così spartano, oggi si direbbe minimalista, che non andrebbe bene neanche a un pescatore. Il Barone abita in un trappolo, come chiamavano nella Bologna anni Settanta i bugigattoli in cui i ragazzi per bene scopavano lontano dall'occhio dei genitori. «No, è un monolocale» protesta lui. In effetti c'è anche un minuscolo cucinino, con un divanetto su un lato e un tavolinetto sull'altro: ma la stanza più grande, l'unica vera camera dell'appartamentino, è la camera da letto. Detta anche scannatoio: come nei trappoli, la parte per lui più importante della casa.

«Ecco le ragazze, paghiamo e andiamo, dai» li sprona l'Ingegnere. La Mari e la Carla sono uscite dalla Panda di quest'ultima e attraversano la strada dirette verso di loro. L'Ing sa che alla Mari non piace aspettare: da ex più bella ragazza della città pretende di essere trattata come la prima della classe. La Carla è più paziente. Non perché sia meno carina. «È un tipo» dicono di lei gli amici, quando il Prof non è nei paraggi, senza specificare cosa significhi ma come omaggio al suo fascino naturale. Sta con il Prof da quando avevano venticinque anni e conosce bene la combriccola: sa che il loro forte è la pigrizia. E le vanno bene lo stesso.

Si trasferiscono sulla terrazza della Rupe, il ristorante dall'altra parte della strada: vista sul mare, cucina famigliare, prezzi modici. Anche lì hanno un tavolo riservato, grazie alla presenza del Barone, che è di casa. Con due posti liberi per la Raffa e Pelé, quando arriveranno, più affamati e abbronzati che mai.

«Nel pomeriggio voglio prendere anch'io un po' di sole e fare il bagno» avverte la Carla, indicando il costume sotto il vestito leggero a fiori che indossa.

«Il Prof ti farà certamente compagnia» ironizza l'Ing.

Parte la solita discussione sull'ultima volta che è stato visto in costume da bagno: una vacanza sulla costa amalfitana che fecero tutti insieme il primo anno di università. «A Positano c'è ancora una targa ricordo» sostiene Mura: «Qui Pietro Gabrielli, detto il Professore, apparve in slip nell'estate del 1976».

«Chi c'era non può scordare il momento» conviene il Barone.

«Vi fu un boato di approvazione» precisa l'Ing, «che sembrava il San Paolo all'ingresso in campo di Maradona.»

Sono storielle che ripetono fra loro da quarant'anni, più o meno sempre uguali. Non si annoiano a risentirle. A loro sembra il modo giusto di invecchiare. Perlomeno, il solo che conoscono.

Non c'è stato bisogno di ordinare. Dalla cucina arrivano cozze alla marinara per tutti, seguiti da spaghetti alle vongole: con la fantasia non vanno lontano, ma il risultato è sempre soddisfacente.

«Come sta la mia Porsche?» s'informa il Barone, che ha aspettato ci fossero tutti per tormentare Mura.

Non l'ha rivista da quando gliel'ha prestata per pedinare il capitano Bertozzi. Oggi Mura si è fatto venire a prendere dall'Ing. Ha lasciato la Porsche a Borgomarina, al posteggio dietro il molo, casomai gli servisse per l'altra indagine che gli è capitata per le mani.

«Sta benone» risponde. «L'ho anche portata all'autolavaggio, dove non andava dal secolo scorso.» Non è vero. Sporca e impolverata si confonde meglio nel pedinamento. E poi Mura non ha da sprecare nemmeno 5 euro.

«Mi piacerebbe rivederla, prima o poi» insiste il Barone. «Sai com'è, ci sono affezionato. E poi, se vogliamo essere precisi, è mia.»

«Ne avrei bisogno per qualche altro giorno.»

«Basta che non prendi anche l'aereo per correre dietro al pilota fedifrago» commenta la Carla, a cui il Prof ha riferito tutti i particolari del caso, dopo aver giurato di non aprire bocca.

«Fedi che?» s'informa il Barone.

«Fedifrago: chi viene meno alla fede giurata o a un patto solennemente sottoscritto» spiega la Carla.

«Come un matrimonio» osserva la Mari.

«Patto di cui tu, Barone, non hai esperienza» sottolinea il Prof.

«Ah, già, perché invece tu...» arriva la risposta.

«Non è solo questione di pedinare il pilota» confessa Mura.

Il bisogno di raccontare tutto agli amici lo costringe a metterli al corrente della seconda cliente a cui non ha saputo dire di no: la Jo della Martinica.

«Creola, dalla bruna aureola» intona il Prof.

«Sei più vecchio di quello che sembri» lo redarguisce Mura. «La cantavano negli anni del fascismo.»

«Il brano è del 1926» precisa il Prof. «Ma l'hanno rilanciato Claudio Villa e Gigliola Cinquetti negli anni Cinquanta-Sessanta...»

«Quando tu andavi già a ballare, suppongo.»

«... e comunque una sua strofa, "Straziami ma di baci saziami" diede il titolo a un film con Manfredi che dovresti ricordare anche tu» conclude il Prof, ignorando la presa in giro.

«Possibile che ti capitino soltanto belle donne, come clienti?» interviene la Mari.

«Chi ha detto che è bella?» lo difende l'Ing.

«Be', sai, con la reputazione che abbiamo» risponde il Barone a nome del quartetto. «Vengono tutte a cercarci.»

«Sessanta sono i nuovi quaranta» concorda il Prof.

«Sì, *bum*.» La Carla e la Mari si danno di gomito.

«Dunque, la Stefi vuole scoprire se il marito la tradisce e questa Jo vuole dimostrare che non è stata lei ad assassinare il marito. E tu così ti ritrovi a essere il classico uomo fra due dame…» comincia il Prof.

«… che fa la figura del salame» completa il proverbio l'Ing.

«Bravo, sette più» si complimenta il Barone. «Da soli non ci saremmo arrivati.»

«Ma vaffanculo, va» finge di irritarsi l'Ing.

Sulla morte di Montanari hanno letto quel che è uscito sui giornali. Mura li aggiorna sul resto: i risultati incerti dell'autopsia confidati dal maresciallo, il poco che gli ha detto la Jo, il funerale con il saluto romano.

«Per "il Resto del Carlino" è un delitto legato all'industria del porno» riferisce l'Ingegnere, citando il giornale locale.

Segue dotta disquisizione sull'argomento.

«Vi ricordate i porno shop di una volta?» dice il Barone.

Ce n'era uno vicino alla rotonda, all'uscita dell'autostrada di Pesaro, dove si davano appuntamento quando gli altri venivano a trovarlo da Bologna. Offriva tutte le perversioni sessuali divise per sezioni: tette grosse, culone, orgia, travestiti, sadomaso, ragazze con vecchi, ragazzi con vecchie, animali, omosessuali, lesbo… Loro tre passavano una mezz'ora a guardare le copertine delle videocassette, aspettando il Barone, sempre in ritardo. «Avete trovato l'ispirazione per una pugnetta?» domandava lui, quando finalmente si faceva vedere. Poi andavano a cena in riva al mare.

«Non ce ne sono più» li informa l'Ingegnere. «Internet ha completamente trasformato il settore. Siti come YouPorn e Pornhub hanno provocato il fallimento dei porno shop, dei cinema a luci rosse e delle riviste di donne nude. Un terzo del traffico sul web è pornografia gratis.»

«Sei bene informato ma stai attento» lo ammonisce il Prof, «che a toccarsi troppo si diventa ciechi.»

Si punzecchiano come Jack Lemmon e Walter Matthau nel film *La strana coppia*. L'Ing è Lemmon e il Prof è Matthau.

«Scemi che siete, con voi non si può mai fare un discorso serio. Volevo solo dire che i processi industriali sono simili. Il porno è stato cambiato da internet allo stesso modo della musica. Sono scomparsi i luoghi di fruizione tradizionale, sostituiti dal web.»

«Hai detto fruizione o frizione?» s'informa il Barone.

«E vaffa.»

L'Ingegnere vuole bene anche a lui.

«Se è per questo sono cambiati anche i protagonisti, insomma quelli che il porno lo recitano» cambia tono il Barone. «Una volta c'era dietro una vera e propria scena di porno attori e porno attrici. Adesso su Pornhub arriva quasi tutto materiale amatoriale, girato da dilettanti o da semiprofessionisti che si arrangiano in proprio.»

«Niente set, niente costumi, niente trama» conferma Mura. «Soltanto sesso. Il 95 per cento del porno è così: gratis e fai-da-te. E ha tre miliardi di spettatori.»

«E il 26 per cento degli utenti di Pornhub sono donne» precisa l'Ing.

«Ma sai proprio tutto» fa il Prof.

«E tu non sai un tubo.»

«Oh, smettetela» li rimprovera la Mari. «C'è anche il porno femminista se è per questo, girato da donne, per donne, con una sessualità più femminile, non solo poppe siliconate e culi parlanti.»

«Che poi a dire il vero, *bro*, tu lo guardavi solo per gli uccelli» ricorda Mura.

«Sssh» lo zittisce il Barone, «abbassa la voce, non siamo mica soli.»

La tavolata accanto, tre generazioni dai nonni ai bambini, sembra troppo presa dal cibo per prestare attenzione ai loro discorsi.

«Okay, lo dico a bassa voce: al Barone, nel porno, piacciono solo gli uccelli.»

«Cazzo dici?»

«Vedi? Hai sempre il cazzo in bocca.»

«Oh, ma siete patetici» s'arrabbia la Mari.

La Carla sorride e si accende una sigaretta: è abituata anche a questi discorsi.

Mura tira fuori la storia di quando si riunivano nell'attico del Prof a San Pietro in Casale per guardare certi filmini. E sostiene che il Barone ripeteva sempre: «Se non vedo i cazzi, non mi eccito».

«E io gli rispondevo: "A forza di vederli, finirai per affezionarti".»

«La verità» interviene la Carla, «è che il porno, proprio perché è dappertutto, è diventato più violento, più estremo, più perverso. Online ormai circolano liberamente pedofilia e necrofilia. La gente si è abituata a tutto, occorre qualcosa di più per eccitarsi. Con la conseguenza che il sesso reale, ehm ehm» s'interrompe per indicare i quattro moschettieri, «richiede sensazioni sempre più diverse per raggiungere il livello di eccitazione del sesso virtuale.»

«Proprio quello che dico sempre io!» fa la Mari.

«Ma no, tesoro» prova a rabbonirla l'Ing.

«Ma questo che cosa c'entra con l'assassinio del fotografo Montanari?» cambia discorso il Barone, vedendo tornare la Raffa e Pelé dalla spiaggia. Non aspetta di sentire la risposta, va ad accoglierli e li aiuta a sistemarsi a tavola con borse, asciugamani, materassino, pallone e palline.

«C'entra» riprende in tono più serio Mura. «Perché Montanari faceva parte di un'industria morente. È stata il suo serbatoio di soldi tutta la vita, dai servizi per le riviste patinate ai filmini, appunto. Non c'era bisogno di andare in California per girarli, esisteva una Hollywood del sesso romagnola. Adesso si era reinventato nel sesso in streaming, con le ragazze che interagiscono con i clienti *one on one*, si toccano obbedendo ai loro desideri e vengono pagate con carta di credito. Ma quanto poteva andare avanti? Qualunque donna può organizzarselo da sola senza bisogno dello studio di regia di Montanari. Sui social mi arrivano continuamente messaggi di ragazze che vogliono mostrarmi tette e culi in cambio di soldi. Insomma, quello che voglio dire è che il fotografo cercava di controllare qualcosa che gli stava sfuggendo di mano. Chi lo ha ucciso può venire da quell'ambiente.»

Con il dettaglio del fallo piantato nel sedere, davvero degno di un film porno sadomasochistico. Ma quello glielo risparmia.

«Volete smetterla di parlare di sesso?» s'intromette la Raffa tappando le orecchie a Pelé. Il ragazzino scoppia a ridere: forse di porno ne sa più di loro messi insieme. «E cominciate a farlo, piuttosto» rincara la dose sua madre.

«Parla per quei tre lì, bibi» fa il Barone, condiscendente.

«Dovrei parlare anche per te, bibi, ultimamente mi sembri un po' distratto.»

Fra loro si chiamano così, bibi, usando lo stesso vezzeggiativo.

«Basta un poco di zucchero e la pillola va giù, la pillola va giù...» canticchia il Professore.

«Quale pillola?» fa il finto tonto l'Ing. Da un pezzo il Barone scrive le ricette del Viagra o del Cialis per tutti e quattro.

«Fumiamoci una paglia» taglia corto il Barone e va a mettersi su un terrazzino rialzato del ristorante da cui la vista sul mare è ancora migliore. Il Prof e l'Ing gli vanno dietro, accendendo un toscanello ciascuno. Mura si accoda, anche se non fuma più. «Come si chiamava quel posto di Los Angeles dove producevano tutto il porno della terra?» domanda il Barone aspirando con voluttà.

«San Fernando Valley» risponde Mura.

«Sempre bene avere un giornalista con noi» nota l'Ing.

«Ex giornalista» puntualizza Mura.

«A me viene in mente Happy Valley, Pinarella di Cervia, la pista dei go-kart dove andavamo da piccoli» ricorda l'Ing.

«Avrai imparato lì a guidare lo Spinzino» commenta Mura. Chiamarono così, Spinzino, il Triumph Spitfire giallo decappottabile che l'Ing comprò a diciotto anni, distinguendosi dalla Citroën Dyane degli altri tre.

«Ma vaffanculo.»

Vuole bene anche a Mura.

«Morale, fra'?» chiede il Barone.

«Sotto i tacchi, *bro*.»

«Non ci credo e non m'interessa: voglio sapere la morale della storia, ossia quando rivedrò la mia Porsche.»

Giura di restituirla prima di Ferragosto.

«Ma non potresti limitarti a mariti cornuti e figli scappati di casa?» lo rimprovera l'Ingegnere.

«Me lo dice anche il maresciallo.»

«E fa bene» insiste l'Ing.

Promette che non si caccerà nei pasticci. In fondo non deve risolvere un giallo, bensì solo raccogliere qualche informazione, allontanare i sospetti dalla Jo. E l'altro caso, quello della Stefi, l'ha praticamente già risolto.

«Sei meglio di Sherlock Holmes» dice il Prof, mentre tornano a sedersi a tavola.

«Elementare, Watson» commenta l'Ing.

«Dunque la Stefi te l'ha data» sintetizza il Barone.

Per tutta risposta Mura gli dà una strizzatina alle palle.

«Dai, amico, non qui davanti a tutti: se ti piaccio ci vediamo dopo.»

La Raffa e Pelé stanno lavorando sugli spaghetti. Per il resto della compagnia arriva il fritto misto.

«E per il pranzo di Ferragosto?» domanda la Carla.

«Tutto sistemato» replica Mura a bocca piena.

«Sistemato dove?» vuole sapere la Mari.

Mura si riempie ancora di più la bocca, gesticolando per dire: ve lo spiego dopo. Se racconta che dovranno pranzare al ristorante, per di più la vecchia trattoria di Montecodruzzo dove andavano vent'anni prima, non finiranno più di rompergli le palle.

«*Feriae Augusti*» sillaba il Prof. «Traduco per gli ignoranti: riposo di Augusto.»

«Festività istituita dall'imperatore Augusto nel 18 dopo Cristo» gli fa eco la Carla. «Si aggiungeva alle festività dello stesso mese, come i Vinalia rustica, i Nemoralia e i Consualia. Queste ultime celebravano la fine dei lavori agricoli, la fine del raccolto insomma, perciò erano dedicate a Conso, che nella religione romana era il dio della terra e della fertilità. Il riposo di Augusto aveva lo scopo di collegare tali festività per fornire alla popolazione un adeguato periodo di riposo, anche detto Augustali, necessario dopo le grandi fatiche profuse durante le settimane precedenti.»

«Quante cose sa lei» si complimenta l'Ing.

«Gliele ho insegnate io» afferma modestamente il Prof.

«All'origine, la festa di Augusto cadeva il 1º agosto» continua la Carla. «Lo spostamento al 15 si deve alla Chiesa cattolica, che qualche secolo dopo volle farla coincidere con la festa religiosa dell'Assunzione di Maria.»

«Sempre 'sti maledetti preti» borbotta il Barone.

«Non dire così, bibi» protesta la Raffa, facendosi il segno della croce.

«Capra e cavoli, insomma» sbotta Mura. «Un colpo al cerchio dell'imperatore e uno alla botte dei bravi cristiani.»

«Voli sempre alto, *bro*» lo loda il Barone.

«A proposito, ordiniamo un amaro, un digestivo, un limoncello» propone il Prof. E al cameriere di passaggio chiede di portarli tutti e tre. E aggiunge: «L'importante è che a Ferragosto, dovunque saremo, si mangi molto e bene».

«Su questo puoi scommetterci» taglia corto Mura.

Tra il Prof e il Barone inizia una discussione su quanta carne e pesce comprare per la grigliata. Per fortuna di Mura portano la ciambella, il vin dolce, gli amari e i liquori richiesti dal Prof, per cui la discussione finisce lì. Glielo dirà domani, che non ci sarà bisogno di comprare nulla, perché il pranzo di Ferragosto sarà in trattoria.

«Cose per cui vale la pena vivere?» propone la Carla. È uno dei loro passatempi a fine pasto.

«Vivere fino a cent'anni» proclama l'Ing.

«Sarà difficile» commenta il Prof, «dopo tutto quello che hai mangiato.»

«Tu invece oggi non hai mangiato niente, ti senti male?» risponde l'altro indicando la montagna di piatti che il Prof continua a piluccare prima di passare alla ciambella.

«A me basterebbe arrivare a ottant'anni» dice Mura.

«Quello è un traguardo» corregge la Carla, «non una cosa per cui vale la pena vivere.»

«Ottanta?» interviene l'Ing. «Vuoi dire che tra una quindicina d'anni avresti finito e saluti tutti?»

«Ah, certo, il bello invece viene dagli ottanta ai novanta» replica Mura. «Viaggi alle Maldive, sesso sfrenato, sbronze epocali.»

«Intanto bisogna arrivare a settanta» ammonisce il Barone, toccandosi i coglioni.

«Il significato dell'esistenza» s'intromette la Carla, «è che prima o poi finisce.»

«Bella questa, me la segno» commenta la Mari. «Chi l'ha detta?»

«Kafka» risponde per lei il Prof. «Ma la citava anche Philip Roth, aggiungendone una di suo pugno: hai assaggiato la vita, non è abbastanza?»

«Io avrei ancora un po' fame» ribatte l'Ing.

«Questa l'ho già sentita, la dice sempre il Prof» ridacchia Mura.

«Ma Kafka non era mica un patacca come voialtri» chiude il discorso il Barone.

«Uno per tutti, tutti per uno» aggiunge il Prof, e spara un rutto.

«Che schifo» finge di scandalizzarsi l'Ing.

Stando vicino ai suoi amici, riflette Mura, la vita ha avuto già un buon sapore. Gli basta continuare così, non importa quanto a lungo.

12. *Hic sunt leones*

(Colonna sonora: *Un'estate al mare*, Giuni Russo)

Una coincidenza è una coincidenza. Due fanno un indizio. Tre sono una prova. Lo diceva Agatha Christie. O forse era Sherlock Holmes? Mura non ne è sicuro. Le citazioni che hanno costellato una vita di articoli di giornale gli frullano in testa e si confondono le une con le altre. Ma il concetto è quello che conta.

Un pornografo viene assassinato a Borgomarina.

Un trans va al suo funerale.

E lo stesso trans riceve a casa propria un uomo venuto da Borgomarina: il pilota dell'Alitalia, marito della Stefi.

Sarebbe assurdo, o forse troppo semplice, che il destino gli offrisse la soluzione in modo così casuale. Ma il caso è l'unica religione a cui crede Mura. E dunque, perché no, pensa mentre guida sull'Adriatica in direzione di Lido di Classe. L'istinto, il fiuto che lo ha aiutato tante volte come giornalista, lo spinge a tornare a dare un'occhiata a quello che succede in quella specie di bordello all'aria aperta di viale Giovanni da Verrazzano.

O ad attirarlo è una curiosità morbosa? Sesso, sangue e perversione, scherzavano da ragazzi, una sorta di maledettissima trinità, alternativa a quella santa, e da loro decisamente preferita. Anche se il sangue gli bastava vederlo al cinema, nei western di Sergio Leone.

La Riviera è piena come si conviene in questa stagione: non un posto libero negli alberghi, tutti gli ombrelloni occupati sulle spiagge. Una volta era così per l'intero mese di agosto, in particolare nelle due settimane centrali, quando chiudevano le fabbriche e le città si svuotavano. Adesso la gente ha imparato a fare le ferie differenziate e, nell'era della globalizzazione, non si smette mai di lavorare. Soltanto nei giorni immediatamente precedenti il 15 del mese, la data attorno a cui gira l'estate, nelle città chiude tutto per davvero. L'intera popolazione nazionale si riversa sulle coste. Lo si capisce anche dal traffico sull'Adriatica: saranno uomini del posto o mariti in vacanza, tutti questi puttanieri che riempiono la statale occhieggiando mignotte di ogni nazionalità?

L'assassino torna sul luogo del delitto. Lui non ha ucciso nessuno, ma sta tornando dove è stato appena due sere prima, quando seguiva il capitano Bertozzi. Stavolta però decide di arrivarci dal lato opposto, uscendo dalla statale all'altezza della rotonda di Lido di Savio. Viale Nullo Baldini è avvolto dal buio. Campi coltivati ai lati della strada. I resti del Woodpecker, una celebre discoteca abbandonata da anni: l'avveniristica cupola in fibra di vetro dove quando Mura era ragazzo si andava a ballare. Inaugurato nel 1952, era uno dei primi dancing della Riviera. Poi nel 1968 riaprì in versione rock. La leggenda racconta che l'architetto propose di disegnare un cerchio per terra, scavare un fossato tutto intorno e riempirlo di coccodrilli: la solita visione grandiosa dei romagnoli, sempre pronti a rifare l'America o in questo frangente l'Africa Nera dietro casa. I coccodrilli non ce li misero, ma l'immaginazione sì: sembrava una base spaziale. A metà degli anni Settanta bruciò tutto per un corto circuito, distruggendo gli interni e lasciando intatta la cupola. Problemi burocratici impedirono che riaprisse, anche se "riaprire il Woodpecker" era uno dei tormentoni dell'estate. La struttura abbandonata ha avuto una seconda vita come sede di rave party e installazioni artistiche, in particolare di graffitari, come un misterioso pittore di strada soprannominato Blu, una specie di Banksy romagnolo.

Lido di Savio per il Mura bambino rappresentava soltanto l'estrema periferia di Milano Marittima, dopo la venticinquesima traversa: e lui in genere si fermava alla settima, alla Pizzeria dei Toscani dove ogni tanto papà e mamma lo portavano a mangiare. Più in là sorgeva una riviera misteriosa, anche un po' misera, se non deprimente, e in qualche maniera spaventosa, torbida, tenebrosa: *hic sunt leones*. Si rende conto che sta entrando solo ora a Lido di Savio per la prima volta, a sessant'anni suonati.

Ci entra da via Lord Byron, chissà perché gli hanno intitolato una strada come questa, proprio qui, ma d'altronde la toponomastica romagnola è attirata dall'esterofilia: ecco il Bar Panama, l'Hotel Esplanade, l'Hotel De Paris, la Rosticceria Simply, la Pizzeria Maiorca, l'Hotel Avana, il Lido di Savio Village, l'Hotel San Francisco, l'Hotel Bahamas, il Club Bikini e la Paradiso Beach. Soltanto dopo avere attraversato il ponticello sul Savio, fiumiciattolo che dà nome alla località e la separa dall'adiacente Lido di Classe, i nomi si italianizzano. La strada diventa più prosaicamente via Bagnacavallo, come la cittadina romagnola da cui transitavano, con la Millecento del babbo, per andare al mare sulla via San Vitale, evitando gli ingorghi della via Emilia, prima dell'apertura dell'autostrada A14: una località nella quale non era difficile pensare che diligenze stile Far West si fermassero un tempo ad abbeverare i cavalli.

Si addentra così in Lido di Classe, che ha le stesse dimensioni, e la stessa popolazione invernale, di Lido di Savio: un rettangolo composto da un paio di strade parallele al mare e una ragnatela di viuzze che le intersecano, animate da piccoli alberghi, pizzerie, gelaterie, sale giochi, negozietti dove si vende di tutto, dai canotti ai giornali. La strada cambia nome in via Amerigo Vespucci, c'è anche una via Cristoforo Colombo prima di viale Verrazzano che è il suo obiettivo finale: i pianificatori non si sono sbizzarriti troppo con la fantasia. Parcheggia la Porsche sulla via dedicata al capitano Cook: e per analogia, da un capitano all'altro, pensa che potrebbe incontrare di nuovo il pilota dell'Alitalia. È venuto per indagare sulla morte di Osvaldo Montanari e magari sarà invece l'occasione di raccogliere la prova inconfutabile per la Stefi: una fotografia, scattata con lo smartphone, di Bertozzi che va a trovare il trans biondo.

Prosegue a piedi. L'imminenza del Ferragosto si vede anche qui: è aumentato il traffico di veicoli e di gente, viale Verrazzano è ancora più intasato di un paio di sere prima. Le macchine procedono a passo d'uomo, il marciapiede è affollato di uomini di tutte le età che vanno e vengono, i trans sulla porta di casa espongono la mercanzia, mostrano le gambe, esibiscono le poppe, schioccano baci verso i passanti. Negli androni brillano i faretti rossi: un *red light district* da suscitare invidia ad Amsterdam, Soho e Times Square. Mura percorre due volte viale Verrazzano fino a via Bering, nella quale svolta per tornare indietro dopo poco: il circo del sesso finisce qualche casa più in là.

Eccola lì, anzi rieccolo, il trans dalla chioma bionda che l'altra sera ha accolto il pilota dell'Alitalia. Le dà una lunga occhiata passandole davanti, così lunga da attirarne l'attenzione: sì, a una seconda analisi non ha più dubbi, è la stessa che ha poi intravisto anche al funerale del fotografo.

«Amore, vieni da me? Ti faccio morire.»

Ma è già passato oltre.

La casa è tra l'angolo con via Marco Polo e via Fridtjof Nansen, sempre per rimanere in tema di esploratori: una palazzina a un piano, con tre numeri civici. Mura prosegue fino a imboccare di nuovo via Bering: sul lato opposto il buio della pineta della Bassona. Ancora avanti un paio di strade, gira su via Nansen, quindi su via Scott, arrivando sul retro della casa di viale Verrazzano in cui abita il biondo trans oggetto delle sue attenzioni. C'è un giardinetto in comune fra i tre numeri civici: panni stesi, fra cui un paio di slip tigrati, una panchina, due lettini per prendere il sole, aiuole di fiori, una siepe come recinto. Facile accesso, se volesse avvicinarsi di più. Torna su via Scott, da lì ancora su viale Verrazzano, per appostarsi dietro a una macchina posteggiata, a una ventina di metri dalla casa. Se lo prendono per un guardone, non sarebbe l'unico: dopo un po' rivede sempre le stesse facce, la maggior parte degli uomini passano e ripassano, avanti e indietro, indugiano, si fermano, ridono, si allontanano, tornano indietro, scambiano una parola, due, tre, senza l'intenzione o il coraggio di andare fino in fondo. Finché ogni tanto uno arriva da solo e si infila di corsa verso il donnone oggetto delle sue brame, scompare all'interno, per riemergerne e allontanarsi con aria furtiva venti minuti più tardi, con i capelli scompigliati e, immagina Mura, 50 o 100 euro di meno in tasca.

Ci vorrebbe una birretta. Ma da queste parti, non un bar in vista. Dovrebbe andare a prenderne una più in là, ma pensa che sfiga se proprio adesso arrivasse il capitano Bertozzi. O uno dei nostalgici che facevano il saluto romano al cimitero. E se non arriva nessuno? Nessuno che lui conosce? Se fosse venuto per niente? Ci vorrebbe almeno… una sigaretta. Ma non ha smesso di fumare? Sì, però in questa situazione tra il peccaminoso e il circense ci vorrebbe proprio una sigarettina. Anche per ingannare l'attesa.

«Scusa, ce l'avresti una sigaretta?»

La chiede a tre ragazzotti sulla ventina che fumano a tutto spiano sghignazzando mentre rimirano i trans da qualche passo di distanza: con una gran voglia di avvicinarsi, sembra, ma il timore di scottarsi. Come Mura e i suoi amici quando da ragazzi facevano il puttan-tour. Il tipo non s'aspettava che un estraneo gli rivolgesse la parola: si sente riconosciuto, colto in flagrante, e gliela scuce subito.

Ah, però, che bella sensazione. Chiude gli occhi, aspira il fumo con voluttà: gli gira la testa, è come l'effetto di una canna quando non fumi da molto tempo.

E mentre posa gli occhi di nuovo sul suo trans, lo vede. Giorgio Montanari. Il figlio del fotografo.

Allora non passava per caso, il trans biondo, al funerale. Le violette sulla tomba in fondo al cimitero le avrà portate soltanto come scusa, da mettere a casaccio sotto il primo nome di defunto straniero che ha trovato: la ragione vera per andarci era vedere Giorgio. Essergli accanto in un momento triste, tragico, drammatico. Le due coincidenze formano un indizio. Vediamo se sono tre e diventano una prova: cosa pagherebbe per sapere cosa stanno facendo e dicendo in quel momento.

Mura getta la sigaretta. Torna sui suoi passi, indietro su viale Verrazzano, su per via Scott, a sinistra in via Nansen ed è di nuovo sul retro della casa. La stradina è deserta, nel giardinetto posteriore non c'è anima viva. Si avverte solo il rumore di fondo dal lato opposto dell'abitazione: le auto, gli schiamazzi, il commercio di corpi. Viste così, le case sembrano finte, il fondale di un set cinematografico: lo spettacolo avviene sul davanti. Ma lo show vero è al chiuso, all'interno, lontano da occhi indiscreti. Quanti incontri ci saranno, in una notte, in quelle stanze? Quanto sesso, quante confidenze, quanti segreti, quanti soldi?

Supera facilmente la siepe scostando gli arbusti ed entra nel giardino. Di certo sul davanti della casa c'è la zona giorno: cucina, tinello o salotto o living room, o come lo chiamano adesso. Immagina un corridoio che conduce al bagno, uno sgabuzzino e un paio di camere da letto: sicuramente affacciate sul retro, la parte meno esposta. Se una finestra fosse aperta, o anche soltanto socchiusa, Mura potrebbe ascoltare ogni parola. Se le tende fossero scostate, potrebbe perfino vedere dentro. Basta essere silenzioso. Invisibile. E capire quale è la stanza giusta. S'avvicina alla prima finestra e pensa di essere fortunato: è aperta. Non c'è da meravigliarsi, con questo caldo africano: soffia ancora il garbino, il vento caldo di terra che secondo i romagnoli viene dal Sahara, trasportando, se non la sabbia rossa del deserto, una polvere che arriva da molto lontano. La stanza è al buio ma si intravede un chiarore: la porta deve essere aperta su un corridoio illuminato. Mura striscia per terra arrivando fin sotto la finestra, si mette in ginocchio fino a sfiorare con la testa il bordo del davanzale. Tenta di guardare dentro ma viene subito ricacciato giù da un fascio di luce. Nella stanza è entrato qualcuno. Sente benissimo le voci.

«Come ti chiami, tesoro?»

«Ma... rio. Mario.»

Come no. Per caso Rossi, di cognome, per essere ancora più originale.

«Che bel nome. E che bel nasone.»

«E tu, come ti chiami?»

«Jessica. Hai presente Jessica Rabbit? Mi hanno disegnata così, non è colpa mia.»

Spiritosa, la figliola. E anche una discreta cultura: non era male come film. Il tizio comunque non ha colto la battuta. Negoziano sul prezzo. Mura perde interesse. L'uomo ha uno spiccato accento veneto: Giorgio Montanari invece è un romagnolo purosangue, dunque non può essere lui. L'abitazione, se è quella giusta e non si è sbagliato girandoci intorno, sembrerebbe occupata da due trans; o forse anche di più, e quella evidentemente è la stanza in cui dorme e lavora l'altro. Striscia oltre, si rialza, schiaccia qualcosa di plastica con un piede. Si appiattisce restando attaccato il più possibile alla parete.

«Cos'è stato?» chiede l'uomo con l'accento veneto.

«Un cane o un gatto, amore. *No te preocupe*. Vieni qui» risponde la voce vellutata. Dei passi. Qualcuno chiude la finestra. E spegne anche la luce.

Mura ricomincia a strisciare, gira l'angolo della casa e si ritrova di fronte a una seconda finestra. E anche una porta-finestra. Questa deve essere la camera da letto principale. La porta-finestra è chiusa. La finestra socchiusa. Dall'interno proviene la luce rossastra di un abat-jour. Gli pare di sentire delle voci, una maschile, l'altra... anche, ma più roca, profonda, con un'intonazione esotica. Tacciono per un po'. Riprendono a parlare. Mura si inginocchia avvicinando l'orecchio al bordo del davanzale nella speranza di sentire meglio, ma arrivano solo frammenti.

«... lo sai che io e te...»

«... e dove sarebbe questo...»

«... domani vado a...»

Una è la voce di uomo romagnolo. L'altra... boh. Ha la tentazione di mettere la testa dentro.

«Te lo prometto. Se tu...»

Bisbigli. Quindi passi che si allontanano, la porta che si richiude. Tutto finito? Niente sesso? Oppure già fatto, una sveltina e via? Considerando la strada che ha fatto per girare attorno alla casa e strisciare sotto la prima finestra, il tempo per un pompino ci sarebbe stato. Magari Giorgio Montanari ha l'eiaculazione precoce. O non è venuto qui per eiaculare. O ha fatto sia...

«Non ti muovere.»

L'ordine arriva come una frustata alle sue spalle. E, insieme all'ordine, il contatto gelido di una lama sul collo. Cerca di girarsi, ma il contatto si accentua, cominciando a tagliare.

«Ehi!» grida Mura, guaendo di dolore.

«Ti ho detto di non muoverti, *cavron*.»

Un'intonazione esotica, un italiano con accento sudamericano. Ma nelle parole che seguono non c'è nulla di esotico.

«In piedi, stronzo.»

Obbedisce senza discutere. La lama ora è puntata alla schiena. Avvicina lentamente la mano al collo, massaggiandosi il punto che gli duole. Quando la porta alla bocca sente il sapore dolce del sangue.

«Senti, scusa, io non...»

«Zitto o ti taglio le palle.»

Quelle no, *please*. Mura tace.

«Entra, stronzo» ordina la voce, aprendo la porta-finestra.

E Mura entra.

Gli arriva subito un manrovescio in faccia che lo fa cadere in ginocchio. Alza lo sguardo: la trans bionda, quella che fino a un attimo prima probabilmente era con Giorgio Montanari. Dietro di lui c'è la trans della stanza accanto, quella che lo ha sorpreso in giardino: gli piega un braccio dietro la schiena, così forte da farlo mugolare di dolore.

«Ti piace così? Se ti piace te lo spezzo!»

«Ma no, per favore! Non ho fatto niente!»

«E allora» riprende quella che ha di fronte, «cosa facevi nel mio giardino?» E giù un altro manrovescio che lo fa finire lungo disteso sul pavimento. Non proprio K.O., ma stordito sì. Chi gli ha puntato il coltello alla nuca e poi alla schiena gli piega l'altro braccio dietro la schiena, armeggia con qualcosa di metallico e si ritrova ammanettato.

«Se pagavi per fartele mettere» si sente dire a un millimetro dal viso, «ti saresti risparmiato le sberle, stronzo.» Poi lo spingono verso il muro e riprendono a parlare in una lingua sconosciuta.

Se sono viados brasiliani, è portoghese. Lingua latina. Della stessa famiglia dell'italiano, del francese, dello spagnolo. Con la differenza che, se non la sai, non si capisce una parola.

Quando hanno finito di confabulare, quella con il coltello siede sul letto, la trans bionda accosta una sedia.

«Allora, mi racconti che cosa ci facevi in giardino o devo chiamare la polizia?»

«Non credo che la…»

Non credo che la chiamerai, vorrebbe dire Mura, ma si ferma in tempo. Meglio non innervosire la padrona di casa. Dopotutto, la sua è un'intrusione in proprietà privata. Poco importa che sia un bordello.

«Non credi cosa?»

«Non credevo di dare fastidio.»

Be', come scemenza poteva inventarne una migliore.

Infatti, alle due trans scappa da ridere.

Poi la bionda smette, gli piglia un orecchio e comincia a tirarlo.

«Ahiaiaaaaa!»

«Fa male?»

«Sìììììììì!»

«Allora smetti di dire cazzate.»

L'altra dice qualcosa nella strana lingua.

La bionda gli infila una mano nella tasca posteriore dei pantaloni.

Non avranno mica intenzione di farselo lì per lì per vendetta?

Estrae il telefonino e il portafoglio ed esamina quest'ultimo con attenzione. Non ci vuole molto: patente di guida, bancomat, una banconota da 20 euro.

«Tutto qui?»

«Cosa ti aspettavi di trovare? L'isola del tesoro?»

Un altro manrovescio.

Mura ripassa mentalmente le situazioni in cui se l'è vista brutta in vita sua: con i guerriglieri in Salvador; durante il golpe a Mosca; nei giorni della caduta di Kabul in Afghanistan; nella seconda intifada palestinese. Ah, sì, e nell'avventura con la 'ndragheta di Borgomarina, qualche mese prima. Sparatorie, attentati, bombardamenti: mai però qualcuno gli aveva puntato un coltello alla gola come adesso.

La bionda legge a voce alta il suo nome sulla patente: «Andrea Muratori, nato a Bologna, il 17 agosto 1956. Mmm, tra poco è il tuo compleanno...».

Morto a Lido di Classe, a pochi giorni dal Ferragosto 2019. Immagina il necrologio: «... a lungo uno stimato corrispondente dall'estero, ha scritto di rivoluzioni, colpi di Stato, terremoti, ma è spirato fra le braccia di due viados brasiliani». Che finale di stagione!

«Senti, mister Muratori, non ho tempo da perdere. Ho da lavorare, io. E anche lei» dice la bionda indicando l'amica e allontanandola con il braccio, in modo che la pressione del coltello sul collo di Mura si alleggerisca. «Dimmi cosa vuoi. Per trascorrere del tempo con me dovevi entrare dalla porta davanti. Non è che hai sbagliato ingresso?»

Quella sarebbe un'idea: sì, mi sono confuso, volevo solo venirti a trovare! Anzi no, ero venuto per scrivere un articolo. *La via dei viados*: avrebbe già il titolo. Deformazione professionale.

«Sono un giornalista» dice, come trovando l'ispirazione.

Le due si guardano con un'espressione sorpresa.

«E volevi intervistarmi, per caso? Mica parlo gratis, sai? Anche per quello, comunque, si bussa dalla porta davanti. Anzi, non serve neanche bussare. È sempre aperto. E ci sono quasi sempre io seduta di fuori.»

«In pensione» aggiunge Mura. «Un giornalista in pensione.» Sente che, parlando, la tensione nella stanza diminuisce. E salgono le sue possibilità di uscirne tutto d'un pezzo. Compresi Ernesto ed Evaristo, come da ragazzi a scuola chiamavano le palle: i soprannomi di coglione destro e coglione sinistro. Ma qui di coglione ce n'è solo uno: lui.

«In effetti non sei più un giovanotto» nota la bionda. «E allora, giornalista in pensione, cosa cercavi se non volevi intervistare la Trudi?»

«Cercavo... un'altra persona.»

Gli ha detto il suo nome, tanto vale dire la verità e mettere le carte in tavola.

«Cercavo il tipo che è venuto a trovarti poco fa. Cioè, non ero sicuro di cercare lui, ma quando l'ho visto ho capito che cercavo lui. Scusa, mi rendo conto che detto così non sta in piedi... Poi ho fatto il giro della casa per cercare di sentire quello che stavate fac... quello che vi stavate dicendo... Ma non ci sono riuscito. Non ho sentito niente.»

La Trudi lo squadra sospettosa.

Un grido interrompe l'interrogatorio. Seguito da altre urla, schianti, rumore di vetri infranti.

I due trans dicono qualcosa in portoghese e si precipitano a vedere cosa sta succedendo.

«Ehi, non lasciatemi qui!» protesta Mura, provando a tirarsi su con le mani ammanettate dietro la schiena, ma perde l'equilibrio, ripiomba a faccia in giù sul pavimento e si ferisce uno zigomo.

«Alzati» ordina la Trudi. È tornata a prenderlo.

«Non ce la faccio» piagnucola Mura da terra.

Lei armeggia con le manette e lo libera.

«Dobbiamo scappare di qui» lo avverte, «e in fretta.»

Mentre si massaggia i polsi doloranti, gli pare di vederla soltanto ora per la prima volta: dove dovrebbe scappare, con questa biondona in tacchi a spillo, le tette che strabordano da un corsetto, un gonnellino di pelle sotto cui si intravede… vabbe', lasciamo perdere.

«Scappare?» ripete Mura, mentre l'altra trans è già uscita a razzo dalla porta-finestra del retro e la Trudi svuota un cassetto, riempie una borsa, agguanta un giubbotto e un telefonino.

«Sbrigati se non vuoi fare una brutta fine» gli ripete, spingendolo fuori senza tanti complimenti. Il clamore in lontananza aumenta. Il suono di mazze o bastoni che spaccano tutto. E poi, botti. Come a Carnevale. Come l'ultimo dell'anno. E fiamme che si alzano dai tetti delle case.

«Corri» lo incita la Trudi, che corre benissimo anche con i tacchi. Intorno a loro è un fuggi fuggi generale di trans sbucati da ogni porta e finestra.

Mura distingue qualcosa nelle grida che arrivano da viale Verrazzano.

«Viados via! Viados via! Viados via!»

«Abbiamo una macchina in via Cook» dice la Trudi, «se ci arriviamo siamo salvi.»

Anche lui ha parcheggiato in via Cook. La Porsche Carrera del Barone. Se gliela riporta con i finestrini rotti, il suo amico non sarà contento.

«Viados via!»

Se li ritrovano davanti all'improvviso in via Nansen. Un cordone di dimostranti. Di vigilantes. Di pazzi arrabbiati. Con mazze da baseball e fiaccole. Si gira a guardare la casa della Trudi: sta bruciando anche quella.

Scatta in direzione di via Cook ma due giovanotti gli si mettono alle calcagna e lo raggiungono in un attimo, il primo allunga una gamba, Mura finisce di nuovo al tappeto. Lo sollevano di peso: due schiaffi e uno sputo in faccia. È la sua serata, non c'è che dire.

«Frocio schifoso, ti piace prenderlo nel culo, eh?»

No, scusate. Avete sbagliato: io sono Gustavo Dandolo. Felice Prendendolo è un altro. Com'è che perfino nelle situazioni più brutte gli vengono in mente le cazzate che diceva a scuola?

«Avete capito male» si limita a dire. «Io sono un giornalista.»

«E io Napoleone Bonaparte» risponde l'altro, tirandogli un calcio nelle palle. Poveri Ernesto ed Evaristo. Un altro calcio, nello stomaco, gli toglie il fiato. Ripara il volto con le mani prima che un terzo calcio...

Ma non arriva. Non arriva a destinazione, il terzo calcio.

La Trudi è balzata addosso al giovane che stava giocando a pallone con il suo corpo e ora lo sta menando di santa ragione. Il secondo ragazzo le salta sopra, ma lei si libera anche di quello. Tira pugni come un pugile professionista: magari è stato il suo primo mestiere. E non si è ancora tolta i tacchi a spillo!

Ma di uomini ne arrivano altri. Troppi. La prendono per le braccia. Le strappano la borsa e il corsetto, lasciando emergere i suoi seni rigonfi e puntati solidamente verso l'alto, come si conviene a delle tette artificiali. I due di prima sostengono Mura, che da solo non si regge in piedi.

Gli altri viados che scappavano con loro non si vedono più. Forse anche la Trudi sarebbe riuscita a dileguarsi, se non si fosse fermata ad aiutarlo.

«Lasciatelo stare» dice. «Lui non c'entra niente.»

«Oh poverino. Difendi il tuo fidanzato?» le fa il verso uno dei vigilantes.

«Abbassagli i calzoni» ordina un altro. E poi, rivolto a Mura: «Mi fai più schifo tu di loro». Uno dei suoi compari gli passa una mazza. Costringono Mura a inginocchiarsi. Gli calano anche le mutande e gli aprono le gambe.

«Per favore» balbetta Mura. «Lasciatemi andare.»

«Su per il culo!» scandisce la voce di prima.

A Mura pare di udire una sirena. È la musica che si sente quando uno muore? O quando uno viene inculato a sangue? Poi non sente più nulla e perde i sensi.

13. La gentilezza degli sconosciuti
(Colonna sonora: *Azzurro*, Paolo Conte)

Qualcosa di giallo. Mette a fuoco meglio.

Biondo, ecco che colore è. Una criniera di capelli biondi posati a un centimetro dai suoi occhi. Prova a scostarsi per capire di chi sono e dove si trova, ma il minimo movimento gli provoca una fitta di dolore.

La criniera bionda si sposta, lasciando spazio a due occhioni nocciola, labbroni umidi e un bel viso affilato.

Mura cerca di metterlo a fuoco meglio.

«Chi... sei?» mormora.

«La Trudi.»

«Tru... di?»

Impiega un po' a ricordare, poi gli torna in mente tutto in una volta.

Allunga istintivamente le mani sui fianchi per sentire di avere ancora addosso i calzoni: glieli hanno rimessi. Prova a capire contraendo le chiappe se il dolore che sente in tutto il corpo è solo effetto di sberle, pugni e calci, o anche di una penetrazione forzata con un oggetto di legno. No, non avverte niente che faccia pensare a un'inculata, perché questo stava rischiando. L'intimità del posteriore è salva, op. cit., *Amarcord*.

Domanda successiva: «Dove... siamo?».

«In cella» risponde la Trudi. «Volevano metterti con quelli che ti hanno picchiato, ho insistito perché ti mettessero con me.»

«Ah... be'... grazie.»

Recupera piano piano il film della serata precedente, se è

successo la sera prima tutto quello che è successo e non ha per caso dormito quarantotto ore di seguito. Si rende conto che ha altri motivi per ringraziare la Trudi.

«Grazie, anche, di avermi… difeso. Salvato.» Altra parola per dirlo non c'è.

«Ti ho difeso finché ho potuto. A salvarti ci ha pensato la polizia.» Si blocca un attimo, indecisa. «Cioè, i carabinieri.»

Ed è appunto nella stazione dei carabinieri di Cervia che ora la Trudi e Mura si trovano in una minuscola cella, sdraiati su una brandina che sarebbe per uno, vicini come una coppietta.

«Hanno arrestato tutti» continua la Trudi, girandosi su un fianco per fargli più spazio. «Me e le mie amiche, te e gli altri clienti che si trovavano sul posto. E hanno arrestato anche un po' di quelli che volevano bruciarci la casa.»

«Ci sono riusciti?» chiede Mura.

«A fare cosa?»

«A bruciarvela?»

«Un po'. Insieme ai carabinieri sono arrivati i pompieri e hanno spento gli incendi. Così mi sembra, almeno, da quello che ho visto prima che ci portassero via.»

Abbassa la voce.

«Tu eri svenuto. Gliel'ho detto, agli agenti, che non sei un cliente, che sei un giornalista in pensione. Non so se mi hanno creduto.»

«Chi era… quella gente?»

Da una finestrella filtra la luce del giorno: segno che come minimo è mattina. Una prigione di tre metri per quattro, con un lavandino e un water per pisciare.

"Quella gente" sono gli abitanti di Lido di Classe, spiega la Trudi. Gli stanziali: albergatori, ristoratori, negozianti. Brav'uomini, in circostanze normali. «Qualcuno era anche nostro cliente, quando ci limitavamo a battere sulla Romea.» Molti viados abitano a Lido di Classe, gli racconta, perché è la località più vicina alla zona dove lavorano, i prezzi delle case sono relativamente bassi rispetto ad altre stazioni balneari e d'inverno c'è un minimo di vita, qualche bottega e qualche bar aperti. E c'è il lido, la spiaggia per le ore libere: anche a loro piace abbronzarsi e fare il bagno. Senza contare che basta attraversare via Bering, la strada all'angolo con viale Verrazzano, per entrare nella pineta della Bassona e avere accesso a una spiaggia libera, ancora più bella di quella di Lido di Classe. «Veramente da anni è in gran parte occupata dai nudisti. Ma a noi non danno fastidio. E a loro non secca se teniamo il costume. Io in spiaggia senza il mio bikini non ci vado. Non per una questione morale. È una questione di gusti.»

La gente del posto, continua la Trudi, sostiene che la presenza dei viados, e soprattutto dei loro clienti con gli schiamazzi e i caroselli di macchine, ha trasformato quel viale di Lido di Classe in una versione romagnola e transessuale delle donne in vetrina nel quartiere a luci rosse di Amsterdam. Proprio adesso che in Olanda le donne in vetrina vorrebbero toglierle. Ci sono state condanne della Chiesa, delle forze politiche, dell'azienda di soggiorno. Così è partita una campagna di stampa per costringere i viados a traslocare. «E con l'avvicinarsi del Ferragosto, sobillati da radio e giornali locali, un po' di bravi cittadini hanno perso la testa, provando a sloggiarci con le maniere forti. Comunque, se casa mia non è bruciata, io non me ne vado. Ho un contratto per un anno, mi sono sistemata, sono stufa di traslocare ogni tre mesi come se avessi la lebbra.»

La porta si apre.

«Muratori Andrea?» chiede un carabiniere.

«Presente» risponde Mura, quasi risentito che ci sia bisogno dell'appello per capire chi è l'uomo, lì dentro.

«È stato rilasciato. Venga con me» ordina l'agente.

Mura si alza, si stiracchia dolorante e arriva alla porta.

«E... lei?» chiede indicando la Trudi.

«Lui resta dov'è, per il momento.»

Mura retrocede di un passo. «Se non fate uscire di qui anche lei, non mi muovo nemmeno io. È una vittima della situazione come me. Ha subito un'aggressione. Non c'è motivo di tenerla dentro.»

Il carabiniere rimane un momento indeciso sul da farsi. Ma ritrova presto la sua flemma: «Contento lei» e richiude la porta.

«Cosa fai, scemo? Io in qualche modo me la cavo. Sai quante volte mi hanno arrestata in vita mia? Poi mi rilasciano sempre.»

Si riapre la porta.

Lo stesso carabiniere di prima.

«Anche quello... Anche il signor...» aguzza lo sguardo sul pezzo di carta che tiene in mano, «... Paulo Robertino do Suca è rilasciato. Volevamo fare uno alla volta, perché a lei, signor Muratori, c'è una persona che l'aspetta. In ogni modo, uscite insieme.» E spalanca di nuovo la porta.

Li guida per un corridoio a un'altra stanza, più grande, dove un piantone restituisce a entrambi documenti ed effetti personali. Quindi altro corridoio, su per un piano di scale e in un ufficio dove li attendono altri due carabinieri. Mura non ha mai visto il primo, quello seduto alla scrivania. Ma il secondo, quello in piedi, è una sua vecchia conoscenza: il maresciallo Giancarlo Amadori.

«T'at tci bagatè la fàza?» Ti sei spataccato la faccia? Riferimento ai lividi e ai tagli che ha in volto.

«Ostia» risponde a tono Mura.

«Il maresciallo mi ha spiegato che lei è un giornalista, dottor Muratori, anzi un famoso giornalista» dice l'ufficiale alla scrivania.

Mura sta per sminuire, ma poi ci ripensa e fa una faccia come per dire: vista la situazione, passare per VIP potrebbe essere utile.

«Mi sono rivolto al collega per avere maggiori informazioni sul suo conto. Dai documenti abbiamo appreso che vive a Borgomarina» continua l'ufficiale. «Il maresciallo Amadori si è gentilmente offerto di venirla a prendere lui stesso e io non ho avuto nulla da obiettare. Del resto, la prostituzione, definita come scambio di servizi sessuali per denaro, in Italia è lecita: è illegale soltanto lo sfruttamento, il favoreggiamento e l'organizzazione.»

«Guardi che io» precisa Mura, «non sono andato con nessuna prostituta.»

La Trudi, alle sue spalle, interviene soavemente: «È la verità, capitano».

«Non sono capitano» risponde l'ufficiale, stizzito. E a Mura: «Nessuno l'ha accusata di questo. Dicevo per spiegare la situazione. A lei e… anche al signor» lui pure legge su un foglio che ha sul tavolo, «… Do Suca. Vi abbiamo trattenuti per appurare le circostanze del caso. Ci sarà una denuncia contro le persone responsabili dei disordini. E anche delle violenze che lei sembra avere subito, dottor Muratori. Abbiamo rinvenuto una mazza da baseball…»

Amadori si schiarisce la voce: «Chi l'ha usata pagherà, ti assicuro».

«Non è stata usata» si affretta a dire Mura. Che poi non ne è tanto sicuro: niente dolore, questo è vero, ma è svenuto sul più bello. O meglio, sul più brutto.

«Vedremo. Questo lo stabiliranno le indagini. Potrete essere richiamati per testimoniare e identificare gli assalitori. Separatamente o insieme. Per il momento potete andare.»

I due carabinieri si stringono la mano, Amadori accenna a Mura di avviarsi all'uscita, Mura accenna alla Trudi di seguirlo, e il terzetto si ritrova fuori dalla stazione di Cervia sotto un sole cocente.

«Oh Madonna» esclama il brigadiere Perroni alla vista del

trio, seduto nell'Alfetta. Non lo dice a nessuno in particolare. Soltanto a se stesso.

«Ti riporto a Borgomarina» comunica Amadori ignorando la presenza della Trudi.

«Ma ho la macchina a Lido di Classe.»

«Tu non hai la macchina, solo una bici scalcagnata.»

«La Porsche del Barone. Me l'ha prestata.»

Amadori scuote la testa, spazientito: «Va bene, dai, ti portiamo lì».

«Può venire anche... la signor... ina?» chiede Mura.

«Oh, non disturbatevi per me» fa la Trudi, zampettando sui tacchi a spillo.

«Abita a pochi passi da dove ho parcheggiato» insiste Mura. Augurandosi che la macchina sia ancora lì dove l'ha lasciata. E intatta.

«Accendo la sirena, maresciallo?» chiede Perroni mentre filano sull'Adriatica verso Lido di Classe.

«Lascia ben stare» lo zittisce il maresciallo.

Nessuno apre bocca durante il percorso.

Quando arrivano su via Cook, la Porsche è fortunatamente al suo posto. Senza danni apparenti. Ma ancora si notano i segni della battaglia della sera prima: tetti bruciacchiati, cancelli divelti, finestre a pezzi.

«Lasciami... lasciateci pure qui» dice Mura. Ecco, parla come fossero una coppia di fatto.

«Ci vediamo a Borgomarina che devo dirtene due, anzi quattro, tanto per cambiare» risponde il maresciallo e indica a Perroni di ripartire.

«Senti, Andrea...» comincia la Trudi.

«Mura. Nessuno mi chiama Andrea.»

«Sei stato gentile a insistere perché mi rilasciassero subito e mi dessero un passaggio. Non c'era bisogno, ma sei stato gentile.»

«Sei stata gentile anche tu» replica, «a impedire che quei tipi mi spaccassero la testa». Più che altro il culo.

«Segnati il numero del mio telefonino» dice lei.

«Guarda» risponde Mura, «gentilezze a parte, mi sei anche simpatica, però non è che io… cioè non pensare che… l'avrei fatto per chiunque.»

Mica le verrà in mente che si è innamorato?

«Non penso niente, stupido. Però apprezzo la gentilezza. Hai visto *Un tram che si chiama desiderio*?»

E questo che c'entra?

«Il film tratto da una pièce teatrale di quello scrittore americano, Tennessee Williams? L'hai mai visto?»

«Sì, credo, mi pare, tanto tempo fa. Perché?»

«Perché c'è una frase di Blanche, la protagonista, che vale anche per me: "Io dipendo dalla gentilezza degli sconosciuti".»

«Okay, siamo pari, dai.»

«Saremo pari quando avrò risposto alle domande su Giorgio Montanari che volevi farmi quando mi sei entrato in camera da letto.»

Veramente non ci è entrato di sua spontanea volontà, bensì sospinto da una lama di coltello. Però l'affermazione della Trudi lo lascia di sasso.

«Che cosa sai di lui?»

«Qualcosa da raccontarti ce l'avrei. Segnati il mio cellulare e chiamami. Così ci rivediamo e ti racconto tutto. Ora non posso. Devo vedere cosa rimane di casa mia.»

Mura segna il numero del telefonino. La Trudi gli carezza il volto tumefatto, fa dietro front battendo il tacco 12 sull'asfalto, come fossero scarponcini militari, e si allontana sculettando.

14. I piccoli piaceri

(Colonna sonora: *Una rotonda sul mare*, Fred Bongusto)

Ma quanto è buona la piadina col prosciutto?

Cotto.

A Mura piace così. Quasi tutti la preferiscono con il crudo, ma lui fin da bambino è di un altro partito. Ritiene che il sapore del cotto dia il suo meglio nello sposalizio con la piada romagnola. Calda, leggermente croccante, ma non troppo sottile: una via di mezzo, come quella che fanno a Borgomarina, a metà strada fra Ravenna, dove è spessa come uno sfilatino, e Cattolica, dove è sottile come un cracker.

Da quanto tempo non mangiava? Ricapitoliamo: stamattina non ha fatto colazione da Dolce & Salato, ieri sera ha saltato di brutto la cena e il pranzo del giorno prima a Fiorenzuola, per quanto lauto, gli sembra ormai lontano.

Un altro morso di piadina e un sorso di Coca-Cola ghiacciata dalla lattina, all'ombra del chiosco sul canalino di Borgomarina. I piccoli piaceri della vita. Era anche il titolo di un libro scritto da un professore di liceo francese un po' di anni fa. Ce n'erano elencati tanti: la prima sorsata di birra, il coltellino dell'esercito svizzero, le paste della domenica mattina, il rosso cupo di un bicchierino di porto, il profumo delle mele in cantina… Tutti giusti. Mancava la piada al prosciutto. Accompagnata dalle canzoncine vintage con accento del posto canticchiate dalla piadinaia, una brunona focosa tra i cinquanta e i sessanta, che impasta la farina con le sue manone come se modellasse corpi. Come se facesse l'amore. Per questo Mura viene qui a pranzo. È un'esperienza gastro-erotica.

«Busén d'un lèder.»

Busone di un ladro.

Più che fare il carabiniere, l'attività prediletta di Amadori sembra quella di sorprendere Mura quando meno se l'aspetta. Ci è riuscito anche stavolta: gli è arrivato da dietro, lungo il canalino. Il paese è minuscolo. La stazione dei carabinieri a due passi.

«Ah, lèder po' no» risponde a tono Mura alla vecchia battutaccia scorretta del maresciallo.

Ladro poi no.

«Appunto» dice Amadori mettendosi a sedere accanto a lui.

«Desidera qualcosa maresciallo?» arriva la voce suadente e maliziosa della piadinaia. L'allusione è troppo evidente per non coglierla.

«Niente desideri in servizio» risponde Giancarlo e le strizza l'occhio. È il marito più fedele che Mura conosca, sposato da trent'anni, con tre figli, moglie romagnola: deve essere quest'ultimo, secondo Mura, il segreto della felicità coniugale. Non sa se esista una statistica, ma scommetterebbe che con le mogli romagnole si verificano meno divorzi. Sono bravissime a mantenere l'armonia di coppia, senza cedere di un millimetro su niente. Comandano loro: di fatto la Romagna è un matriarcato. Ma fanno in modo che gli uomini non se ne accorgano. Una formula da meditare, se un giorno per Mura dovesse venire il terzo sì. Non che sembri imminente. E la Caterina non è nemmeno romagnola.

«Appunto cosa?» riprende il filo del discorso. La piadina al prosciutto è all'ultimo morso.

«Appunto: non sei un ladro» risponde il maresciallo. «Almeno a rubare non ci sei ancora arrivato. Per cui rimane l'altra ipotesi: sei un busone.»

Antiquato termine dialettale emiliano con cui si indicano gli omosessuali.

«Ma vaffanculo, Gianca.»

«Mi pari più predisposto tu, visto le compagnie che frequenti.»

«Guarda che...»

Già, guarda che? Cosa gli racconta a Giancarlo per spiegare la spedizione a casa della Trudi?

«Guarda che ero lì per lavoro.»

È la verità. L'altro lavoro.

«Una moglie» attacca Mura, «teme di essere tradita dal marito. Mi chiede di pedinarlo per scoprire chi è l'amante. Salta fuori che è un amante senza apostrofo. Un maschio. Sebbene con panni e animo di donna. E mentre sono lì a investigare rimango preso in mezzo dai tumulti del popolino perbenista.»

«Non ti domando» osserva il maresciallo, «chi è la moglie tradita.»

«Non te lo direi neanche sotto tortura. Riservatezza professionale.»

«Ma guarda caso devo essere sempre io a tirarti fuori dai pasticci.»

«Non me lo sono dimenticato» si affretta a giustificarsi Mura. «Ma stavolta non dovevi disturbarti. Il tuo collega mi avrebbe rilasciato. Non c'entravo niente. E se c'entravo, ero casomai la vittima.» Indica i lividi che porta ancora in volto. Per non parlare delle costole ammaccate.

«Vabbe', non mi dire neanche grazie.»

«Grazie.»

«Prego, non c'è di che. Fra l'altro quelli che tu chiami perbenisti, non hanno tutti i torti. È vero che qualcuno di loro sfrutta le trans pretendendo il triplo d'affitto. Ma la presenza in massa dei viados danneggia il turismo a Lido di Classe. Si è fatta la reputazione della stazione balneare dei puttanieri. E non è mica Riccione o Milano Marittima, questa è una piccola realtà di vacanze famigliari alla buona, per spendere poco.

Vandalismo e tentato incendio saranno puniti, beninteso. Ma qualche ragione ce l'hanno anche loro.»

«La verità sta sempre in mezzo, amico mio. Vale per il giornalismo come per la giustizia.»

«Te lo ripeto però: smetti di giocare a Sherlock Holmes. Goditi la pensione. Pesca con il bilancino. Gioca a basket con quei simpaticoni dei tuoi ex compagni di scuola, se ancora ci riesci. E se davvero una moglie tradita viene a lamentarsi con te, offrile compagnia, invece di andare dietro a suo marito. Le indagini lasciale fare a noi. O ai detective privati di professione, se si tratta di corna.»

Non teme la concorrenza, il maresciallo Amadori. Anche perché Mura basta guardarlo, in maglietta, calzoncini e ciabatte: come competitor non è granché. Teme per lui. Glielo dice per il suo bene. Si preoccupa che, con la sua smania di pensionato annoiato, una volta o l'altra si faccia male sul serio.

«Prometto» afferma Mura. «Giurin giuretto.»

«Sei rimasto all'asilo.»

«Alle elementari, dai.»

«Che poi io non ho niente contro i gay.»

«Vorrei ben vedere» lo redarguisce Mura, alzandosi e pagando. «Comunque, se vuoi, te la presento.»

«Io e il maresciallo ci conosciamo già» commenta la piadinaia, fraintendendo le loro ultime parole, mentre restituisce il resto. «Anche se non abbastanza: ho sempre sentito il fascino della divisa!»

«E io il fascino della piada. Av salut, vi saluto!» conclude il maresciallo, avviandosi verso la caserma.

Mura è venuto in bicicletta. Cosa c'è di più bello che pedalare lentamente per la sua cittadina, a quest'ora deserta perché sono tutti a tavola? Trentacinque gradi all'ombra, ma a lui il caldo non ha mai dato fastidio: soffre più il freddo, che gli sia rimasto addosso dagli anni di Mosca o dagli inverni bolognesi da bambino, quando i vecchi dicevano "è un freddo del '32", riandando con la memoria a gelate storiche della loro infanzia, e la città rimaneva coperta di neve per giorni o forse settimane. Non sarà che il freddo sofferto da piccoli sembra sempre peggiore?

Meglio il caldo del freddo, come avrebbe detto il filosofo Catalano, quello che ad *Alto gradimento* ragionava: «Meglio essere ricchi, sani e belli che poveri, malati e brutti». O qualcosa del genere. Catalano, Catenacci: ecco, il suo problema è di essere rimasto ad *Alto gradimento*. Come se avesse ancora vent'anni. O anche meno. Invece…

A Borgomarina ha trovato tutto quello di cui ha bisogno, tutto ciò che lo fa stare davvero bene nella vita: la spiaggia dolce e pulita dell'Adriatico, i vecchi amici della gioventù, le mangiate di pesce senza spendere quasi niente, le partitelle a basket. Una vita minimalista, con pochi soldi, pochi vestiti, poco bagaglio e poche esigenze. Poco di tutto.

Il maresciallo sbaglia a pensare che la pensione lo annoia e che per questo si è messo a giocare all'investigatore privato, come sostituzione del giornalismo. Sbaglia ma… un po' anche ci prende. La vita tranquilla del pensionato non gli basta e l'unica cosa che gliela rende più vivace sono le donne. Sarà per questo che non dice mai di no alle clienti che lo ingaggiano come detective? O è il destino che le porta da lui?

Squilla il telefonino.

«Mura, disturbo?»

Lupus in fabula.

Lupa, per la precisione.

«Ma va. Anzi, stavo per cercarti io.»

La Stefi. Con tutto il trambusto della serata a Lido di Classe e la notte in cella a Cervia, si è dimenticato di contattarla, visto che il suo caso è praticamente risolto.

«Hai… scoperto qualcosa, l'altro giorno, a Mirabilandia?»

Di giorno ti piglia, di notte ti strabilia: la Stefi non sa ancora quanto.

«Be', sì. Ma è un po' complicato da spiegare. Meglio se ci vediamo di persona.»

Anche per incassare il compenso che Mura si aspetta.

«Oh» sospira la Stefi. Forse avrebbe preferito che le avesse detto: "Non ho scoperto niente, è stato tutto il giorno sulle montagne russe e sulle giostre". Sotto sotto, è innamorata di suo marito. Lo ha menato di santa ragione, è vero. Ma poi lo ha perdonato, no? È una coppia romagnola anche questa: quel che vogliono veramente è essere felici insieme.

«Adesso dove sei?»

«Al Magnani. C'è un torneo di maraffone.» Tanto per cambiare. Prima o poi Mura deve prendere lezioni private da Valter, fratello del bagnino Rio e campione locale della specialità. Magari ingannerebbe il tempo. O potrebbe fare piedino sotto il tavolo alla Stefi.

«Io sto tornando al capanno, se vuoi farci un salto.» Ha buttato l'esca.

«Oggi non posso. Forse domani. Ti chiamo appena sono libera, okay?»

Non ha abboccato, ma è un rinvio carico di aspettative: se vuole essere libera, per vedere Mura, significa che ha intenzione di dedicargli un po' di tempo.

«Va bene, a presto allora e buona partita a carte.»

Tra poco la massa dei turisti tornerà dal pranzo negli alberghi e nelle case, invaderà di nuovo la spiaggia, restituendo alla Riviera un rumore di fondo che si sente perfino dalla terrazza del suo capanno: un milione di corpi nudi da Ravenna a Cattolica. Una volta la lunga villeggiatura estiva era una prerogativa dei ricchi. Poi, con il boom economico, è diventata una vacanza più breve, un paio di settimane ma per tutti. E la Romagna è stata la prima meta delle ferie democratiche di massa: il posto in cui farle più a buon mercato.

Per stasera non ha appuntamenti. Ordinerà una pizza da asporto e si guarderà un paio di vecchi film sul computer: magari *L'ombrellone*, con Enrico Maria Salerno che fa il marito infedele in vacanza a Riccione, se lo trova su YouTube. Andando ogni tanto a tirare su la rete, così se pesca qualcosa ci scappa anche una frittatina di "uomini nudi", quei pesciolini così piccoli da sembrare trasparenti.

Prima un'occhiata ai giornali: le solite notizie. Quelli locali pompano la rivolta di Lido di Classe. Chissà se la Trudi alla fin fine dovrà traslocare. Controlla il numero sul telefonino. Gli ha detto che vuole raccontargli qualcosa di Montanari. Ma sarà vero o è soltanto in cerca di un cliente?

Squilla di nuovo il cellulare.

«Dottor Mura, disturbo?»

Dottor Mura: due parole che non stanno insieme. Ma come la vecchia pubblicità della Pasta del Capitano con Giorgia Moll, con la sua bella voce cantilenante Josephine "può dire quello che vuole".

«Ma va là, Jo. E non chiamarmi dottore. Ci diamo del tu, no?»

Un compenso in natura da parte di questa stangona della Martinica sarebbe anche meglio di quello della Stefi. Martinica, Martinica, deve guardare esattamente dov'è sulla mappa: strano che il Barone, l'altro giorno a Fiorenzuola, non abbia sottolineato che rima con...

«Anzi» termina la frase invece del pensiero malizioso, «stavo per chiamarti.»

«Hai scoperto qualcosa?»

«Credo di sì, ma...»

Ma è un po' complicato, meglio se ne parliamo a voce, sta per dirle, ripetendo la scusa usata con la Stefi. Visto che con la prima gli è andata buca, proviamo a incontrare la seconda.

«Sei al capanno?» lo precede la Jo.

«Sì.»

«E io sul molo.»

Mura guarda fuori. «Non ti vedo.»

«Più indietro, non puoi vedermi. Ma sono da te in cinque minuti, se vuoi.»

Eccome se vuole. «Va bene allora, ti aspetto, così ti racconto tutto.»

«Solo che...»

«Solo che?»

«Ho compagnia.»

Carina com'è, vuoi che non abbia già trovato un sostituto del fotografo?

«Sono con due amiche.»

Ah!

«Be', vieni con loro. Nessun problema. Se dobbiamo parlare in privato, ci appartiamo.» Dove, non lo sa, visto che il capanno è uno stanzone travestito da bilocale.

«Tanto non capirebbero» lo rassicura lei. «Parlano male l'italiano.»

Cinque minuti più tardi, Josephine gli entra nel capanno con le due olandesine scomparse.

«Ursula ed Helen» gliele presenta. «Sai, le ragazze che vivevano con... mio marito.»

«Ciao» dicono all'unisono e scoppiano a ridere. Bionde, lunghe, magre e allegre senza motivo: una bella coppia.

L'aria delle assassine perverse non ce l'hanno. E neanche... delle lesbiche, pensa Mura prigioniero dei suoi stereotipi. Queste, comunque, sono bisessuali: qualche giochetto con il fu Osvaldo Montanari lo hanno messo in scena. E forse non soltanto con lui, nei porno show in streaming organizzati dal fotografo nell'attico. In ogni modo, la prima regola del giornalismo, come quella del bravo investigatore, è che le apparenze ingannano: i due angeli biondi potrebbero aver rimbambito Montanari di sonniferi e averlo legato come un salame per poi infilargli un uccello nel culo e strangolarlo. O qualcosa del genere. Ma perché? Per guadagnarci che cosa?

Fa accomodare le ragazze in terrazzo. Apprezzano molto la rete a bilancino, vogliono sapere come funziona e si mettono subito a pescare, mentre lui e Jo vanno a sedersi in cucina.

«Dove sono dirette?» chiede Mura alla Jo, indicando gli zaini con cui si son presentate le olandesi.

«Pensavo di chiederti se potessero stare da te, per un giorno o due.»

Va bene che non sa dire no a una damigella in pericolo. Ma tre damigelle in pericolo sono un po' troppe anche per lui.

«Il maresciallo ha interrogato anche loro» lo informa Jo.

Questo Giancarlo non glielo ha detto.

«Le hanno fermate ieri sera al Molo Nove Cinque.»

Una discoteca, non un attracco per le barche, vicino allo Sloppy Joe, il bar che ha lo stesso nome di quello preferito da Hemingway all'Havana, dall'altra parte del porto canale rispetto al capanno di Mura.

«Cosa hanno combinato?»

«Niente. Il maresciallo sospettava che c'entrassero con la morte di Osvaldo.»

Ma non sospettava di Josephine? La lascia continuare.

«Erano scomparse all'improvviso, proprio quando lui è… mancato.»

«E perché erano scomparse?» domanda Mura.

A quanto pare, rientrate a casa quella notte, sono salite nell'attico per vedere se Montanari era lì, lo hanno visto conciato in quel modo, si sono spaventate e sono fuggite. Ma non sapevano dove andare.

«Hanno dormito in spiaggia per qualche giorno. Ieri sera dei ragazzi le hanno invitate a ballare, ci sono andate. Il maresciallo aveva fatto circolare una loro foto nei locali notturni e il buttafuori lo ha avvertito.»

«Se le ha già lasciate andare, vuol dire che non le sospetta più.»

«Non proprio» lo corregge la Jo. «Ha detto di rimanere a disposizione.»

Si muore nelle circostanze e per le ragioni più strane, questo Mura lo ha imparato come giornalista in giro per le guerre del mondo. La gente fa un sacco di cazzate che poi non hanno alcuna logica, non sono spiegabili. Tipo un giochetto sessuale cominciato bene e finito male. Tipo due assassine non molto sofisticate che invece di scappare lontano si nascondono vicino. Anzi non si nascondono nemmeno. Dopotutto, nello stereotipo dei gialli all'inglese l'assassino è sempre il maggiordomo.

«Ma voi... dico, fra te, Ursula ed Helen, cosa c'è? Cosa siete?» Amiche di vecchia data non si direbbe. Rivali del letto di Montanari, neppure: né quelle né lei dovevano gioirci tanto a condividerlo con lui. Amichette?

«Nulla. Ci siamo conosciute qualche mese fa. Poi io me ne sono andata, quando con Osvaldo abbiamo deciso di divorziare. Ma ti ho detto che eravamo rimasti in buoni rapporti. Lui ogni tanto organizzava una grigliata in balcone e ci invitava tutti. A me queste due ragazzine sono state subito simpatiche. Mi ricordano un po' com'ero quando sono venuta via dalla Martinica. Sperdute. Incerte. Pronte a vivere alla giornata. Ingenue.»

Ingenue, mica tanto, secondo Mura. Pronte a vivere alla giornata, speriamo: questa casa, per dirla con la formula dei genitori di un tempo, non è un albergo. Non è neppure una casa, se è per questo.

«E perché dovrei ospitarle?»

«Non so a chi altro chiedere, Mura. Capisco che sembra che voglia approfittare di te...»

Ma no, cosa dici mai.

«... ma sei l'unica persona che conosco di cui posso davvero fidarmi.»

Rieccoci. *Damsel in Distress*. Damigella in pericolo.

«Anche se non ti conosco» aggiunge la damigella, «si vede lontano un chilometro che hai un gran cuore.»

Il solito problema: le donne lo trovano buono, così buono che se lo sposerebbero. Mentre al Barone, al suo ex compagno di banco, lo trovano infido, bugiardo e sexy da morire, al punto da andarci a letto pur sapendo che dopo la prima scopata non le chiamerà più.

«Senti, non per dire di no, ma qui c'è un solo letto, a una piazza a mezzo per di più. Non saprei dove metterle.»

«Hanno il sacco a pelo. Dormivano in quello anche in spiaggia. Sai come sono gli olandesi, no? Non difficili. Ma pensa a queste ragazze: hanno visto un cadavere, dormono all'aperto da giorni, sono state arrestate e interrogate dal maresciallo. Le ospiterei io, ma sono già ospite di un'amica, non voglio chiedere troppo.»

«Be'...»

Non ha ancora detto né sì né no. Ma Josephine ha già capito come andrà a finire.

«Grazie!» dice in un soffio e gli getta le braccia al collo.

«Solo per un giorno. Massimo due. Per Ferragosto...» Sta per dirle che per Ferragosto verrà la Cate, la sua... La sua cosa? La sua non-fidanzata, non-amante: al massimo scopamica. E non certo "sua", anche se a volte la vorrebbe avere tutta per sé.

«Lo so, lo so, per Ferragosto di sicuro vedrai i tuoi amici, farete una cena, non vorrete ragazze tra i piedi...»

Per un attimo pensa che lo stia prendendo per i fondelli. I suoi amici farebbero i salti di gioia se portasse loro in dono le due olandesine. E magari pure la Josephine. Ma almeno lo trae dall'impaccio di spiegare chi è la Cate. Anche perché gli è rimasta addosso l'eccitazione di prima, quando la Jo lo ha abbracciato.

«Va bene. Possono sistemarsi qui, una magari dorme sul

divano e l'altra su un lettino del terrazzo, lo portiamo dentro. Non c'è bisogno della chiave, la porta è sempre aperta.»

«Verrai ricompensato anche di questo» dice la Jo, «non appena potrò pagarti.» Del prezzo non hanno ancora parlato. Se fosse una ricompensa in natura, a Mura andrebbe bene anche il pagamento rateale. «Ora dimmi quello che hai scoperto.»

Le riferisce, senza troppi particolari, che Montanari junior a quanto pare ha una relazione con una trans di Lido di Classe.

«Non mi meraviglia» commenta la Jo senza fare una piega: con quello che deve avere visto da quando è in Italia, nulla potrebbe meravigliarla. «Una famiglia di maiali, tale il padre, tale il figlio.»

«Ce l'hai con i transessuali?»

«Ce l'ho con quei due viscidi bastardi. Non gli bastava mai niente, a quei due. Se hanno una cosa nel piatto, vogliono anche quella del piatto del vicino. Per questo alla fine ho deciso di divorziare da Osvaldo. Ma il figlio è diverso dal padre.»

«In che senso?»

«Più debole. Più fragile. Non so dirti perché. Solo una sensazione. Non ci siamo mai piaciuti. Io non volevo mica fargli da madre.»

«Non avresti l'età.»

Scoppia a ridere. Non sembra triste, nonostante le abbiano ammazzato il marito da poco. Una vedova piuttosto allegra.

«Be', e ora che farai?» gli chiede sfoderando il suo sorriso seducente. «Continuerai ad aiutarmi? Voglio dire, a lavorare per me?»

«Ho una pista da seguire. Vediamo se mi porta a saperne di più.»

«Allora restiamo in contatto.» Controlla l'orologio. «Adesso devo andare.»

Saluta le olandesine, che per la contentezza dell'ospitalità ottenuta baciano Mura come un vecchio zio. Soprattutto vecchio.

«Pesce!» esulta Ursula.

«Tanto!» indica Helen.

«Piccolo ma tanto» conclude Ursula, dando un'occhiata al secchiello.

È pieno di uomini nudi. La frittata per stasera è assicurata. Insieme alla pizza. Tre margherite, a questo punto.

Mentre le olandesi tornano alla rete da pesca, Mura accompagna Josephine alla porta.

«Dimenticavo di chiederti una cosa, anzi due» dice. Le riferisce quello che ha visto al cimitero, il saluto romano alla bara. «Montanari padre frequentava gente del genere?»

«Sì, ed è un'altra cosa che mi ha allontanata da lui. Erano sempre vestiti di nero. Nell'armadio di Osvaldo ho trovato anche una divisa da militare. Una volta gli ho chiesto cos'è e mi ha detto che era un'uniforme del periodo fascista, guai se la toccavo. Spesso, quando usciva con gli amici, l'uniforme scompariva dall'armadio. Adesso che ci penso, si ritrovavano ogni giovedì. E domani è giovedì.»

Una buona ragione per tenere d'occhio il fioraio, il farmacista e gli altri camerati, pensa Mura.

«E la seconda cosa?» domanda la Jo quando ha già disceso i gradini dal capanno al molo. «La seconda cosa che volevi chiedermi?»

Gli era uscita di mente. Il culo della Martinica è una giustificazione per distrarsi.

«Ah, sì. Conosci una certa Trudi?»

«Trudi come?»

«Veramente Trudi è solo il soprannome. Il nome d'arte. Quello vero non lo ricordo.»

Non lo ricorda tutto intero: Paulo Roberto o Roberto Paolo qualcosa. Ma non vuole scoprire tutte le sue carte.

«Mai sentita. È importante?»

«Non so, almeno non ancora. Ciao, allora, ci sentiamo appena ho novità.»

«Ciao» dice la Jo.

Poi invece torna indietro, risale i gradini e gli dà un bacino. Soltanto un bacino. Ma non sulle guance. Dritto sulle labbra.

15. Aspetta e spera

(Colonna sonora: *Tintarella di luna*, Mina)

«Bella figlia dell'amore... schiavo son dei vezzi tuoi... con un detto sol tu puoi... le mie pene consolar!»

Sarebbe un verso del *Rigoletto*. Ma per loro è il brano cantato da Ugo Tognazzi, Gastone Moschin, Adolfo Celi e Philippe Noiret in *Amici miei*, il film che hanno in testa da quando erano ragazzi.

Stretti nella Porsche del Barone, lo cantano a squarciagola. Vanno avanti fino al finale della prima strofa, ma con una pausa di riflessione al quarto verso.

«Del mio *pene* consolar, intendeva dire Verdi» nota l'Ingegnere, «ma la censura del tempo non glielo passò.»

«Questa» replica Mura, «non avrebbe fatto ridere neanche Camillo Benso conte di Cavour.»

«E comunque Verdi non c'entra un fico secco» precisa il Prof. «Il Maestro scrisse la musica ma il libretto è di Francesco Maria Piave.»

«Quante cose sa lei» si arrende l'Ing.

«Vieni e senti del mio core il frequente palpitar» completa il tema il Barone. «E sottolineo "vieni" e "palpitar". Se questo Piave non faceva allusioni sessuali, io non mi chiamo più Danilo.»

«Infatti» commenta l'Ing, «Danilo non ti chiama nessuno.»

«Il Piave mormorò» intona Mura.

«Non passa lo straniero» gli va dietro il Prof.

«Ti faccio un occhio nero» continua il Barone.

«Ti mando al cimitero» conclude l'Ing.

Uno spasso. O anche no. Ma si divertono così da quando avevano quattordici anni e non hanno intenzione di smettere. Praticamente una volta su due che s'incontrano, quando sono loro quattro soli, senza donne di mezzo, ripetono la strofa di *Amici miei*. Cioè, del *Rigoletto*. E finiscono sempre a cantare *La leggenda del Piave*, nella demenziale versione appresa tra i banchi di scuola. Se era questa l'immaginazione al potere tanto rivendicata nel '68, meglio avere poca fantasia.

D'altra parte, cos'è una lunga amicizia se non ripetere all'infinito le stesse storielle? Non sono cattivi e nemmeno maschilisti, soltanto eterni bamboccioni, insegna sempre la Carla. Gli uomini son fatti così, prendere o lasciare. Lasciare, propongono le altre. Ma poi non li hanno lasciati. Non ancora.

«Apri il finestrino, che si soffoca» implora l'Ing.

«Si sta più freschi con l'aria condizionata» obietta il Prof.

«Di' la verità, hai fatto una bronza» lo accusa Mura. Scoreggia, nello slang bolognese.

«La prima gallina che canta ha fatto l'uovo» ammonisce il Barone. «Ehi, che puzza! Cosa hai mangiato, un topo morto?» E abbassa i finestrini.

E partono con nocchieri, lopez, satarri. Pugni sulle nocche, ginocchiate sulle cosce, sputi.

Sembra una gita scolastica, d'altri tempi s'intende. Ma sono stretti come sardine in una Porsche, fatta per contenere non quattro, bensì due persone. Per di più, con tutto quello che il Barone ci tiene dentro, hanno impiegato mezz'ora a svuotare la macchina e riuscire a infilare nei sedili di dietro i due più piccoletti, l'Ing e Mura.

«Vuoi dire i due più longilinei, ciccione che non sei altro» protesta l'Ing rivolto al Prof, la cui stazza oscilla da sempre tra i massimi e i medio-massimi.

«Una cosa è certa, io sono più alto di te, fra'» taglia corto il Barone. Vecchia diatriba.

«Questione di centimetri» precisa l'Ing.

«E ce l'ho anche più lungo» insiste il Barone.

«Questione di millimetri» commenta il Prof.

Devono pure ingannare il tempo. Sono posteggiati da un'ora sotto casa del fioraio Dolfo Ricci, una villetta acquistata a rate mezzo secolo prima sul Lungomare di Levante, oltre il grattacielo. Ricci lo ripete sempre quando ne ha occasione: «Rose rosse per te e quattro soldi per me», sostenendo che con il suo mestiere non si diventa ricchi. Ma non deve cavarsela male, se ha il negozio sul porto canale.

«Io dico che la tua informazione è sballata» sbuffa l'Ing.

«Io dico che una pizza mangiata di fretta non è una cena» protesta il Prof.

«Io dico che avete rotto il cazzo» replica Mura. «Se avete paura, ditelo.»

«Dai, capitano coraggioso» fa il Barone, «non ti impermalire.»

«Non sono permaloso.»

«Neanche un po'. Però se sei ancora arrabbiato per quando ti abbiamo preso in mezzo in quarta C!» Una mattina, arrivato a scuola più spettinato del solito, Mura fu battezzato Spenacchiotto lo Scienziato Malvagio. Soprannome che gli è rimasto appiccicato a lungo e che gli dà fastidio anche adesso, che di capelli in testa gliene sono rimasti pochi.

In effetti, pensa Mura, la probabilità che questo club di fascistoni sessantenni si riunisca tutti i giovedì per fare marcette in divisa è piuttosto scarsa. Lo sospetta la Josephine, ma la Josephine deve avere tante di quelle cose in testa, di questi tempi, che verrebbe scusata se si sbagliasse.

E invece, alle 21.24, la porta del villino si apre ed esce Dolfo con una sacca sulle spalle. Monta su una BMW, arriva sotto casa del farmacista Semprini qualche isolato più in là, lo carica in auto e poi vanno a prendere gli altri due. La Porsche del Barone li segue a debita distanza.

Dopo cinque minuti svoltano nel parcheggio all'aperto dietro la chiesa sul canale e si fermano lì.

«Viaggio già finito?»

«Magari in quei borsoni hanno le racchette da tennis e si preparano a un doppio serale» osserva l'Ing.

«Come le nostre sfide a San Pietro in Casale, quarant'anni fa» ricorda il Barone.

«Con l'Ingegnere tutto vestito di bianco come a Wimbledon» precisa il Prof. E parte la solita presa per i fondelli dell'Ing, accusato di volere appartenere all'élite pur senza averne i titoli: gioca a tennis solo di biancovestito, va a sciare soltanto a Cortina.

«Covtina, vuoi dire» insiste il Prof, rimarcando l'erre moscia del suo amico.

«Delle volte mi chiedo come faccio a continuare a frequentarvi» sbuffa l'Ing. Sopporta pazientemente il ruolo di quello preso in mezzo. Ormai ci ha fatto l'abitudine.

Ma il viaggio non è finito. Nel piazzale del parcheggio arrivano altre due macchine, una 4x4 e una Mercedes, anche quelle piene di uomini. Si salutano dal finestrino, senza scendere, e ripartono in fila indiana. Sempre con la Porsche del Barone alle spalle.

Doveva venire soltanto il Barone a Borgomarina, con la scusa di riprendersi la macchina, che poi non era affatto una scusa. Ma quando hanno saputo di un potenziale scontro con i fasci, si sono arruolati anche gli altri due.

«Da solo non ti lasciamo» ha sentenziato il Prof.

«Ma non sarei solo, mi porto dietro il Barone.»

«Peggio che esser solo, magrolino com'è non farebbe paura a una mosca» ha infierito l'Ing.

Il Barone sostiene di essere un finto magro: a sessant'anni passati ha messo su una considerevole pancetta. Ma dal naso adunco alla punta dei piedi c'è in lui qualcosa di sottile, come se lo avessero passato dentro un rullo compressore. «Di sottile ho soltanto il modo di ragionare, a differenza di voialtri» si vanta lui. Seguono battutacce su cos'altro ha di sottile, per non dire inesistente. Che poi non è vero: se dei quattro è sempre stato quello che ha rimorchiato di più, una buona ragione ce l'ha anche dentro i pantaloni.

Fatto sta che adesso sono in quattro pigiati nella Porsche.

«Non potevamo prendere la mia Golf?» ha chiesto l'Ing.

«L'hai voluta a tre porte, si fatica a sedersi dietro esattamente come sulla Porsche» gli ha risposto Mura. «E se dobbiamo inseguire qualcuno, la Porsche corre di più.»

Il corteo di auto fila sull'Adriatica, direzione nord, verso Ravenna.

«Se anche questi vanno dai travesti di Lido di Classe, prendo l'abbonamento» sbotta Mura. Passano il bivio per Cesena e quello per Cervia.

«Ci siamo ragazzi» si frega le mani il Prof. «Preparatevi al puttan-tour.»

«Trans-tour» lo corregge l'Ing.

Ma le tre auto davanti alla loro passano anche il bivio per Lido di Savio, proseguendo sull'Adriatica: niente deviazione per la vecchia Romea e Lido di Classe.

«Sta a vedere che vanno a Mirabilandia» immagina il Barone.

«Tra un po' chiude» riflette Mura, che ci è stato di recente.

«Ma sono ancora in tempo per un giro in autoscontro» osserva l'Ing.

«Non ci sono gli autoscontri a Mirabilandia» lo smentisce il Prof. «Quelli sono al luna park.»

«Niente Mirabilandia, comunque» avverte il Barone.

Il fioraio e camerati hanno superato anche il parco divertimenti.

«Andranno a mangiare le tagliatelle in qualche trattoria» prova a dire Mura.

«Ti pare che uno debba venire fin qui per mangiare le tagliatelle?» obietta l'Ing.

«Io comunque le mangerei» riflette il Prof.

Il corteo rallenta, la BMW del fioraio mette la freccia a destra e svolta in un viottolo sterrato. Via Fosso Ghiaia, informa un cartello.

«Fosso Ghiaia!» esclama Mura. Prima che la Bassona diventasse un ritrovo di nudisti, la pineta che stanno attraversando era per lui "la spiaggia dei desideri". Qui venivano di notte in moto, con la sua compagnia di trenta o quaranta ragazzi e ragazze, accendevano un falò e finiva sempre a tuffarsi nudi in mare. Soprattutto facevano casino, anche se qualche coppia si appartava e approfittava delle tenebre. Per gli altri i desideri restavano irrealizzati: soltanto desideri, appunto. Ma non sono quelli i sogni più belli? Era un luogo magico. Nella sua memoria di adolescente, molto più grande di quanto sia davvero. Una foresta incantata. Un bosco delle meraviglie. In realtà, una piccola pineta.

«Spegni i fari» ordina Mura e il Barone obbedisce. Lasciano che le tre vetture davanti si distanzino, poi seguono da lontano il polverone sollevato dalle ruote. Via Fosso Ghiaia affianca il percorso del Bevano, uno dei due fiumi che cingono la pineta della Bassona, entrata nelle classifiche delle spiagge più belle d'Italia: macchia mediterranea e dune che arrivano sino al mare, l'unico pezzo di costa sfuggito a speculazione edilizia e turismo in cento chilometri di Riviera. È attraversata da stradine sterrate, qui e là compaiono campi coltivati a ortaggi, una casina demaniale, canali di irrigazione. Ci sono un gran numero di animali selvatici, inclusi cinghiali, cerbiatti, volpi, ricci e aironi.

«È pieno di zanzare!» si lamenta il Prof dandosi uno schiaffo sulla fronte. «Richiudi il finestrino» dice al Barone. Poi tira uno schiaffo anche all'Ing.

«Ma sei scemo?»

«Mi pareva di avere visto una zanzara.»

«Mi è semb*l*ato di vede*l*e un gatto» recita il Barone.

Arrivano a un bivio. «Via della Sacca» annuncia l'Ing leggendo sul GPS del telefonino.

Le tre auto davanti a loro parcheggiano in uno slargo al ciglio della strada. Loro lasciano la Porsche più indietro, nascosta tra gli alberi, e scendono.

«Inutile stare tutti insieme» sussurra Mura. «Io vado a dare un'occhiata da più vicino. Voi restate qui ad aspettarmi. Se ho bisogno vi mando un sms.»

«Okay mio eroe» fa il Prof.

«Non entrare nel bosco di sera» lo ammonisce il Barone. Op. cit., *Sono una donna, non sono una santa*, Rosanna Fratello, Canzonissima 1971.

«Fra tre mesi te lo prometto che il mio amore tu lo avrai» gli risponde Mura in falsetto completando la strofa della vecchia canzone.

«Dai, vai, che noi ti prepariamo una sorpresa» conclude il Barone, strizzando l'occhiolino agli altri due con aria complice.

«Cercate di non perdervi, piuttosto» risponde lui senza farci caso.

Mura entra nel fitto della pineta, attento a non fare rumore. Di notte si dice che sia popolata di giovani coppiette che non sanno dove andare e gente più matura per lo scambio delle coppie, oltre agli stessi guardoni che di giorno vengono a spiare i naturisti: in genere non un grande spettacolo, quest'ultimo, per chi è in cerca di spunti erotici. Ma adesso non si vede nessuno, non si sente nessuno.

Dopo dieci minuti di cammino, badando a non calpestare i rami secchi e gli aghi di pino per non fare rumore, Mura intravede un chiarore. Qualcuno ha acceso un riflettore in prossimità di una radura. Avvicinandosi scorge distintamente ombre che si muovono al ritmo di parata militare. Si nasconde dietro un albero per guardare meglio. Ricorda questo luogo, ci passavano davanti da ragazzi con le moto da cross: le Querce di Dante, in omaggio al poeta che, sembra, venne a fare una passeggiata proprio qui, in questa pineta, spingendosi fino al mare.

Sono proprio loro. Dolfo, Semprini e un'altra decina di uomini. Età fra i sessanta e i quarant'anni. Agghindati da fascisti come per una festa in maschera di nostalgici del ventennio: fez, camice nere, magliette della X Mas e le immancabili t-shirt griffate BOIA CHI MOLLA. Sfilano avanti e indietro, fanno il saluto romano, cantano.

«Giovinezza, giovinezza, primavera di belleeeezza…»

«Faccetta nera, bell'abissina, aspetta e spera che l'ora si avvicina…»

«All'armi! All'armi! All'armi siam fascisti…»

Patetici. Ridicoli. Fanatici. Se questo è il loro modo di divertirsi il giovedì sera, Mura preferisce non immaginare come passino il weekend. Dolfo, del resto, gli viene in mente, è il diminutivo di Adolfo: nome che durante il ventennio andava di moda quanto Benito. Si chiamava così anche un barbiere amico di suo padre che veniva a tagliargli i capelli a casa quando era piccolo. Un pezzo d'uomo buono come il pane: non era colpa sua se l'avevano battezzato come Hitler. Questi sembrano più cattivi. O almeno, più cretini.

Del resto, il mascellone era nato e cresciuto in Romagna, passava le vacanze estive a Riccione e qui è sepolto, nella natia Predappio, dove la sua tomba è meta di pellegrinaggi annuali con gagliardetti e fasci littori. Da una delle regioni più orgogliosamente fasciste, la Romagna nel dopoguerra è diventata una delle regioni più rosse d'Italia: a parte una consistente fetta di repubblicani, guidati da un senatore di Cesena, Oddo Biasini, famoso per le folte sopracciglia. Terra di mangiapreti, il che spiega il successo del laico PRI, ma pure di estremisti, il che spiega tutto il resto. Perché meravigliarsi se attempati benpensanti, invece di giocare a carte, si divertono a marciare vestiti come al tempo del Duce cantando le canzoni di quando c'era Lui?

Ora hanno smesso. Siedono in cerchio. Uno al centro. A Mura pare che sia proprio Dolfo. S'avvicina per sentire meglio.

«Eia! Eia! Eia!» grida Dolfo. «Alalà» rispondono in coro.

«Camerati» comincia il fioraio quando torna il silenzio. «Siamo qui per ricordare il compianto Osvaldo Montanari, con cui abbiamo condiviso tante serate come questa. E con il quale avevamo grandi progetti per crescere e moltiplicarci!»

Risate sguaiate, battutacce oscene.

«Non saranno certo polizia o carabinieri a scoprire chi lo ha ucciso. Il complotto massonico di Stato riuscirà a impedire di individuare il responsabile, gettando la colpa su un capro espiatorio o su ignoti. Il delitto resterà irrisolto.»

Segni di assenso tra il suo uditorio.

«Ma noi sappiamo cosa ci unisce. Il fascismo!»

«Du-ce, du-ce, du-ce!» riparte il coro.

«E la speranza prima o poi di ricostruirlo!»

«Du-ce, du-ce, du-ce!»

«E cos'altro ci unisce?» chiede Dolfo con le mani sui fianchi in evidente imitazione del mascellone dal balcone.

«La gnocca!» grida il farmacista Semprini.

E giù coro di battute oscene.

«Han visto più battaglie le tue mutandine...» parte il coro «... di tutti i giapponesi alle Filippine...»

Più goliardi che fascisti, pensa Mura. Comunque, cretini.

«Ora basta!» li zittisce il fioraio Dolfo. «Ma cosa ci unisce più di tutto?»

«Il tesoro di Benito Mussolini!» risponde uno.

«Du-ce! Du-ce! Du-ce!» continuano gli altri.

«E qualcuno ha ammazzato Osvaldo per portarglielo via!» prosegue Dolfo. «Se scopriamo chi è l'assassino, ci porterà al tesoro. Se ce lo facciamo scappare, il tesoro se lo papperà lui. E dunque vi chiedo: siete pronti ad affrontare l'ora segnata dal destino?»

«Sì!» rispondono all'unisono, scattando in piedi con il saluto romano.

Questa mi pare di averla già sentita, pensa Mura. Un miracolo se trovano la strada di casa, altro che il tesoro di Mussolini.

«Eia! Eia! Eia!» riparte Dolfo.

«Altolà! Chi va là?»

La voce stavolta viene dalle sue spalle, seguita dal fascio di luce di una pila. Dolfo e camerati guardano verso l'albero dietro cui è nascosto Mura.

«Vieni fuori con le mani in alto» intima la voce, puntandogli la luce addosso.

«Guardi che io...» dice Mura spostandosi con lentezza, «mi sono semplicemente perso nel bosco. Volevo pisciare.»

«E io adesso ti riporto dalla nonna, cappuccetto rosso» risponde il tizio sulla quarantina che gli punta una pistola addosso.

«Non capisco» fa Mura.

«Vediamo se capisci questo» e gli tira un pugno nello stomaco.

Mura si sente mancare il fiato e va giù come un sacco di patate. Nel frattempo, sopraggiungono gli altri. Lo trascinano al centro della radura, lo legano a una seggiolina da campeggio, gli bendano gli occhi.

Mura finge di essere stordito. Dove saranno i suoi amici? Avrebbe dovuto mandargli subito un messaggino. Gli rovesciano un secchio d'acqua in testa.

«Hai sete?» dice qualcuno. «È del canale di scolo, vedrai quanto è buona.»

«Sentite, io non ho fatto niente...»

«Sei una spia!» grida uno.

«Un guardone!» grida un altro.

«Uno sporco rosso» grida un terzo.

Gli frugano in tasca, prendono telefonino e portafoglio. «Andrea Muratori» legge Dolfo sulla patente.

Non ha riconosciuto il nome: fortuna che a Borgomarina lo conoscono tutti come Mura. E che i fiori da Dolfo andava a comprarli la sua ex-moglie russa.

«Residente a... Londra?!» continua a leggere Dolfo.

Non ha fatto in tempo a cambiare la residenza. Forse questo gioca a suo favore.

«Sono soltanto un turista. Mi hanno parlato di questa pineta. Ho visto una luce e mi sono incuriosito. Perciò ero nascosto dietro un albero.»

«A me pare di averti già visto» fa Dolfo venendogli vicino. «Be', ora vediamo se dici la verità. Il camerata qui presente ha una medicina che ti scioglierà la lingua. Ne portiamo sempre un po' con noi, per ogni evenienza. E per rispetto della tradizione.»

Grandi risate.

«Se poi una non basta, aumentiamo la dose. Vediamo se ti fa venire voglia di parlare.»

«No, guardi, io vi dico subito quello che volete, non serve alcuna medicina. Passavo di qui per caso e...»

Il camerata Semprini, che sarebbe il farmacista, gli chiude il naso con due dita. Mura cerca di respirare socchiudendo appena la bocca ma gli arriva una sberla su una guancia, poi una seconda, una terza.

«Apri per bene la boccuccia. Non farmi arrabbiare.»

Un'altra sberla.

Mura si ritrova in bocca il collo di una bottiglia. Qualcuno gli rovescia la testa all'indietro e, se non vuole annegare, deve bere. Una poltiglia oleosa, disgustosa, maleodorante.

«Su, un altro bel sorso.»

«Un altro.»

«Ancora.»

«Be', ma deve piacerti proprio l'olio di ricino! L'hai bevuto tutto.»

Ha un conato, sputa, si vomita addosso.

«Allora? Chi sei? Cosa volevi? Cosa spiavi Andrea Muratori? Rispondi o te ne facciamo bere un'altra bottiglia.»

Dal suo stomaco risuona un gorgoglio sinistro. Poi avverte un crampo spaventoso. Gli esce in un rantolo, quindi una scoreggia che sembra una bomba.

«Che triste spettacolo» commenta Semprini.

«Che vergogna ridursi in questo stato» aggiunge Dolfo.

«Ostia de la Madonna, si è già cagato addosso, che puzza» ridacchia un terzo.

«Allora, parli o bevi? Decidi tu» lo scuote Dolfo.

Non risponde, prigioniero del dolore che gli esce dalle viscere. La benda gli è scivolata dal volto.

«Prendi un'altra bottiglia» dice Dolfo a Semprini.

Si può crepare cagandosi addosso? Mura ha paura di sì: ha dei dolori come se dovesse partorire.

«Italiani di terra, di cielo e di mare, prrrrrrrrrrrrrr.» Una figura vestita di bianco in mezzo agli alberi. Una voce femminile. E a Mura sembra pure di riconoscerla, se si può riconoscere una donna da come imita il Duce e fa le pernacchie. Dall'occhio non coperto dalla benda gli sembra proprio di vedere… Caterina! E da dove è arrivata? Chi ce l'ha portata?

La Cate solleva un lembo del vestitino bianco, posa una mano sulle mutandine e lancia la sfida: «Oche morte del fascio littorio, venite a prendere questa, se siete capaci».

Non se la fanno ripetere: partono in tre di corsa nella sua direzione, ma lei si infila immediatamente nel bosco.

«At faz veder me!» Te la faccio vedere io, grida il primo degli inseguitori arrivandole a un passo.

La Cate si arresta di botto, si rannicchia, quello le piomba addosso, incespica e cade su un cespuglio di rovi.

«Figa di merda!» ringhia il secondo mentre le si getta addosso.

La Cate scarta a destra, lo aspetta al varco e lo stende con un perfetto calcio di karate al volto.

Il terzo rallenta, si ferma ansimante, indeciso. Sembra più vecchio degli altri due.

«Ne vuoi anche tu, nonno?» gli domanda.

Nello stesso momento su un lato della pineta risuona una sirena e sul lato opposto balugina un fascio di luce. «Polizia, fermi tutti» intima una voce dal buio.

In un attimo è una grande fuga nell'unica direzione rimasta libera: la spiaggia. Mura rimane dov'è, legato alla seggiola, con la benda di traverso e gli intestini che gli escono dalle mutande.

«Dio come ti sei ridotto, fra'» esclama il Barone avvicinandosi all'amico.

«Stavolta non puoi negare di essere tu l'autore della bronza» constata l'Ing, interrompendo la registrazione della sirena della polizia che esce a tutto volume dal suo telefonino.

«Cosa ne dici della mia voce da commissario Maigret?» gli chiede il Prof apparendo accanto alla Cate. «Quasi quasi abbandono il sigaro e passo alla pipa.»

Mura non dice niente.

«Ciao bellezza, sono contenta di vederti» mormora Caterina slegandolo.

«Anch'io.»

«Di vederti» ripete la sua scopamica turandosi il naso. «Ma non di starti vicino. Hai bisogno di una doccia.»

16. Krav Maga

(Colonna sonora: *La bambola*, Patty Pravo)

«Ci resisti fino a casa, fra'?»

Il Barone non riesce a trattenere un risolino. Mura vorrebbe mandarlo a quel paese, ma ha troppo mal di pancia per protestare. Accenna di sì con la testa. Non perché è sicuro di resistere. Perché spera di resistere. Perché vuole disperatamente resistere. Perché per nulla al mondo si cagherebbe addosso sulla Porsche del suo ex compagno di banco. Con la sua scopamica seduta dietro.

Prima di lasciare la Bassona e montare in macchina, gli hanno fatto togliere i calzoni imbrattati di merda e le mutande. Caterina ha preso un paio di shorts dalla sua valigia e glieli ha prestati.

«Vuoi che ti portiamo sulla vecchia Romea?» gli dice l'Ing. «Magari conciato così trovi clienti.»

«Magari» gli fa eco il Prof. «Non c'è la luna piena. Al buio le gambe pelose non si vedono.»

Voleva mandare affanculo anche loro, ma si è dovuto fermare altre due volte a cagare, nascosto dietro un albero, prima di sedersi di nuovo in auto. Fortuna che la Cate viaggia sempre con una scorta di fazzolettini igienici. «Al fronte i bidet scarseggiano» spiega mentre li estrae dalla borsa.

La sorpresa che gli preparavano i tre moschettieri doveva avere un finale leggermente diverso. Dovunque li avesse portati il pedinamento, a un certo punto il Barone si sarebbe allontanato per andare a prendere la Cate in un bar della statale e avrebbe poi depositato lei e Mura in un ex-albergo a ore trasformato in B&B per una notte romantica. Sarebbe stato un regalo di compleanno anticipato per il loro amico del cuore. Ora invece loro tre filano a tutto gas verso il capanno di Borgomarina, anzi verso il cesso del capanno, mentre all'Ing e al Prof tocca di fare l'autostop.

«Ci sarà la coda per darvi un passaggio» li ha salutati il Barone.

«Noi siamo i giovani» ha risposto il Prof. Op. cit., Catherine Spaak, *L'esercito del surf*, 1964. Naturalmente dopo cinque minuti si sono stufati, hanno raggiunto a piedi il bar dove il Barone aveva prelevato la Cate e hanno chiamato un taxi.

«Fino a casa forse resiste Mura» dice la Cate dal sedile di dietro mentre la Porsche fila nella notte, «ma io no.» Si tappa naso e bocca. «Apri il finestrino, *please*.»

Il Barone esegue. E scoppiano entrambi a ridere.

Attento a quei due, pensa Mura fra i "dolores de panza", come li chiamavano alle elementari. Se non li tiene d'occhio, Cate diventa la scopamica del suo migliore amico.

«Dove hai imparato a stendere così gli uomini che ti importunano?» le chiede il Barone, a proposito dei colpi con cui poco prima si è liberata dei due fascistoni e ha spaventato abbastanza il terzo da indurlo a desistere.

«Krav Maga» risponde Caterina.

«Sa iè?» fa il Barone. «Cos'è?» ripete in italiano.

«Una tecnica di autodifesa sviluppata dalle forze armate israeliane. Un misto di aikido, boxe, wrestling, judo e karate.»

«Giuro che non ti darò fastidio» promette il Barone.

«Una donna sola che viaggia nei buchi del culo del mondo deve essere preparata al peggio. Ti assicuro che l'ISIS mette più paura di qualche vecchio nostalgico in divisa da camerata.»

«Fatti raccontare» commenta Mura con un filo di voce, le braccia strette sul ventre, «chi glielo ha insegnato, il Krav Maga.»

«Sta già meglio» osserva la Cate. «Ha riacquistato il senso dell'umorismo.»

«Su, non essere geloso» lo punzecchia il Barone. «Sarà stato un aitante istruttore delle forze armate israeliane. Fuori servizio. Incontrato in un bar del lungomare di Tel Aviv.»

«Fanculo» biascica Mura.

«Cerca di essermi grato, piuttosto, per averti portato Caterina quando ne avevi più bisogno» riprende il Barone. «Beninteso, saremmo bastati noi tre, ma ammetto che con lei è stato più facile.» Poi si rivolge a Cate: «Krav Maga, eh? Dovrei prendere qualche lezione anch'io».

«A disposizione.»

«Se volete vi lascio soli» mormora a denti stretti Mura.

«Scemo» dice lei.

«Tutti per uno…» attacca il Barone.

«… uno per tutti» completa Mura.

Man mano che le fitte allo stomaco si allentano, si ricorda delle due olandesine sue ospiti al capanno. Si era risparmiato di parlarne agli altri per evitare le solite ironie. Glielo dice mentre lasciano la statale per entrare a Borgomarina.

«Sei il solito playboy» dice la Cate.

«Sei il solito minchione» dice il Barone. «Hai mai sentito parlare degli alberghi? Sono dei posti molto interessanti: tu entri, chiedi una stanza per dormire, paghi e non hai bisogno di elemosinare ospitalità agli estranei.»

Una sonora scoreggia che non riesce a trattenere gli risparmia di dover rispondere.

«Fra', non siamo a scuola» gli ricorda il Barone cercando un posteggio nei pressi della spiaggia.

«*Bro*, vai a fare in culo» risponde Mura.

«Su, vogliatevi bene» li esorta la Cate. Ma sa che è tutta una finta. Quanta tenerezza le suscitano questi due: non è da tutti mandarsi affanculo con tanto affetto, dopo quarant'anni che ci si conosce.

Ursula ed Helen non sono in casa. Cioè, non sono nel capanno. Vedersi entrare Mura in shorts, puzzolente di cagarella, avrebbe potuto spingerle a prendere davvero una camera d'albergo. Per quanto, a casa del fotografo Montanari, devono averne viste di peggio.

Mura si chiude in bagno per una lunga seduta sulla tazza della toilette e una doccia ancora più lunga, quindi si infila nel letto. «Ti preparo la borsa dell'acqua calda, cippa lippa?» gli propone il Barone. Il suo vero scopo sarebbe di perdere tempo fino al ritorno delle olandesine: è interessato all'argomento. Ma non appena arrivano l'Ing e il Prof in taxi, la Cate mette educatamente i tre moschettieri alla porta. «Il vostro amico ha bisogno di riposare.»

«Obbedisco» risponde il Barone.

«Disse Garibaldi» osserva il Prof.

«No, l'ha detto il Barone» lo corregge l'Ing.

«Non faresti ridere neanche un bambino» replica il Prof.

«Tu non capisci» lo difende il Barone. «È humour inglese.»

Hanno trovato qualcos'altro per cazzeggiare sulla strada del ritorno.

17. Pezzi da otto

(Colonna sonora: *Io ho in mente te*, Equipe 84)

Quando riapre gli occhi, per prima cosa Mura infila una mano nei calzoncini: non sono pieni di cacca. Poi se la passa sulla pancia. L'orrendo dolore sembra acquietato. Quindi si gira dall'altra parte del letto. La Cate non c'è, ma una risata dalla cucina gli dice che non è lontana.

Una seconda risata, poi una terza, gli ricordano che è in compagnia.

Più tardi le trova sedute attorno al tavolo a bere caffè, fumare e chiacchierare, come vecchie amiche. D'altronde la Cate diventa in fretta amica di tutti: è uno dei ferri del mestiere. Finalmente la inquadra come la sera prima non poteva, distratto dalle conseguenze dell'olio di ricino: con quell'aria sbarazzina sembra un monello più che una ragazza. Sarà per questo che si è trovata bene con le lesbiche olandesi? Altro pensiero politicamente scorretto. In ogni modo, sono bisessuali. Magari tutte e tre, perché la Cate ha spesso lasciato capire di avere fatto tutte le esperienze. A letto, e non solo a letto.

«*We went dancing*» dice Ursula.

Se hanno qualche ruolo nella morte del fotografo, di sicuro non le ha turbate.

«*How are you?*» gli chiede Helen.

«Vuoi una camomilla?» domanda la Cate.

Nei romanzi gialli i detective privati bevono robe più sexy: scuote la testa con grande dignità. «Un caffè, se ne è rimasto.»

«Ne preparo un altro» gli risponde lei e si mette all'opera.

Durante la notte s'è addormentato come un bebè fra le

braccia protettive della sua scopamica. Soltanto amica, nell'occasione. Bisognerà aggiungere il prefisso, appena sta meglio. Con l'aiuto della pillolina blu.

«Hai fame?» chiede di nuovo la Cate, mentre lui sorseggia il caffè.

Sembra una figlia premurosa, più che un'occasionale *friend with benefits*. Al momento, solo il beneficio di un servizio da crocerossina.

Tornano insieme in camera da letto, che è poi l'unica altra camera del capanno, escono in terrazzo, si appoggiano alla balaustra con la rete a bilancino. Il mare è una pianura blu di francobolli colorati: piatto, costellato di barchini a vela, motoscafi, pedalò, mosconi. Ferragosto è alle porte. Sulla Riviera c'è finalmente il pienone. Imbarcazioni entrano ed escono dal porto canale, lasciando una scia di onde leggere. Più indietro si intravede il campanile della chiesa e il profilo lontano delle colline. Non una nuvola in cielo.

«E allora, mi racconti?»

Mura racconta tutto dall'inizio: quasi tutto, lasciando fuori le sue fantasie erotiche sulla Stefi e sulla Jo.

«Sempre donne intorno, eh?» commenta lei, a cui non sfugge niente.

Meno Mura si sofferma sulle femmine in questione, più la Cate capisce che l'hanno attizzato. È il sesto senso femminile. Non c'è bisogno che confessi, ci arriva da sola. Confessare cosa, poi: non stanno mica insieme. Ma giustificarsi è più forte di lui.

«No, guarda, non sono il mio tipo. Una è troppo vecchia, l'altra è troppo giovane.»

«Una ha poco meno della tua età, l'altra poco meno della mia. Dunque, o qualcosa non va in te o non va in me» nota la Cate, accendendo un'altra sigaretta: fuma come un turco. «A meno che tu adesso non preferisca la trans. Come hai detto che si chiama? Trudi?»

«Quello mi sembra più adatto all'Ing, a giudicare da come si comportava da ragazzo.»

La storiella di via Frassinago, uno dei loro refrain preferiti: rievocazione di un episodio in cui bevvero troppo, si ritrovarono nell'appartamentino affittato da Mura nella suddetta viuzza bolognese a Porta Saragozza, tirarono fuori giornalini porno per farsi una sega collettiva e a un certo punto... È toccato sentirla anche a lei, fingendo, come le donne degli altri tre, di non immaginare neanche lontanamente cosa sia successo quella famosa notte.

«Giagià.»

Un doppio «già», tutto attaccato: dice sempre così quando non è convinta di una cosa, ma non intende insistere. Il suo modo di chiuderla lì: chissenefrega, non ha importanza, vivi e lascia vivere. La sua filosofia.

Riassumere le puntate precedenti è servito anche a Mura a schiarirsi le idee. Il caso della Stefi sembra risolto: deve solo rivelarle che il marito va con i trans. E incassare la ricompensa. Quello di Josephine invece non è risolto per niente. A parte la vedova allegra e le olandesine danzanti, l'elenco dei sospetti continua a comprendere un figlio con il vizietto delle trans pure lui, un branco di patetici fascistoni, più gli eventuali soliti ignoti. Qualcosa di nuovo però lo ha imparato. Prima di fargli bere a garganella l'olio di ricino, i nostalgici di Benito parlavano dell'esistenza di un tesoro. Il tesoro di Mussolini. Può darsi che sia una fantasia. Un romanzo, come quello di Robert Louis Stevenson. «Pezzi da otto, pezzi da otto!» tuonava il pappagallo dei pirati. Ma se fosse proprio quello, come sostengono i fascistoni, il movente dell'assassinio di Osvaldo Montanari? Se il tesoro ci fosse?

«Faccio una telefonata e arrivo» dice alla Cate, che non è certo il tipo da chiedere spiegazioni.

Mura recupera il cellulare e cerca un posto tranquillo.

La Cate è rimasta in terrazzo, la porta-finestra della camera da letto è spalancata, in cucina ci sono le olandesine. *«Sun? Tan? Sea?»* prova a suggerire. Sole, abbronzatura, mare?

Colgono l'invito con entusiasmo e si fiondano in terrazzo con la loro nuova amica. Le guarda spogliarsi nude e stendersi sui lettini. La Cate le imita e si spoglia anche lei. Perfetto. Tre ragazze nude in terrazzo e un pensionato con il mal di pancia in cucina.

Compone il numero sul cellulare e una voce roca risponde al terzo squillo.

«Trudi?»

«Tesoro!»

Non sono affatto il tuo tesoro, vorrebbe dirle. Ma non è il momento di andare per il sottile.

«Come va?» le chiede garbatamente.

«Tutto bene. Per fortuna casa mia non è stata troppo danneggiata dal fuoco: i pompieri sono intervenuti in tempo. Avrei voluto tanto ringraziarli...»

Mura immagina come.

«Quei bruti staranno buoni per un po'» continua la Trudi, «adesso che c'è una denuncia contro di loro per sommossa, disturbo della quiete pubblica e danni a privati. Così me ne sono venuta in spiaggia. Voglio lavorare sull'abbronzatura.»

Con la pelle color ambra che si ritrova non ce ne sarebbe bisogno, pensa Mura. Potrebbe suggerirle di unirsi alla Cate e alle olandesine nel suo terrazzo, così il circo sarebbe completo.

«Dicevi che volevi raccontarmi una cosa. Su quel tipo, Giorgio Montanari.»

«Oh, sì. Una cosa importante.»

«Sono tutto orecchi.»

«Non al telefono. Meglio di persona.»

«Mmm, è che...» È che ho vomitato merda dal culo fino a ieri sera e non so ancora se ho finito, dovrebbe dire.

«È che... non ho la macchina.» Il Barone ha approfittato del suo attacco di colite per riprendersi la Porsche.

«Proprio non avresti modo di raggiungermi?»

Un modo forse ci sarebbe. Certo, preferirebbe non mollare così la Cate che è appena venuta a trovarlo. Per tacere delle olandesine: un buon padrone di casa non si comporta così con gli ospiti. Si sporge dalla camera da letto e le guarda in terrazzo: tutte e tre stese a tette in su in adorazione del dio sole. Non pare che abbiano bisogno di lui.

«Va bene, vengo da te. A che bagno sei di Lido di Classe?»

«Non vado ai bagni di Lido di Classe. Sono sulla spiaggia libera della Bassona. Vieni, dai, oggi è stupendo! E così vedrai il mio nuovo bikini.»

Proprio quello vuole vedere. Ma non gli resta che rimettere piede alla Bassona: tanto valeva che si fermasse lì, dopo essersi cagato l'anima.

18. La figlia del Corsaro Nero

(Colonna sonora: *Sognando California*, Dik Dik)

Sono i culi a saltare agli occhi: hanno lo stesso colore bronzeo del resto del corpo. Lasciata la vecchia moto Guzzi prestatagli da Rio, il bagnino del Magnani, Mura si domanda se debba adeguarsi e rimanere nudo anche lui. Dal fitto della pineta, un viottolo conduce alla spiaggia: porta dritto alla colonia dei naturisti che occupa più di metà della Bassona. Un uomo in maglietta e braghini attirerebbe le attenzioni di tutti. E forse anche le rimostranze. Un tempo i guardoni popolavano la zona. Adesso ci sono sederi più seducenti da guardare online, anche soltanto su Facebook e Twitter, di quelli offerti da questa striscia di litorale adriatica. Da cliente delle trans a guardone di naturisti, la sua reputazione è decisamente in declino.

Ma la Trudi gli ha detto che indossa il costume: per forza, se non vuole rivelare tutto di sé subito. E dunque sarà più in là, vicino alla sua casetta di Lido di Classe, verso via Bering. Mura s'infila in un sentierino nella macchia, allontanandosi dalla colonia nudista. Quando di culi abbronzati non ne vede più, lascia la pineta, supera le dune e raggiunge la riva del mare.

Eccola lì, infatti. Enorme telo di spugna arancione, ombrellino da campeggio azzurro, borsone rosso. Stesa al sole con i suoi amichetti... le sue amichette... insomma, un simpatico club di viados in vacanza.

«Ehiiii, sono qui!»

Lo ha visto: troppo tardi per innestare la retromarcia.

«Togliti la maglietta, tesoro, si muore dal caldo» e gli offre una birra da un frigobar portatile. Le altre trans si avvicinano, interessate alla novità.

«Che ne dici del mio bikini?»

«Molto carino» è costretto a dire. È la verità, sebbene le sue curve ci stiano dentro per miracolo.

Alla luce del sole può vederla meglio: ha l'aspetto di una top model a cui qualcuno abbia gonfiato una serie di protuberanze. Solo una non ha evidentemente avuto bisogno di essere gonfiata in modo artificiale. «Volevi parlarmi di una cosa, no?»

«Oh sì.»

«Ma... non qui... direi» osserva Mura, ammiccando alle amiche di Trudi spaparanzate al sole attorno a loro.

«E nemmeno là, immagino» indica i culi abbronzati dei naturisti a un centinaio di metri di distanza.

«Allora lì?» propone lei indicando il mare.

Arrivato a questo punto, non resta che accettare. Perlomeno il tratto di spiaggia in cui si trovano è predominio esclusivo della Trudi e delle sue amiche: nessuno lo vedrà in loro compagnia. Immagina i commenti dei tre moschettieri. Prese per il culo per un anno. Per il culo, proprio.

Si tuffa in acqua e il refrigerio è benedetto. Si tuffa, leggiadra, anche la Trudi. Ora che la guarda meglio, gli ricorda qualcuno: una versione un po' più volgare e straripante della Raffa, la morosa del Barone. Non per niente, sono brasiliane tutte e due.

Un altro tuffo, entrambi con la testa sotto. L'acqua rinfresca, ma non è fredda per niente, riscaldata da un solleone implacabile.

«Allora, dai, cosa volevi dirmi di Montanari junior?»

«Che potrebbe essere stato lui a uccidere suo padre.»

«Lo sai o lo pensi?»

«È solo un sospetto.»

«E perché lo avrebbe ucciso? Cosa avrebbe da guadagnarci?»

«Innanzi tutto, non andavano d'accordo.»

«Come lo hai conosciuto?»

È stato un incontro di lavoro, se così si può definire, racconta la Trudi. Aveva conosciuto per primo il padre, Osvaldo. All'epoca recitava spettacolini di cabaret nei night, il fotografo era uno dei clienti e le aveva proposto di mettersi in posa per qualche foto osé. Da cosa nasce cosa, era finita a eccitare utenti in streaming nell'attico di Montanari. I trans hanno un bel seguito anche online. E così si era imbattuta in Giorgio, suo figlio.

«Che poi è diventato tuo cliente.»

«Più che un cliente, Mura. Si è innamorato di me. Dice che vuole portarmi via, lontano, su un'isola deserta o in qualche posto dove nessuno lo conosce.»

Adesso stanno camminando con l'acqua ai fianchi. Sotto i piedi la sabbia è candida, sul fondale corrono pesciolini e granchietti. Quaranta e passa anni più tardi, la spiaggia dei desideri, come la chiamava lui da ragazzo, è ancora un incanto.

«E tu ci andresti, con lui su un'isola deserta?»

«Neanche su un'isola piena di gente. Da quando ho lasciato il Brasile ho girato vari Paesi, prima di stabilirmi qui. Mi piace l'Italia. In Romagna sto bene. Ho finalmente ottenuto il permesso di soggiorno. E di Montanari figlio non me ne frega nulla. È un cliente come altri.»

«Ma perché Giorgio ce l'aveva con il padre?»

«Perché ne è stato succube fin da bambino. Mi ha raccontato che gli portava l'attrezzatura in spiaggia per fotografare le turiste sotto gli ombrelloni. Lo accompagnava a caccia nella pineta di Ravenna. Gli ha fatto da svogliato assistente nel negozio di foto e ottica. All'inizio gli dava una mano a organizzare le dirette porno nell'attico sopra il negozio. Per tutta la vita ha preso ordini da Osvaldo. E il padre lo ha sempre trattato come un buono a niente.»

«Poteva restare con la madre.»

«Non sa neanche che fine ha fatto. Le mogli precedenti di

Osvaldo non erano molto interessate all'aspetto materno. E a lui quel figlio deve avere dato sempre fastidio.»

«Sì, okay, ma Giorgio poteva andarsene. Non si uccide un padre solo perché ti sta antipatico.»

«Andarsene dove? Non si è fatto una famiglia, ha pochi soldi, vive in affitto. Oltre a vendicarsi per come lo trattava, uccidendolo avrebbe ereditato la casa.»

Veramente una parte sarebbe andata alla Jo, pensa Mura, visto che è ancora sua moglie.

Escono dal mare. Siedono sul bagnasciuga. Anche senza tacchi, la Trudi sopravanza Mura di dieci centimetri.

«Cosa voleva da te l'altra sera? Si è fermato solo pochi minuti.»

«È stata una cosa veloce. Non aveva neanche i soldi per pagarmi. Ma ha detto che ne avrebbe avuti presto tanti e si sarebbe dedicato a me.»

«Senti, per caso, sai se Giorgio è... fascista? Sai, un nostalgico del periodo che abbiamo avuto in Italia prima della guerra...»

«Ehi, sono un viado ma non ignorante! So cos'è il fascismo. Osvaldo e i suoi amici si divertivano a fare il saluto romano, ogni tanto: li ho visti. Giorgio no, non credo abbia nostalgie simili. Ma proprio l'altra sera mi ha raccontato una cosa che con il fascismo c'entra eccome. Ha detto che presto sarebbe diventato ricco grazie a un tesoro...»

«Quale tesoro? Anche gli amici di Osvaldo inseguono un tesoro...»

«E tu come fai a saperlo?»

«Sono un investigatore privato, no?»

«Il tesoro di Benito Mussolini. Ha detto che lo avrebbe trovato, sarebbe diventato ricco e mi avrebbe sistemato per sempre.»

Ma allora i fascisti alla Bassona non dicevano scemenze. L'oro di Dongo, i valori e i preziosi che il Duce avrebbe cercato di portare con sé in Svizzera, durante la tentata fuga insieme a Claretta Petacci, e che andò perduto dopo la fucilazione di entrambi. Una leggenda che non ha trovato mai pace, tanto che qualcuno la considera appunto una leggenda, un'invenzione: se il tesoro dopo tanto tempo non è stato mai trovato, forse non è mai esistito.

«L'oro di Dongo...» mormora.

«Dongo?» chiede la Trudi.

«Sì, Dongo.» E le spiega dov'è, cosa si nasconde dietro quel nome.

«No» fa la Trudi. «Non credo. Giorgio diceva che il tesoro è qui. In Romagna. A Riccione. Nascosto dentro a Villa Mussolini.»

Villa Mussolini... La casa sul lungomare di Riccione in cui il Duce passava le vacanze con la sua famiglia. Mura ci ha passeggiato attorno, qualche volta. I bolognesi adorano Riccione. Lui preferisce Borgomarina, ma ha tanti amici che hanno la casa nella Perla dell'Adriatico e gli è capitato spesso di andare a trovarli.

«Secondo le mie informazioni, anche Montanari padre dava la caccia al tesoro di Mussolini» continua Mura. «Credi che suo figlio lo abbia ucciso per portarglielo via?»

«Forse per portargli via la mappa del tesoro.»

Sembra sempre di più un romanzo di Stevenson. Con la Trudi nei panni di un pirata dei Caraibi. O di Jolanda, la figlia del Corsaro Nero?

«Senti, dobbiamo saperne di più.»

S'accorge di avere usato il plurale: cosa sono diventati lui e la Trudi, complici?

«Sì ma come?»

«Hai un buon WiFi a casa tua?»

«Certo. E anche un buon computer. Tu mi sottovaluti, tesoro. La sai quella canzone che parla di una puttana intelligente e di sinistra?»

«Certo che sì.»

«Sono io.»

«Non tergiversiamo. Possiamo fare un salto da te? Qui in spiaggia, con questo sole e le tue amiche intorno, non è il posto adatto per fare una ricerca sul web.»

Mura deve recuperare la moto in pineta. Si danno appuntamento in viale Verrazzano. «Al numero 37» aggiunge la Trudi. «Ma tanto ormai sai dov'è.»

Una familiarità di cui andare orgoglioso, commenterebbe il Barone. Che per fortuna qui non c'è.

Va a riprendere la moto. Attraversa la Bassona in un lampo. Su via dei Lombardi ha la sensazione di essere seguito da una macchina, ma quando parcheggia sotto casa quella tira dritto per via Bering. A giocare al detective si finisce per credere che non sia solo un gioco.

19. Pensione Marco

(Colonna sonora: *Stessa spiaggia stesso mare*, Piero Focaccia)

Dentro è fresco, buio, la stessa sensazione di quando da bambino tornava dalla spiaggia. Un antro scuro. La tana dei trans.

«Ti preparo qualcosa da bere?» domanda la padrona di casa.

«Be', grazie, intanto accendi il computer?»

Gli arriva un messaggino sul cellulare.

Tutto ok?

È della Cate: le aveva detto che doveva uscire per lavoro, lei ha commentato «giagià» ed è scoppiata a ridere. Sono abituati così: mai dirsi in anticipo cosa faranno, mai piani a lungo, medio e nemmeno breve termine. Vivono il loro rapporto alla giornata, all'ora anzi, e fino ad adesso è andata bene così.

Mura: Oh yes. Tutto ok. Ci vediamo per cena.

Cate: Basta che non torni in pineta a cacciarti nei guai.

E firma con tre X giganti.

Cos'hanno le donne, un radar per sapere dove sei?

La Trudi gli porta un bicchiere e siede accanto a lui.

«Dunque, cominciamo dall'inizio» dice Mura, e digita "Oro di Dongo" su Google.

Per "oro di Dongo", leggono seduti vicini, si intendono i beni in possesso di Benito Mussolini, di Claretta Petacci e dei gerarchi al seguito al momento della loro cattura, il 27 aprile 1945. Tali valori furono in gran parte sequestrati dalla 52ᵃ Brigata Garibaldi "Luigi Clerici" e quindi presi in consegna dal Corpo dei Volontari della libertà e dal PCI. «L'utilizzo successivo... non è mai stato completamente chiarito» legge a voce alta Mura.

«Cioè?»

«Vuol dire che non si sa con certezza dove siano finiti quei beni. Il tesoro.»

Vuole capirne di più. Digita "arresto di Mussolini".

Nella piazza di Dongo, comune italiano di 3394 abitanti in provincia di Como, durante l'ispezione di una colonna tedesca da parte dei partigiani, Mussolini, travestito da maresciallo della Luftwaffe, viene riconosciuto e preso in consegna da Urbano Lazzaro, nome di battaglia Billi, che lo accompagna nella sede comunale dove gli viene sequestrata una borsa di cuoio in suo possesso. Una delle clausole dell'armistizio del 1943 con il re d'Italia prevedeva la consegna del capo del fascismo agli Alleati. Gli americani lo volevano per uno scopo politico: sottrarre la gestione del dopo-liberazione ai comunisti. Ma agli inglesi, secondo alcune fonti, non dispiaceva che Mussolini scomparisse con tutti i suoi segreti, perché temevano di essere screditati se fosse venuto alla luce il carteggio fra il Duce e Churchill, di cui peraltro, come per l'oro di Dongo, si sono perse le tracce. Il giorno dopo, fu inviato a Dongo il colonnello Valerio, nome di battaglia di Walter Audisio, con l'ordine di giustiziare il Duce nel più breve tempo possibile. Mussolini e la Petacci vennero fucilati a Giulino di Mezzagra, un altro paesino nelle vicinanze.

«E nella borsa di Mussolini che c'era?» domanda la Trudi.

Mura continua a leggere. Era una borsa di quattro scomparti: oltre a quattro cartelle di documenti riservati, conteneva 1 milione e 760mila lire in assegni e 160 sterline d'oro. Ma altre valigie ritrovate sull'Alfa Romeo del prefetto Luigi Gatti, l'ex segretario del Duce, che seguiva il convoglio, risultarono piene di oro, gioielli e valuta. Quel bottino venne affidato alla partigiana Giuseppina Tuissi detta Gianna, la compagna del capo della Brigata, Luigi Canali, detto capitano Neri.

Il 28 aprile tutti i valori sequestrati furono inventariati dalla Gianna. «Ma sia l'originale che le copie dell'inventario vanno perdute» legge Mura a voce alta. «Pazzesco! Sembra davvero un romanzo giallo!»

«E poi?»

Quel pomeriggio Canali alias capitano Neri firmò l'ordine di consegna dei beni alla federazione comunista di Como, di cui era responsabile Dante Gorreri. «Il 7 maggio il capitano Neri scomparve misteriosamente e il corpo non sarà mai più ritrovato» legge di nuovo Mura ad alta voce. Il 22 giugno la Gianna, dopo essere stata diffidata dall'intraprendere ricerche sulla fine del compagno, viene uccisa o gettata nel lago di Como nei pressi di Cernobbio. «Anche il suo corpo non verrà mai ritrovato» scandisce Mura. «Aveva ventidue anni.»

«Oddio» dice la Trudi. E prepara un altro drink. «Ti piace?»

«Sì, buono, cos'è?»

«Un punch dei Caraibi al rhum.»

Questa non starà cercando di ubriacarlo per approfittare di lui? O per portargli via la chiave per scovare la mappa del tesoro, se la troveranno?

Mura digita "Giuseppina Tuissi detta Gianna". Appare una pagina Wikipedia con la foto di una giovane molto bella: sembra un'attrice del cinema in bianco e nero di quei tempi, una vaga rassomiglianza con Silvana Mangano.

Detta la Pasionaria per il suo carattere fiero e coraggioso. Occhi azzurri, capelli neri tinti di biondo, minuta ma formosa, ex operaia della Borletti, veniva da una famiglia di antifascisti. Pochi mesi prima, nel gennaio del 1945, era stata catturata dai nazifascisti, torturata dalle Brigate Nere repubblichine, ustionata, frustata, gettata in acqua gelida, lasciata nuda sulla neve, quindi caricata sui treni per i campi di stermino in Germania. Ma il 12 marzo un ufficiale della Gestapo, impietosito, la libera, o forse spera che, pedinandola, possa portare alla cattura ben più importante del suo compagno, il capitano Neri, che era riuscito a fuggire. Su di lei, secondo i servizi segreti britannici, circolava tra i partigiani il sospetto di tradimento. Sospetto che viene riesumato il 29 aprile, dopo la scomparsa di Neri, quando la Gianna è arrestata e interrogata dal comandante Pietro Vergani per chiarire le circostanze del suo inconsueto rilascio da parte della Gestapo. Dopo l'interrogatorio, un tribunale partigiano ne ordina la fucilazione.

«A me sembra evidente che quei due sapevano troppe cose sull'arresto di Mussolini e sull'oro di Dongo» commenta Mura. E continua a leggere.

Dante Gorreri, segretario del PCI di Como, e lo stesso comandante Vergani, dopo la guerra vennero accusati del duplice delitto. Il 12 dicembre 1949 furono entrambi rinviati a giudizio come mandanti dell'omicidio di Neri e della Gianna, e per peculato, cioè in sostanza per avere fatto sparire l'oro di Dongo. Pur riconosciuto colpevole e condannato a una lunga pena carceraria, dopo appena quattro anni, nel 1953, Gorreri viene eletto deputato nelle file del PCI e scarcerato grazie all'immunità parlamentare. D'altra parte, quello stesso anno l'indulto aveva cancellato i residui della guerra civile: vi furono 36mila provvedimenti di clemenza e vennero rilasciati 16mila detenuti, un terzo dell'intera popolazione carceraria del tempo, come risultato di una mediazione fra il presidente del Consiglio De Gasperi, per celare coloro che erano compromessi con il regime fascista, e il capo dell'opposizione comunista Togliatti, per mettere fine alla persecuzione di partigiani accusati di vendette e saccheggi. L'amnistia comprendeva tutti i reati politici commessi tra il 25 luglio 1943, giorno della caduta del fascismo, e il 18 giugno 1946, giorno della proclamazione della Repubblica. Il processo di Dongo aveva del resto il sapore di un processo alla Resistenza: non avrebbe avuto senso politico o giudiziario riprenderlo in quel clima. Il 24 luglio un giurato viene ricoverato in ospedale. Il processo è rinviato al 5 agosto. Il giurato si suicida in ospedale. Nuovo rinvio del processo. Non verrà più ripreso, perché nel frattempo scatta la prescrizione, assicurando il proscioglimento di Vergani da tutte le accuse. Fu liberato nel 1957 e successivamente andò anche lui in Parlamento, eletto senatore nelle file del PCI.

«Che lezione di storia mi stai facendo» osserva la Trudi, spalancando gli occhioni come se fosse interessatissima e sorseggiando il suo drink.

«Vediamo se troviamo qualcosa che ci porta a Riccione.»

I fascicoli del processo di Padova che non si è mai fatto, numerosi faldoni, erano destinati al macero nel 1987 per un trasloco del tribunale. Li fece scoprire e salvare l'intervento di un giornalista del «Gazzettino di Venezia». Ma neanche quelli si sa dove siano finiti oggi, ammesso che ancora esistano.

«Buono questo punch» dice Mura dopo un altro sorso. Non riuscirà a ubriacarlo. «Che cosa ci hai messo dentro?»

«Due dita di rhum Saint James, zucchero e lime, con un po' di ghiaccio. Tutto qui.»

Non è finita. Sull'autocarro tedesco dove era stato riconosciuto e arrestato Mussolini, c'erano cinque valigie del suo bagaglio personale contenenti banconote e lingotti d'oro. Ai militari tedeschi fu inizialmente consentito di ripartire. Si fermarono per la notte sulla riva del lago di Como dove bruciarono gran parte delle banconote e gettarono in acqua l'oro. Il giorno dopo un pescatore locale recuperò trentacinque chilogrammi d'oro che consegnò ai partigiani. Un contadino disse che erano state recuperate anche fedi nuziali offerte alla patria per la guerra d'Etiopia, oro sequestrato agli ebrei deportati in Germania e almeno 32 milioni di lire in contanti.

«E così di quell'oro non si sa più niente?» chiede la Trudi.

Massimo Caprara, per anni segretario personale di Palmiro Togliatti, sostenne che la parte del tesoro presa in consegna da

Gorreri fu fatta pervenire a Renato Cigarini, eminenza grigia delle finanze del PCI negli anni Cinquanta, responsabile della politica economica del partito. L'ammontare complessivo da lui stimato era di 189 milioni di lire del 1949.

«Quanto sarebbe ai giorni nostri?»

Mura fa qualche calcolo sul telefonino, usando un convertitore di valuta: «Tre milioni e mezzo di euro. Ma in lire sarebbero stati 7 miliardi e con una cifra simile, dopo la guerra, si potevano comprare molte cose».

Cigarini li avrebbe depositati in una banca svizzera su un conto segreto del PCI. In seguito quel tesoro sarebbe stato usato per acquistare dalla famiglia dei costruttori romani Marchini, detti "calce e martello" per le loro idee politiche, il palazzo di Botteghe Oscure, poi diventato la sede nazionale del PCI, e i macchinari per la tipografia dell'«Unità» a Milano, oltre a quindici appartamenti per la nomenklatura comunista in un palazzo di Testaccio, ribattezzato "il Cremlino di Roma".

«Addio tesoro, a Dongo o a Riccione, insomma» commenta Mura. «Chi lo ha trovato lo ha già speso.» Fa altre ricerche su Google. Poi dice: «Aspetta! Senti cosa dice questo articolo dell'"Espresso"».

Parte dei beni confiscati, tra cui il collare d'argento dell'ordine superiore della Santissima Annunziata, la massima onorificenza di Casa Savoia, pietre preziose, orologi di marca e medaglie doro, più la tuta blu che indossava la Petacci quando fu arrestata, giacciono da decenni a Roma, nel caveau della filiale di via dei Mille della Banca d'Italia, all'interno di sacchi sigillati, come se fosse paccottiglia qualunque, insieme a migliaia di altri gioielli, monete d'oro, lingotti, confiscati in varie circostanze tra il 1943 e il 1945. Nessuno sa con esattezza cosa contengano i 419 plichi e le 2000 bisacce, perché l'inventario completo non è mai stato fatto.

Dalle informazioni che riesce a trovare quei pacchi contengono di tutto: i beni delle vittime del terremoto di Messina del

1908, parte dell'oro donato alla patria per finanziare la campagna d'Etiopia, i beni dei prigionieri di guerra e degli ebrei deportati, chili e chili di monili e argenteria lasciati dai Savoia al Quirinale nella frettolosa fuga da Roma a Salerno dopo l'8 settembre del 1943 e altre ricchezze che i gerarchi fascisti speravano di trasportare in Svizzera, tra cui ciondoli d'oro, banconote di varia nazionalità, orecchini, bracciali, gemme, rubini e collier.

Tutto questo bendidio fu trasferito dalla prefettura alla tesoreria centrale del ministero a Roma nel 1953. È rimasto lì fino al 1991, quando è diventato di competenza della Banca d'Italia. Nel 2000 fu svolta una parziale ricognizione per esporre quello che meritava e vendere il resto all'asta. Furono catalogati 59 plichi su 419, meno del 15 per cento. Poi però la funzionaria che se ne occupava è andata in pensione e il programma si è arenato.

«La solita burocrazia italiana» commenta Mura.

«Cosa vuoi dire?»

«Sarai stata in qualche ufficio pubblico per il permesso di soggiorno, no?»

«Sì.»

«Ecco.»

«Hai fame?» cambia discorso lei.

«Un po'.»

«Ti preparo qualcosa.»

E vabbè, pensa Mura. Eccomi qui, nella casa di una trans brasiliana che mi dà da bere e da mangiare, insieme alla quale sto indagando sul tesoro perduto di Mussolini. Ci sarebbe da ridere. Speriamo che non ci sia da piangere.

La Trudi torna con un vassoio di pane abbrustolito, hummus, cetrioli e formaggio. E un altro punch.

«Potrei avere… anche un bicchier d'acqua?»

«Ma certo, tesoro.»

Dovrebbe dirle di smetterla di chiamarlo tesoro. Ma visto

come lo ha difeso quella notte dall'assalto dei benpensanti e come si sta prendendo cura di lui adesso, non gli sembra il caso.

«Pausa nelle indagini» propone Mura. «Qualche domanda io a te, se non ti dispiace.»

«Ma certo» e ingoia un sorso di punch.

«Da quanto sei in Italia? Che progetti hai? E, ultima domanda, perché ti interessa tanto questa storia?»

La Trudi accavalla le gambe. Belle e lunghe, non c'è che dire. Succhia un cetriolino finché non sparisce maliziosamente fra le sue labbra. Sulle quali posa un'unghia con smalto blu.

È in Italia da quattro anni, dopo essere stata in Portogallo, Spagna, Inghilterra. Intende restarci, ottenere la cittadinanza, fermarsi qui. La storia della morte di Montanari le interessa perché ce l'hanno tirata dentro a forza: Osvaldo, suo figlio Giorgio, ora Mura.

«Sono curiosa di carattere» conclude il succinto resoconto.

E io, pensa Mura, non sono così ingenuo come sembro.

«Il giorno del funerale di Montanari eri al cimitero per curiosità?»

«Ah, è lì che mi hai visto.»

Tralascia di dirle che l'aveva già vista insieme al capitano Bertozzi: meglio tenere le due indagini separate.

«Giorgio ci teneva che ci fossi. Ha insistito tanto.»

«Però poi te ne sei andata alla chetichella.»

«Ah, mi hai osservata per bene, eh? Mi fa piacere. Segno che un po' piaccio anche a te.» E gli posa le dita affusolate sulle sue.

Mura ritrae la mano. «Mi piaci, ma non nel modo che immagini tu.» Meglio tenersela buona, questa.

«E che ne sai di quello che immagino io? Comunque sì, sono rimasta appartata per non attirare l'attenzione. Tutti quegli uomini, gli amici di Osvaldo, mi avevano messo gli occhi addosso. Io ci sono abituata. Ma Giorgio era imbarazzato. O meglio, geloso. Così appena ho potuto mi sono allontanata.»

Mura aveva fame davvero: ha spazzato via l'hummus, il suo piatto preferito da quando viveva in Israele. Una piacevole variazione dalla solita dieta a base di pizza, piada al prosciutto e spaghetti alle vongole.

«Ti piace l'hummus» osserva spalmandone l'ultimo cucchiaino su una crosta di pane.

«Oh, sì ho un sacco di amiche arabe e africane che me lo hanno fatto conoscere» replica la Trudi. «Vedo che piace anche a te. Si vede che abbiamo gli stessi gusti.»

Ignora la battuta.

«E quando sei stata in Inghilterra?»

«Prima di trasferirmi in Italia. Mi avevano fatto un contratto da Madame JoJo, un cabaret di transessuali e drag queen a Soho. Ci ho passato sei mesi. Mi piaceva da matti. Poi però l'hanno chiuso e così sono venuta in Italia.»

«Ci sono andato anch'io, una volta, a vedere lo show di Madame JoJo.»

«Oohh, magari ci eravamo già incontrati allora!»

Era un posto alla moda. Poi la *gentrification* ha tolto a Soho la nomea di quartiere a luci rosse e insieme a *topless bar*, *massage parlour* e bordelli hanno chiuso anche quello.

«Usavo un nome d'arte» gli confida, «Dirty Martini.»

Come se Trudi fosse il suo vero nome.

Uno "sporco" Martini. Gli alcolici devono giocare un ruolo importante nella sua vita, a giudicare dalla sfilata di bottiglie nel mobile bar alle loro spalle.

«Tutta questa storia» riprende Mura, «dimostra che non c'era *un* tesoro di Mussolini, ce n'erano tanti, se includiamo quelli dei suoi gerarchi. Mentre la guerra finiva, chissà quante ricchezze sono state trafugate, nascoste, scambiate di mano. Torniamo a leggere.»

Nel 2007 i pezzi di maggior pregio del tesoro custodito dalla Banca d'Italia furono esposti per una rapida conferenza stampa. Poi fu tutto impacchettato di nuovo nei sacchi. Ogni tanto un'interpellanza parlamentare chiede di saperne di più, ipotizzando altri misteri nascosti dentro quei plichi. Ma l'Italia ha problemi più urgenti. E molti temono quello che potrebbe venirne fuori: nessuno ci farebbe una bella figura.

«La moglie di Mussolini dov'era in tutto questo?» chiede la Trudi.

«Buona domanda.»

«Ci vuole una donna per interessarsi a una donna.»

Mura non raccoglie l'ironia. Digita "Rachele Mussolini" e legge.

Dopo la liberazione, Rachele visse per qualche tempo con i figli a Villa Mantero, nei pressi di Como. Nel tentativo di raggiungere a sua volta la Svizzera, aveva portato con sé, oltre al collare dei Savoia, tutto quello che non era di troppo ingombro: decorazioni in oro, platino e brillanti, monili con pietre preziose, collane di cristalli, una medaglia celebrativa dei Patti Lateranensi, perfino una decorazione con la stella di David, paradossale per la moglie dell'autore delle leggi razziali. Anche questo giace in Banca d'Italia: oltre a un quintale d'argento, collane rare con lo stemma del casato, servizi da tavola, vasi pregiati, candelabri, astucci e portasigarette.

A Mura gira la testa: saranno i punch che gli continua a versare la Trudi o questo interminabile elenco di averi perduti?

Digita "Villa Mantero".

Qualche tempo fa, in una villa in Brianza, è emerso un plico di documenti con l'intestazione "Carteggio Churchill-Mussolini". Si tratta di un dossier appartenuto all'ex proprietario di quella residenza, dimenticato dopo un trasloco non troppo accurato. Padrone della villa in questione era un agente segreto britannico, colui che recuperò alcune delle carte che Mussolini portava con sé nella fuga verso la Svizzera. Il suo nome era Malcolm Hector Smith, un uomo con una vita da romanzo. Nato a Palermo nel 1910 da genitori scozzesi e morto a Como nel 1991, non soltanto fu al centro di molti intrighi durante il secondo conflitto mondiale, quando sbarcò in Sicilia con gli Alleati, ma nel dopoguerra fu incaricato dal governo britannico di restare in Italia a occuparsi di quella eredità cartacea come una sorta di agente permanente al servizio della Corona. Sotto l'incarico di copertura di console del Sudafrica, dove aveva effettivamente vissuto prima della guerra, tra una partita di golf e l'altra, mister Smith agì per occultare le tracce delle operazioni riservate avvenute tra la primavera e l'estate del 1945 nel nostro Paese. Il famoso carteggio fra il Duce e Churchill sarebbe stato sepolto da Rachele stessa nel giardino di Villa Mantero, che Smith si affrettò ad acquistare. Sarebbe stato lui, nel giorno di Ferragosto del 1945, a disseppellire i carteggi, su indicazione di Guido Donegani, un industriale chimico, padrone della Montedison, arrestato e chiuso nel carcere milanese di San Vittore con l'accusa di collaborazionismo con il regime, che aveva barattato con gli inglesi la propria scarcerazione in cambio di informazioni su dove individuare le carte, di cui gli aveva parlato la stessa Rachele.

Sempre Smith, il 22 maggio 1945, sarebbe riuscito a intercettare altre carte della corrispondenza fra Churchill e Mussolini, nascoste da Rachele nell'imbottitura di una cavallina nella palestra Negretti di Como. Tuttavia, nel plico rinvenuto nella villa, sotto il titolo "Carteggio Churchill-Mussolini", il carteggio non c'era. Forse l'agente aveva dimenticato la custodia. Forse l'aveva lasciata apposta, come un monito alle generazioni successive o come uno scherzo da 007, per togliersi almeno un sassolino dalla scarpa e alimentare i dubbi sulla sua esistenza. Solo poco prima di morire Smith confidò ad amici sia il suo ruolo nel recupero del carteggio, sia nella fine di Mussolini. Il 15 settembre 1945, forse insieme allo stesso Churchill, arrivato in Italia sotto il falso nome di "colonnello Waltham", Smith incontrò Gorreri alla trattoria La Pergola di Como. Il partigiano consegnò agli inglesi gli originali delle 62 lettere del carteggio in cambio di 2 milioni e mezzo di lire in contanti. Le copie erano già state recuperate dall'agente inglese il 22 maggio. Secondo indiscrezioni contenevano le offerte di Churchill a Mussolini per mantenere la non belligeranza: l'Italia avrebbe ricevuto Tunisia, Dalmazia, Nizza, e tutte le sue colonie d'Africa, dall'Etiopia al Dodecaneso. Ultimo particolare: nel luglio 1945 Smith si unì in matrimonio con la soprano fiorentina Elda Ribetti. E guarda caso il padre della sposa, il colonnello di fanteria Alfredo Ribetti, fascista sfegatato, uscì di prigione.

«Sei stanco?» domanda premurosa la Trudi.

«Per niente.»

Gli pare di essere tornato a fare il giornalista. Di avere per le mani una storia sensazionale, forse uno scoop mondiale: anche se non ha ancora capito bene quale.

Riassumendo: il tesoro che il Duce aveva con sé è stato preso in consegna dal PCI e usato per acquistare beni immobili del partito; il carteggio tra Mussolini e Churchill è stato fatto scomparire da un agente segreto inglese e non è escluso che in cambio gli inglesi abbiano aiutato i partigiani a trovare Mussolini e chiuso un occhio sulla sua immediata fucilazione; tutti i responsabili sono morti o sono stati perdonati; e tutti hanno cercato di portarsi via soldi, gioielli, valori.

Se ci hanno provato tutti gli altri, a nascondere un tesoro, possibile che non ci avesse provato anche Rachele?

Mura va a leggere la pagina di Wikipedia sulla moglie del Duce.

Rachele Guidi coniugata Mussolini. Nota anche come donna Rachele. Nata a Predappio, provincia di Forlì. Ultima di cinque sorelle, di umilissime origini, figlia di contadini. Alle elementari conobbe Benito, che all'epoca lavorava come maestro. A otto anni rimase orfana di padre, vivendo un periodo di estrema miseria. Convisse con Mussolini dal 1910. Si sposarono con rito civile nel 1915 e religioso dieci anni dopo, quando lui era già presidente del Consiglio. Anche durante il fascismo Rachele mantenne stretti rapporti con gli ambienti popolari della Romagna da cui proveniva, in particolare a Forlì, dove era risaputo che fosse cliente di Augusto Rotondi, celebre guaritore e speziale, un medico empirico non titolato di cui lei si fidava molto, da tutti conosciuto semplicemente con il soprannome di Zambutèn. Alcuni la definivano "il vero dittatore di casa" per il suo carattere severo e autoritario.

«La classica azdora» osserva Mura.

«Cosa...»

«Azdora, la tipica donna romagnola, custode e timone della casa e della famiglia.»

La coppia ebbe cinque figli: Edda, che sposò Galeazzo Ciano, fucilato per il tradimento del Gran Consiglio; Vittorio; Bruno l'aviatore morto in battaglia; Romano il pianista jazz; e Anna Maria. Finita la guerra Rachele e figli furono mandati al confino a Ischia, dove rimasero fino al 1957, la data che segna anche il ritorno della salma del Duce a Predappio in seguito a numerose istanze della vedova e di Edda. A quel punto Rachele si ritirò a Forlì, a Villa Carpena, in località San Martino in Strada, dove diceva di vivere "dell'orto e del pollaio", in realtà delle donazioni di amici. Morì nel 1979 e fu sepolta anche lei a Predappio, accanto al marito. Due coniugi lodigiani hanno acquistata la villa di Forlì nel 2001 e l'hanno trasformata in museo: un triste cimelio del regime. «Perché ti interessa tanto Rachele?» domanda la Trudi.

«Perché la storia ha badato soprattutto a Benito, mentre in Romagna, com'è noto, sono le donne che comandano. Se Rachele era l'azdora della famiglia e aveva capito da tempo che il marito era in pericolo, avrebbe preso provvedimenti. Forse è lei che ci può portare al tesoro di Mussolini» ragiona Mura.

Ripensando a quello che Giorgio avrebbe detto alla Trudi, Mura digita "Villa Mussolini Riccione".

Fu costruita nel 1890, adiacente alla spiaggia, presa in affitto dalla famiglia Mussolini per la prima volta nel 1932 e acquistata da Rachele due anni dopo dalla contessa Pulè.

Erano sempre andati al mare a Riccione. Nel 1926 affittano Villa Tosi, di fianco all'Hotel des Baines. Dal 1927 al 1931 soggiornano per le vacanze estive al Grand Hotel. E dall'anno seguente, appunto, a Villa Margherita che diventerà Villa Mussolini. Nel 1940 fu ingrandita con una palazzina per le famiglie dei figli Bruno e Vittorio. Il 25 luglio 1943, il giorno in cui il padre veniva deposto a Roma, vi si trovavano per le vacanze Romano, Anna Maria, Olea, prima moglie di Vittorio, e Gina, la vedova di Bruno. Quella estate in vacanza in una pensione di Riccione c'era anche la futura deputata e fondatrice del quotidiano comunista «il manifesto» Luciana Castellina. Era coetanea e amica di Anna Maria Mussolini perché erano state compagne di scuola. Stavano giocando a tennis insieme, il 25 luglio, quando dei poliziotti vennero a chiamare Anna Maria e le ordinarono di venire via con loro, senza spiegazioni. «Il giorno dopo il mare era pieno di vele» ricorda la Castellina nelle sue memorie. «Per celebrare, mi dissero i più vecchi. Sui bragozzi la gente cantava canzoni della Prima guerra mondiale e l'inno nazionale. A pranzo, nella nostra pensione, ci servirono tagliatelle fatte con farina bianca, un lusso in quei giorni di guerra e razionamento.»

Nel 1945 la villa diventa di proprietà del demanio patrimoniale. Nel 1946 vengono demoliti il patio e la palazzina per i figli Bruno e Vittorio. Di proprietà dello Stato, nei primi anni Sessanta è la sede di una pensione. Nel 1970 la giunta comunista del sindaco Terzo Pierani pensa di demolirla e rimpiazzarla con un parco. Ma costa troppo e ci sono contestazioni. La sovrintendenza per i beni culturali le riconosce lo status di vincolo storico, sebbene non architettonico. Qualcuno propone che sia adibita a museo del turismo balneare. Nel 1997 viene acquistata dalla Fondazione Cassa di Risparmio di Rimini e data in comodato al comune di Riccione. Nel 2005 il sindaco Daniele Imola dei DS destina 750mila euro più 250mila della provincia di Rimini a un costoso restauro, nonostante l'opposizione di Rifondazione Comunista. Da allora è sede di mostre ed eventi culturali. Le donne del PD però ottengono che non possa essere affittata per feste di matrimonio. «È un luogo di morte» dicono, «non di gioia.»

In origine aveva tre piani e un torrino laterale a sud. Ristrutturata nel 1946, ha inglobato gli edifici vicini, un campo da tennis – quello dove giocavano Anna Maria Mussolini e Luciana Castellina –, la sede del corpo di guardia e un ampio giardino. La proprietà si estendeva fino all'attuale via Nievo, nell'area della stazione dei bus. La facciata presenta due corpi principali uniti da un patio ad archi. Mentre i bagnanti ammiravano l'idrovolante del Duce e la nave *Aurora* ormeggiata sul tratto di mare davanti alla villa, i reportage dell'epoca rilanciavano l'immagine fiera e spensierata della famiglia Mussolini in vacanza.

«Non so chi lo abbia detto a Giorgio Montanari o a suo padre, che c'è un tesoro nascosto a Villa Mussolini» commenta Mura. «Ma è credibile. O perlomeno possibile. Se non probabile. E soltanto Rachele poteva avercelo nascosto. Mi piacerebbe vederla questa villa. Andarci dentro.»

«Non ci sono immagini su internet?» chiede Trudi.

Saggia ragazza. Cerca e trova. Su YouTube, un filmato in bianco e nero di TV7 del 1962. «Vieni, guardiamolo insieme.»

La Trudi gli si stringe più vicino. Così vicino da sfiorarlo con le possenti tette.

«Un altro punch?»

«No, basta.»

«Dai.»

«E va bene.»

Parte il video. Musichetta felliniana. Voce di un altoparlante: «È stato smarrito un bimbo di due anni e mezzo». Voce fuori campo: «Questo è uno dei 720 esercizi alberghieri di Riccione. Appartenne fino al 25 luglio 1943 alla famiglia Mussolini che lo aveva fatto costruire per trascorrerci le vacanze».

«Contestazioni giudiziarie hanno impedito che l'ex Villa Mussolini, in invidiabile posizione sul lungomare, fosse trasformata in un rutilante hotel di lusso. Nel frattempo, è stata adibita a pensione. Una pensione famigliare alla quale daremo insieme un'occhiata curiosa a pochi giorni dal Ferragosto.»

Inquadratura di un cartello: PENSIONE MARCO.

Poi di un altro: 12.30-13.30 ORA DEL PRANZO.

«Il signor Marco Bianchini, riccionese, del contado, è l'attuale gestore» prosegue la voce dello speaker. Si vede l'uomo che mette un vinile sul giradischi.

«Quante stanze avete?»

«Undici.»

«Quanti clienti?»

«Adesso ce n'è una trentina.»

«Dunque circa tre per stanza.»

«Sì, perché sono grandi, non come in una pensione normale.»

«Stanze con il bagno?»

«No, il bagno no. C'è soltanto l'acqua, in alcune, l'acqua corrente.»

«Cosa fate di pensione?»

«Sulle mille e otto.»

«Milleottocento lire al giorno in alta stagione?»

«In alta stagione.»

«E in bassa stagione?»

«Mille e due.»

«E come fate a starci dentro con i prezzi così bassi?»

«Eh, sa, ci stiamo dentro anche per il fatto che siamo tutti della famiglia, la moglie fa la cuoca, mio figlio Giovanni il cameriere, mia figlia Rosa dà una mano a rifare le stanze. Le spese non sono tante.»

«Piace molto la musica qui dentro?»

«Sì, si divertono. Imparano i balli.»

«Sua moglie è in cucina?»

«Sì.»

«Possiamo andare a conoscerla?»

«Come no, prego.»

Inquadratura di una donna ai fornelli.

«Cosa fa da mangiare oggi, signora?»

«Oggi faccio spaghetti al tonno e arrosto di vitello.»

«E per questa sera?»

«E per questa sera faccio le bistecche.»

«Ma lei dà carne ogni giorno ai suoi clienti?»

«Un giorno carne, un giorno pesce.»

«Ma come fate a starci dentro che fate pagare così poco?»

«Eh, ci contentiamo di quello che rimane.»

«Ma vi rimane qualche cosa?»

Insiste il cronista della RAI.

«Eh sì, lavoriamo tutti di casa, così invece di andare a lavorare sotto d'altri, lavoriamo per noi.»

«Quante ore al giorno lavora lei?»

«Ah, non so, saranno tredici, quattordici, diciassette, diciotto, secondo i giorni.»

Sorride.

Sullo sfondo, una giovane cameriera, forse la figlia Rosa di cui sopra.

«Quante ore lavora lei?»

«Dodici o tredici.»

«E che lavoro fa qui dentro?»

«Tutti i lavori. Servo a tavola, faccio i letti, in cucina, così.»

«Quanto guadagna?»

«Be', sono di famiglia, non guadagno niente.»

«Durante l'inverno che cosa fa?»

«La sarta.»

Il giornalista torna dalla moglie.

«Quando finisce la stagione dove va a lavorare?»

«Ah lavoro a casa, faccio la casalinga.»

«E suo marito in inverno cosa fa?»

«Il falegname.»

La telecamera inquadra i clienti, la voce dello speaker continua a parlare: «L'uso comune e ininterrotto del giradischi fa parte del prezzo, insieme con due ombrelloni, quattro poltrone a sdraio e un calcio balilla. Le camere sono al piano superiore».

Di nuovo intermezzo musicale vagamente felliniano.

La cameriera spazza. È una morettina, capelli corti, vaga rassomiglianza con Mina da giovane.

Letto matrimoniale, letto singolo. Tavolino, armadio, finestre con le persiane.

«Questa stanza ha quattro letti, avete stanze anche con maggior numero di letti?»

«No, ma all'occorrenza li aggiungiamo.»

«Questa ha anche il lavandino. I pensionanti che nelle stanze non hanno il lavandino, dove si lavano?»

«Nel bagno.»

«Ma c'è la fila per andare in bagno?»

«Be', sì, un po'.» Le scappa da ridere.

«Litigano, qualche volta?»

«Certe volte.»

«Quanti bagni avete?»

«Quattro.»

«Tutti con la vasca?»

«No, uno.»

«Uno solo ha la vasca?» puntualizza il cronista.

«Sì.»

Ora si vede il ristorante bello pieno. Famiglie, bambini.

Voce fuori campo: «Una pensione famigliare si giudica soprattutto all'ora della colazione».

Un bambino mette una polverina nell'acqua e soffia bolle di sapone.

Sempre voce fuori campo: «È qui che si esprime la genialità della cuoca nel conciliare le 1800 lire di pensione con un primo, secondo, contorno e frutta».

Fiasco di vino su ogni tavolo. Giovanni, il figlio del proprietario, aiuta a servire in tavola. Non ha l'aria molto sveglia.

«Nella sala da pranzo si possono incontrare, pressoché al completo, i clienti della pensione famigliare.»

Coppie, famiglie, un uomo solo in canottiera.

«Di dove è lei?»

«Di Bologna» dice un signore in maglietta a righe, con moglie e bambino piccolo.

«Che mestiere fa?»

«L'elettrauto.»

«Quanto spenderà pressappoco per questa villeggiatura?»

«Centomila lire circa.»

«Fa economia durante l'anno per questo?»

«Eh sì.»

«Come si diverte qui?»

«Al mattino andiamo in spiaggia, giochiamo un po' alla palla, facciamo il bagno, poi veniamo a pranzo, poi un sonnellino per riposare, la sera un giretto a Riccione a prendere il gelato.»

Un tipo più elegante, con moglie e due figli.

«Che mestiere fa?»

«Il veterinario.»

«Lei pressappoco, per la sua villeggiatura, quanto verrà a spendere?»

«Centoquarantamila lire.»

Due donne giovani.

«Di dove siete?»

«Di Bologna» rispondono in coro.

«Che cosa fate a Bologna?»

«Io lavoro in un negozio di mobili con mio padre.»

«La sera cosa fate?»

«Qualche volta andiamo a ballare.»

Sorridono.

«Avete il fidanzato qui?»

«No, a Riccione no.»

Sorridono di nuovo.

«Allora ce l'avete a casa?»

«Quasi» risponde la seconda.

«Non è geloso che siete qui sole?»

«Noooo» dice la seconda.

«Gli scoccerà un pochino» dice la prima.

Una signora bionda con ragazzino.

«Suo marito non è qui?»

«No, viene a trovarmi da Bologna la domenica.»

«Quali divertimenti avete qui in pensione?»

«Giochiamo a carte, facciamo dei giochi di società.»

«E la sera?»

«Delle volte vado con delle amiche a fare una passeggiata in centro, a sentire i cantanti, così, ecco.»

«Non va mai a ballare?»

«Be', no, non posso, sono sposata» e scoppia ridere. «Mi piacerebbe però!»

Un altro uomo in canottiera.

«Di dov'è lei?»

«Milano.»

«Che mestiere fa?»

«Il fornaio.»

«Fa delle economie per venire qui in villeggiatura?»

«Tutto l'anno.»

«Lo fa il bagno?»

«Sissignore, cinque bagni al giorno, il tempo è poco, devo sfruttare al massimo, capirà, i soldi sono quello che sono.»

«È sposato?»

«Sì.»

«La moglie è qui con lei in vacanza?»

«No, mi rincresce molto, ma deve stare a Milano, c'è il negozio da tenere aperto anche in agosto. Siamo di turno.»

«Come passa le serate?»

«Le serate, cosa vuole, più che prendere qualche gelato, qualche birra. Sentire la musica in viale Ceccarini.»

«Qualche avventuretta?»

E te lo verrebbe a dire in tivù?

«No, io sono venuto per riposare, in quanto mia moglie mi ama e io amo lei.»

Risposta perfetta!

Il cronista torna dalla bionda di prima con figlio.

«Ha trovato qualcuno che le fa la corte, signora?»

È quella a cui sarebbe piaciuto andare a ballare.

«Be', insomma, quelli si trovano anche in città, non c'è bisogno di venire a Riccione, per trovarli.»

«Ma al mare c'è quella atmosfera...»

«Be', sì, ce n'è che mi filano.»

«E lei si è difesa bene?»

Ma sentilo. Del resto, erano altri tempi.

«Oh sì, io me la cavo sempre bene.» Ride. Il figlio invece tiene gli occhi bassi sul piatto.

Vecchietta con nipotina.

«Sono tanti anni che viene a Riccione?»

«Sarà circa vent'anni.»

Dunque dal 1942. L'ultima estate di Benito.

«Quindi lei si ricorda com'era la Riccione di una volta?»

«Eh, altro che.»

«Come portavano i costumi allora le donne?»

«Con le sottane belle lunghe.»

«Anche lei?»

«Be', per forza, andavano tutte così.»

«E cosa pensa di queste ragazze di oggi che vanno con il due pezzi, il bikini?»

«Eh, è scandalo, però fanno bene, si godono la vita.»

Allarga le braccia.

Si torna dalla figlia, la cameriera, che cambia disco sul giradischi.

Stacco su tre mamme che giocano con i bambini a un tavolino.

Voce del giornalista, ora inquadrato anche lui: «Il gioco delle pulci, lo scopone, qualche pettegolezzo. Questa brava gente si gode la villeggiatura con gioiosa soddisfazione forse più di tanti altri che pure occupano lussuosi alberghi e trascinano la loro noia dal motoscafo alla fuoriserie, dal bar al night club».

Tavolino, ombrellone, una Millecento FIAT parcheggiata fuori. Gioco di carte. Un dondolo.

«I nostri pensionanti hanno la fortuna di accontentarsi, che è la prima condizione per far fruttare la serenità dello spirito.» La cameriera gli fa un sorriso sulla porta della pensione.

«A sera, i loro quattro salti li fanno sotto il portico della villa che fu di Mussolini, al suono del solito esausto ma incalzante giradischi.»

Lenti, un valzer. Qualcuno in giacca. Una languida canzone.

Stacco finale. La villa si vede tutta intera, i tre piani illuminati, il lungo balcone con ringhiera che cinge quello di sopra, cinque arcate a piano terra. L'inquadratura finale è la stessa dell'inizio: PENSIONE MARCO.

La Trudi tira su col naso.

Prende un fazzolettino di carta, se lo soffia. Poi con un altro si asciuga gli occhi.

«Ma… che fai? Piangi?»

«Questa gente… mi ha commossa.»

C'ha pure il cuore d'oro, questa puttana transessuale intelligente e di sinistra.

«A dire il vero ha commosso un po' anche me. Sai, il filmato è del 1962. Io avevo sei anni. Andavo al mare a Rimini, con i genitori, in una pensione simile a questa. Tanti ricordi.»

Cosa fa adesso, si confida con la Trudi? Con Dirty Martini?

All'epoca ogni 1° di agosto nelle pensioni già dalla mattina presto c'era un gran fermento. C'era "il cambio", partivano i turisti di luglio, arrivavano i nuovi. Le macchine cariche di bambini e valigie... le camere con i letti a castello da riassettare... la sala apparecchiata con tovaglie e tovaglioli inamidati, i fiori freschi e cestino di frutta, per fare bella figura con i nuovi arrivi... la cucina dove il ragù bolliva in pentoloni giganteschi... le file alla cabina del telefono... Era così... sempre così, un'estate dopo l'altra.

Controlla su Google gli avvenimenti del 1962. L'America manda un uomo per la prima volta nello spazio. Finisce la guerra in Algeria, con la conquista dell'indipendenza dell'ex colonia francese. Il nazista Adolf Eichmann, responsabile della soluzione finale, catturato dal MOSSAD in Argentina dove era andato a nascondersi sotto falsa identità, viene giustiziato a Tel Aviv a conclusione del processo. In agosto muore Marilyn Monroe, forse suicida, comunque per overdose. Nascono i Beatles. E alla Pensione Marco, nell'ex Villa Mussolini di Riccione, sembrano tutti felici con poco.

«Anche a me basta accontentarmi di quello che ho per essere felice, sai?» dice la Trudi.

Oddio, basta che io non rientri nelle cose che pensa di avere, pensa Mura.

«E tu?» insiste la trans.

«Io?»

«Sì, tu, cosa ti rende felice?»

Cose che ti rendono felice: un gioco che fa spesso con i suoi tre moschettieri e le loro donne.

«Mi bastano il mio capanno e i miei amici.»

«Bravo» dice la Trudi e allunga la mano per dargli una carezza.

Ma non è del tutto vero che gli bastano il capanno e gli amici. Adesso sente un pizzicorino... Lo stesso che provava quando doveva scrivere una storia esclusiva.

«Un bel video, commovente, sì, ma mentre tu ascoltavi le parole a me è servito soprattutto per vedere l'interno di Villa Mussolini» prosegue Mura. «Per vederla appena vent'anni dopo l'ultima estate in cui ci andò in vacanza Rachele.»

«Allora credi che il tesoro di cui parla Giorgio sia davvero lì dentro?»

«Può darsi.»

«Proviamo a trovarlo insieme?»

Insieme, non ne è sicuro. Ma trovarlo gli piacerebbe. Non per il tesoro in sé. Per tornare in prima pagina. Uno scoop mondiale.

«Proviamo pure» azzarda.

Ma prima deve fare un salto a Roma.

20. Lente di ingrandimento

(Colonna sonora: *Sapore di sale*, Gino Paoli)

«Sei ubriaco?»

«No, ho solo bevuto un po'.»

Un po' tanto, secondo la Cate: un miracolo che sia arrivato al capanno, invece di finire con la moto in acqua giù dal molo.

«Giàgià.»

Non gli chiede come e con chi ha bevuto "solo un po'", ma Mura lo spiega volontariamente, con il senso di colpa innato di chi ha tradito le donne tutta la vita. Sebbene, in questo caso, non l'abbia affatto tradita. Tantomeno con un'altra donna.

«Io, anzi, ne avrei fatto volentieri a meno di bere. Ma ho dovuto, per sciogliere la lingua a una cliente.»

Ma lei, neanche davanti a questo, pone domande. Del resto, la frase di Mura è suonata più o meno così: «Io, ansi, gne avlei fatto volennntierri ammeno di berre. Ma ho doviuto, per sccccrociere la lincua a un gliende». Se non è raffreddore, è ubriachezza molesta.

«Sempre bello averti qui» le dice Mura quando sono a letto.

E si addormenta nel giro di un secondo.

Quando si sveglia ha in testa un concerto per campane che nemmeno il giorno di Pasqua per annunciare la resurrezione.

«Emicrania?» chiede la Cate.

«Un tantino.»

«Niente corsetta all'alba stamattina?»

«Mi pare che l'alba sia passata da un pezzo.»

In effetti la luce del sole già alto picchia da dietro le tende bucherellate della porta-finestra del terrazzo. In cucina è buio.

Probabilmente le olandesine dormono ancora. Se ancora ci sono: quando è tornato, la sera prima, si era perfino dimenticato che fossero sue ospiti. La Jo aveva detto per un giorno o due: quelle non danno impressione di voler traslocare dal suo divano. D'altra parte, non è che diano fastidio.

«Helen e Ursula?»

«Stanno benone. Simpatiche. Siamo diventate amiche.»

«Non diventatelo troppo.» Allusione politicamente scorretta. E piuttosto scema per uno che ha passato la giornata precedente con una trans.

«Scemo» dice infatti la Cate, che nei suoi confronti è una specie di vezzeggiativo.

«Senti» fa Mura. «Devo dirti una cosa.»

«Anch'io.»

«Oggi devo andare a Roma.»

«Anch'io.»

«Come sarebbe anche tu?»

«Sarebbe che devo andarci anch'io.»

«Per farmi compagnia?»

«No. Per discutere di un nuovo incarico con un giornale.»

«Quale giornale?»

«Non il tuo.»

«Il mio ex giornale, vuoi dire.»

«Esatto, non quello.»

«Ah, okay.»

«E tu?»

«Io cosa?»

«Tu... cosa devi fare a Roma?»

Per una volta è lei a fargli una domanda.

«Devo vedere il mio ex direttore. Il fondatore, insomma.»

«Ma va.»

«Ma sì. Non per ricominciare a scrivere, eh.»

Per quanto, quasi quasi.

«Ho bisogno del suo aiuto» aggiunge, «per le mie indagini.»

«Oh.»

La Cate non chiede altro. Vero o falso, non le interessa. Almeno, crede che non le interessi. Il suo rapporto con Mura è strano. Sempre più strano. Ha trent'anni più di lei. Non un soldo. Non cerca una relazione fissa, anzi probabilmente proprio non la vuole. Non è brutto ma neanche bello. A letto se la cava, ma non è l'unico. E allora lei cosa ci sta a fare con uno così? Non è una perdita di tempo? Però è simpatico. Non se la tira. Ha amici altrettanto simpatici. E sono simpatiche anche le donne dei suoi amici. E pure le donne, vedi le olandesine, che per qualche ragione finiscono per girargli intorno. E poi Borgomarina è un incanto. Il porto canale, una delizia. Il capanno di Mura, un sogno romantico. Romantico financo agli occhi di una come lei, che romantica non si direbbe. No? Proprio per niente? Proprio mai? Boh. Meglio smetterla con le domande.

«Colazione e poi si parte?» gli propone. La stazione sorge proprio in cima al canale. La ferrovia corre parallela al mare. Da un lato la spiaggia e il turismo: la ricchezza che ha trasformato la Romagna nel divertimentificio d'Italia. Dall'altra, la campagna e le colline: la miseria del passato. Lo sa che il caffè preferito di Mura, Dolce & Salato, è su una rotonda all'interno del paese. Ma per una volta faranno un'eccezione. Si metteranno a sedere all'aperto, davanti alle vele dei vecchi bragozzi e al sole che scintilla sull'acqua, mentre i marinai ripuliscono le reti tornati dalla pesca.

Non hanno considerato la festa di Garibaldi. Se n'erano dimenticati. Se ne accorgono appena usciti, dalla musichetta che proviene dal molo di Levante: chiuso al traffico anche pedonale, per l'occasione, per lasciare spazio al corteo. Ogni estate, ogni agosto, sempre lo stesso: davanti la banda del paese, che suona *Romagna mia*, l'Inno di Mameli, *La mi murosa* e altre canzoni della tradizione locale, subito dietro arzilli vecchietti e vecchiette con la camicia rossa dei garibaldini, ereditata da bisnonni e trisavoli, quindi il sindaco, il parroco don Frullino, nonostante l'Eroe dei Due Mondi fosse un notorio mangiapreti, le altre autorità cittadine, il preside della scuola media con le scolaresche, il maresciallo dei carabinieri con un paio di gendarmi in alta uniforme con i pennacchi, e via via tutti quelli che vogliono accodarsi. Vanno su e giù per il canale tre o quattro volte, facendo risuonare la musica allegra per le strade della cittadina, si fermano davanti al monumento eretto all'Eroe in piazza Pisacane, il primo costruito in Italia, pare, così almeno sostengono gli abitanti del posto, e uno dei rari, ci tengono anche a questo, in cui Garibaldi non è raffigurato a cavallo ma a piedi. Infine, si imbarcano tutti sui bragozzi d'epoca tirati a lucido, i motoscafi da sci nautico, le motonavi che portano i turisti al delfinario di Rimini, con seguito di pedalò e mosconi dei bagnini di salvataggio, ed escono in mare per il lancio di corone tra i flutti in ricordo dei Caduti dell'Adriatico, dove continuano i canti, innaffiati da litri di Albana e accompagnati da piada e tagliatelle che le azdore del posto hanno provveduto a cucinare. È l'inizio dei festeggiamenti per l'imminente Ferragosto. Con la scusa di ricordare il passaggio del generale con Anita al seguito da Borgomarina, dove dormirono in una casa sul canale, come ricorda una apposita targa, inseguiti da austriaci, francesi o truppe pontificie, nessuno se lo ricorda bene, nella sua fuga senza fine dagli autocrati di ogni latitudine, prima di rifugiarsi nella pineta di Ravenna, dove l'Anita si beccò la malaria e morì. Un pezzo di storia patria.

A Mura è sempre piaciuta la festa di Garibaldi. Ma stamattina gli fa venire in mente le Brigate Garibaldi di cui ha letto a proposito dell'oro di Dongo. Come se tutto fosse collegato a quello che gli sta mettendo fra le mani il destino. O meglio il caso, l'arbitro assoluto, il dio supremo, a parer suo, delle esistenze umane. Guardano passare il corteo. Fanno colazione, come voleva lui, a Dolce & Salato, sfogliando i giornali: troppo casino sul porto. Quindi raggiungono la stazione, pigliano il primo trenino regionale per Rimini e da lì una Freccia che in due ore e mezza li porta a Roma.

«Stasera, quando torniamo a Borgomarina» le dice in un orecchio, «mi occupo di te, olandesine o non olandesine.»

«In effetti, sarebbe ora» risponde la Cate. «Tra olio di ricino e alcol, ultimamente mi sembri più interessato ai liquidi che ai solidi.»

Ha sempre la battuta pronta, questa qui.

Termini è il solito suq: non si direbbe che manca poco al giro di boa dell'estate. Del resto, nemmeno Ferragosto è più quello di una volta. Quello del *Sorpasso*, per tornare al 1962, l'anno del filmato che ha visto la sera precedente con la Trudi. Ma anche quello degli anni Settanta, della sua giovinezza, quando Bologna chiudeva per quasi un mese, c'era una sola pizzeria fuori porta aperta e a malapena si trovava un fornaio, un tabaccaio, un giornalaio, un benzinaio aperto per ogni quartiere. Quando con i tre moschettieri giravano per ore a piedi di sera nel centro deserto e silenzioso in cerca di una baracchina dei gelati o di un cocomeraio, i palazzi sembravano abbandonati. Per strada, un cane che abbaiava alla luna, un netturbino che spazzava malinconico. Ogni tanto, una luce tenue sbucava dal vano di una finestra aperta: il riverbero di un televisore, di cui giù, nella via, giungeva l'eco: «… il presidente del Consiglio ha inaugurato…».

Roma è piena di turisti stranieri. Cate prende un taxi per l'incontro con il suo giornale: «il Messaggero», via del Tritone, pieno centro, due passi dalla via Veneto della *Dolce vita*. Per Mura è tutto un film. Lui invece prende una corriera. Il suo ex direttore non passa l'estate in città, ma a Velletri, nella casa di campagna. Un taxi fino a lì sarebbe costato troppo, visto lo stato attuale delle sue finanze. Che il mestiere di detective privato part time non sembra destinato a rimpinguare.

Ci vuole un'ora per arrivarci. Il pullman attraversa la campagna romana lungo la via Appia, sfiorando la tenuta papale di Castel Gandolfo, Ariccia, Genzano. Il mitico Alberto Massari, fondatore e per vent'anni direttore del giornale in cui Mura ha lavorato tutta la vita, è ormai ultranovantenne e si fa vedere poco in giro. Ma quando Mura lo ha chiamato la sera prima, ha insistito perché passasse a trovarlo. I suoi ex giornalisti sono come figli per lui; e lui è come un padre per loro. Un taxi deve prenderlo comunque, dalla stazione delle corriere di Velletri, per raggiungere la casa di campagna di Massari, leggermente a nord della cittadina, immersa nel verde del parco dei Castelli Romani: l'ultima abitazione in fondo a una stradina, un'ampia casa colonica ben ristrutturata, con giardino, piante ornamentali, le stalle e il fienile riadattati a guest-house e studio, un pergolato che conduce a una piscina.

Massari ha dato molto alla professione. In cambio ha avuto tutto quello che un uomo può desiderare dalla vita: onori, piaceri, amori, passioni. Un domestico accompagna Mura nel retro dell'edificio, dove è stato ricavato un piccolo orto, con ulivi, due filari di vigne, pomodori e alberi da frutta. Aiutato da un bastone, il suo ex direttore sta accompagnando un bambino a riempire una cesta di frutta; o forse è il nipote che aiuta il nonno, seguendone le istruzioni. Alto e ieratico, quando era più giovane Massari sembrava un profeta biblico, un direttore d'orchestra o un domatore di circo: anzi, forse tutti e tre i personaggi messi insieme. Ora gli appare più piccolo, esile, fragile, ma lo stesso in grado di emettere il fascino carismatico di un uomo speciale. Il *physique du rôle* del leader lo ha sempre avuto. E questo, insieme a un talento unico e a un carattere formidabile, ha inciso non poco nella sua carriera. Si compiace di restare a osservarlo per qualche minuto: gli sembra Burt Lancaster nella parte del principe di Salina nel *Gattopardo*, o Marlon Brando che gioca con un nipotino nell'orto di casa nel *Padrino*, quando è vecchio e ormai ritirato.

Finalmente, Massari si accorge di lui. Cenno di avvicinarsi. Abbraccio. Mura raccoglie la cesta e tornano insieme dentro la villa, dove una domestica si occupa del bambino. L'anziano patriarca lo prende per un braccio e a piccoli passi vanno a sedere in un patio ombreggiato, dove dopo un istante il domestico di prima porta succo di frutta ghiacciato, tè freddo, prosciutto e melone. Si raccontano un po' delle proprie ultime vicende. Qualche accenno alla situazione politica e al giornale.

«Conosco Borgomarina, sai, mi ci portò a cena una volta Monica, la nostra amministratrice delegata, che è di quelle parti» dice Massari al termine dei convenevoli. «Un porto canale che sembra uscito da un romanzo di Simenon.»

«Non avresti potuto descriverlo meglio, direttore.»

Al giornale c'erano sempre state varie categorie: quelli che non lo chiamavano, in base al precetto che non si nomina il nome di dio invano; quelli che gli davano del lei, "scusi, direttore"; quelli che gli davano del tu, "ciao direttore"; e quelli che lo chiamavano per nome, Alberto. Dopo tanti anni, Mura potrebbe forse passare a quest'ultima categoria. Probabilmente Massari non lo riterrebbe inopportuno. La verità è che gli piace di più la penultima categoria, dargli del tu, ma continuare a chiamarlo direttore. Come con i gradi militari. In fondo, il giornale si prestava anche alla metafora della caserma, con un generalissimo, proconsole o dittatore illuminato e via a scendere tutte le gerarchie. Non per nulla, una volta che appena assunto, giovanissimo, rimase solo a reggere per un po' l'ufficio di corrispondenza di New York, Massari gli inviò un fax con su scritto: «Ti affido il bastone di maresciallo». Poc'anzi, quando lo ha salutato, prima di abbraccialo ha avuto la tentazione di scattare sull'attenti.

«Ma non ti annoi, a non scrivere più?»

Sarebbe eccessivo raccontargli che ora è un detective privato. E poi, chissà che questa storia non lo riporti proprio a scrivere.

«Un po' mi annoio, sì. Ma leggo, penso, conduco piccole ricerche. Come per questa cosa di cui ti ho chiesto.»

«Un po' alla Philip Marlowe, eh?»

Non gli scappa niente.

«Esatto.» Ha sempre adorato l'investigatore privato di Raymond Chandler. Nella versione portata sullo schermo da Robert Altman, con Elliott Gould a recitarlo in modo un po' bislacco, potrebbe aspirare a somigliargli.

Massari assente in cenno di approvazione. Ha appena sboccellato il pranzo: un assaggio di prosciutto, un morso al melone, un grissino, un sorso di succo d'arancio. Mangiare poco deve essere uno dei segreti di una lunga vita. Giocherella con una sigaretta, ma senza accenderla: ha smesso di fumare. Ma non da tanto. E anche se è un vizio che non si può più concedere, almeno gli piace averlo a portata di mano.

«Ho provveduto in modo che la tua richiesta sia accolta» riprende Massari. «Basterà che tu dica il tuo nome all'ingresso e verrai accompagnato al posto giusto. I materiali saranno a tua disposizione, ma soltanto per oggi. E nessuno dovrà mai sapere della tua visita, questo è chiaro.»

«Certamente, direttore. Te ne sono molto grato.»

«Per te, questo e altro.»

«Ma come hai fatto? Questa roba è segreta, sepolta da settant'anni...»

«Sai che ho iniziato la mia carriera alla Banca d'Italia. Da Guido Carli in avanti, tutti i governatori sono stati miei ottimi amici. Conosco anch'io qualche segreto di quell'istituzione. E ho ancora là dentro qualche amico che non può rifiutarmi niente.»

Eh già, chi rifiuterebbe una richiesta dell'ex direttore più potente d'Italia?

L'udienza sarebbe terminata. Ma Mura ha ancora qualche domanda. Rileggendo la storia dell'oro di Dongo, è rimasto impressionato. Quella coppia di partigiani assassinati, il capitano Neri e la Gianna, i corpi addirittura spariti, forse perché avevano espresso dubbi sulla destinazione del tesoro o semplicemente perché avevano visto troppo e i capi non si fidavano di loro... Il processo insabbiato... L'amnistia... Le carte processuali mandate al macero... I plichi dimenticati nella cassaforte...

«Non è ingiusto, tutto questo?» chiede dopo avere esposto i suoi dubbi.

«La guerra è sempre ingiusta» risponde Massari, che da ragazzo era stato fascista, poi antifascista e staffetta partigiana, per incarnare nel resto della sua vita uno strano incrocio di liberal-socialista, radical-chic e libertino-cristiano. «Mussolini e il fascismo hanno trascinato un'intera nazione nel fango e nella vergogna. La guerra partigiana ci ha in parte riabilitati dal punto di vista morale, dimostrando che eravamo schierati, finalmente, dalla parte giusta. Il bottino è sempre destinato ai vincitori, in modo particolare quando quei vincitori sono anche vendicatori di una nazione offesa. E poi stava per cominciare un'altra guerra, la Guerra Fredda. Il PCI si autofinanziava come poteva. La DC prendeva i soldi dagli americani. Gli inglesi, che sia davvero esistito o meno il carteggio Mussolini-Churchill, conducevano un loro gioco di specchi. Di delitti ce ne sono stati tanti, ma senza l'amnistia l'Italia non sarebbe ripartita, non ci sarebbe stato il miracolo economico, il boom. E oggi non è interesse di nessuno andare a rivangare questa storia.»

Mura tace, rispettosamente.

«Eppure...» non riesce a trattenersi.

«Eppure?» chiede Massari.

«Eppure, tu adesso, direttore, mi stai aiutando proprio a rivangare. E se scoprissi quello che cerco? Se tirassi fuori anche una minima parte di questo mistero?»

«Avresti la mia benedizione. Siamo due giornalisti in pensione» e ammicca, fingendo di ignorare che lui per quanto in pensione continua a scrivere un editoriale tutte le domeniche, «ma pur sempre giornalisti. E io resto d'accordo con Thomas Jefferson: fra la democrazia senza giornali e i giornali senza democrazia, preferisco di gran lunga la seconda opzione.»

«Un po' contraddittorio, non voler rivangare e cercare uno scoop» si lascia scappare Mura.

«Le contraddizioni, mio giovane amico, sono il sale della vita» gli risponde Massari. Poi agita un campanello posato sul tavolino, ricompare il domestico. L'udienza è davvero finita.

La sede di via dei Mille della Banca d'Italia non ha la grandiosità dell'ufficio centrale: ospita soltanto l'archivio storico. Come tutti i palazzi governativi della capitale, una camionetta dei carabinieri staziona di guardia all'entrata. Una lunga scalinata fatiscente conduce alla portineria. Intorno, il quartiere africano, come lo chiamano a Roma, alle spalle della stazione Termini, offre a Mura il consueto spettacolo di quando andava in visita al giornale in piazza Indipendenza: alberghi a tre stelle per commessi viaggiatori con poco da spendere, trattorie alla buona, puttane nigeriane che occhieggiano negli androni delle case. Ce n'è un paio anche oggi, nonostante l'imminenza del Ferragosto: come le farmacie, il mercato del sesso deve sempre avere una bottega di turno aperta.

Mura comunica il proprio nome alla portineria, dove un usciere dallo sguardo assonnato controlla un elenco, chiama qualcuno al telefono e gli indica di attendere. Cinque minuti più tardi, un impiegato in abito scuro dall'aria triste lo saluta con un inchino come se Mura fosse un'autorità importante e lo invita a seguirlo. Prendono un ascensore. Scendono sottoterra. Usciti dall'ascensore scendono ancora a piedi una rampa di scale. Si infilano in un labirinto di corridoi con stanze numerate e assurdi codici di identificazione: $CX_{164}B/rrt7$. Cosa cavolo mai vorrà dire?

Arrivano di fronte all'ultima porta. Codice di identificazione: $SK_{394}L/mmg2$.

Chiaro. Semplice. Recoaro, come affermava un Carosello della sua infanzia sull'acqua minerale. L'impiegato estrae un mazzo di chiavi, ne infila due nelle serrature, gira, apre ed entrano.

È una stanza più grande di quanto Mura immaginasse dall'esterno: un rettangolo le cui pareti sono interamente ricoperte di faldoni sottochiave, con un lungo tavolo al centro, mezza dozzina di sedie, una luce che scende dal soffitto a illuminarlo. Al centro del tavolo, un plico piuttosto voluminoso.

«Prego» dice l'impiegato.

«Posso consultarlo da solo?»

«Certamente. Vede questo interruttore?» Indica un pulsante sul bordo del tavolo. «Quando ha finito prema e verrò a prenderla.»

«Ma… quanto tempo… non vorrei disturbare troppo…»

«Tutto il tempo che vuole. Nessun disturbo.» Detto ciò, un altro inchino stile maggiordomo e si volatilizza.

Forse ci vive anche l'impiegato, dentro l'archivio storico della Banca d'Italia, dormendo dentro un plico? O è un fantasma, come gli spettri che reclamano la verità in tutta questa storia?

Mura smette di fantasticare. Il suo accompagnatore ha richiuso a chiave la porta. Bene: ora è prigioniero. Controlla il telefonino: non ha campo. Favoloso. Potrebbe anche essere ritrovato fra settant'anni, quando a qualcuno verrà la stessa idea che è venuta a lui. Del resto, nessuno sa che Mura è lì. Non lo ha detto certo alla Trudi. Né alla Jo. Neppure alla Cate. Poteva almeno confidarsi con i suoi tre moschettieri. Ma ha preferito non chiamarli perché non ha ancora avuto il coraggio di dirgli che passeranno Ferragosto in trattoria, invece che a cucinare in una bella casa colonica. Una casa come quella del direttore, ecco, lì avrebbero voluto pranzare a Ferragosto i suoi amici.

Massari, il suo ex direttore: l'unico che sa dove è Mura

adesso. Ce l'ha mandato lui in quella stanza. Per aiutarlo, dice. Non l'avrà mica fatto, furbo com'è, per tappargli la bocca per sempre? Quello è capace di tutto.

Ma la seconda ragione per smettere di fantasticare è che, se questo non è un complotto per sopprimerlo e se l'impiegato non dorme alla Banca d'Italia, il tempo a disposizione per indagare è limitato. Dunque, darsi una mossa!

Il plico è una custodia di carta, tenuta chiusa da un nastro. Ma non erano 419, se ricorda bene, quelli in cui è custodito ciò che rimane dell'oro di Dongo, del tesoro di Rachele, dei beni e dei misteri del fascismo? E anche quei pochi catalogati, il 15 per cento se rammenta giusto, non erano almeno una sessantina? Questo invece è soltanto uno. Al direttore lui ha detto che aveva bisogno di esaminare tutto quello che è possibile per scoprire, se esiste, il tesoro nascosto del Duce. E invece qui c'è una singola carpetta. Chi l'ha selezionata? Perché?

Bando agli indugi. Sulla copertina del plico, un'altra sigla incomprensibile: REPFFE.3491.MRST//OEYF. Lo apre. Estrae una risma di fogli di quaderno a righe tenuti stretti da un elastico. Sono fragili come carta velina. Scritti a mano, con calligrafia incerta, scolastica, come se l'autore fosse un bambino.

Quattro servizi di piatti di porcellana.

Un servizio di posate di argenteria antica.

L'orologio di mia madre.

Penna stilografica ricevuta in dono dall'Ambasciatore austriaco.

Numero due vassoi di ceramica.

Trentaquattro volumi dell'Enciclopedia Treccani.

Sei portafotografie in oro.

È solo un elenco. E avanti così, per pagine e pagine. Quattrocento, a occhio e croce. Una lista di cose, di oggetti di valore o anche non tanto di valore. Un inventario meticoloso di… proprietà. Prova a sfogliare rapidamente per vedere se a un certo punto cambia la sostanza. No, è sempre la stessa musica, quattrocento pagine di descrizione di tutto quello che potrebbe stare in una casa. Sempre scritto con la stessa calligrafia infantile. Sempre andando a capo dopo ogni articolo. Sempre occupando tutte le righe del foglio.

Rachele era quasi analfabeta, aveva finito a malapena le elementari, ma sicuramente sapeva scrivere: questo spiegherebbe la calligrafia da scolaretta. E l'elenco potrebbe essere la lista dei suoi possessi di Villa Torlonia a Roma o di Villa Carpena a Forlì o della villa di Riccione. O di tutte e tre insieme.

Ma perché dei vari plichi gli hanno permesso di consultare soltanto questo? Perché è l'unico privo di valore, dunque che non può interessare? O perché è il più importante e interessante? E chi lo ha deciso, in un caso o nell'altro? L'ex direttore Massari? Il governatore della Banca d'Italia? Il presidente del Consiglio? Papa Francesco, che del suo ex direttore è diventato amico? O il solerte impiegato di poco prima?

Continua a sfogliare l'elenco in ordine sparso: divani... seggiole... lampadari... bicchieri... asciugamani... poltrone... abiti da sera... racchette da tennis... quadri... pentole... coperchi... libri...

Se è di Rachele la mano che ha vergato queste righe, la contadina romagnola non voleva dimenticare proprio niente. O non voleva che niente fosse dimenticato dai suoi eredi: la roba, come nel romanzo di Verga, quella roba, era tutta sua, di lei, di Benito, dei figli e dei loro discendenti. E a loro andava prima o poi riconsegnata.

Riguarda la sigla nell'intestazione del plico: indecifrabile. Quasi uno scioglilingua. Si concentra sulle ultime quattro lettere: OEYF. Le pronuncia ad alta voce: «Oeyf». Ostrogoto, gaelico o lingua inventata? Ma quella ipsilon gli fa pensare all'inglese: forse si pronuncia "Oeif". Ricorda di avere letto in un romanzo di Frederick Forsyth che il sistema più elementare usato dai servizi segreti inglesi per i messaggi in codice fosse di scriverli all'incontrario. In tal caso, OEYF dovrebbe leggersi FYEO. Ancora meno comprensibile e impronunciabile: «Fyeo».

Di cosa può essere l'acronimo?

«Figa» scherzava il Barone in classe per mettere alla prova la sua fantasia. «Federazione Italiani Gioco...»

E di colpo capisce, come la soluzione di un compito di matematica, base per altezza diviso due, il quadrato costruito sull'ipotenusa è equivalente alla somma dei quadrati costruiti sui cateti: For Your Eyes Only. La sigla con cui i servizi inglesi timbrano i documenti riservati. Ma sul plico non l'hanno certo scritta i servizi inglesi. A meno che...

Nella storia che ha ricostruito finora c'era un agente inglese: quello Smith, non ricorda il nome di battesimo. Smith, un'identità anonima, banale, quasi ridicola, un cognome tipo signor Rossi, davvero perfetto per un agente segreto sospettato di avere ritrovato e fatto sparire il carteggio Churchill-Mussolini.

E se avesse ritrovato anche altro? Se la sigla fosse stata messa da Smith, o da un funzionario della Banca d'Italia, o da un agente dei servizi segreti italiani, o magari da un partigiano, per indicare che il materiale di quella busta proviene da un agente inglese?

Prova a leggere al contrario anche il resto della sigla in copertina: non MRST, che lascia pensare a un Mister Something, bensì... Top Secret Rachele Mussolini, per esempio! E poi: 3491 diventa 1943! L'anno delle ultime vacanze a Villa Mussolini. Perfetto! E quindi: REPFFE diventa... L'abbreviazione di Effetti Personali.

Tutto torna. O almeno così sembra. Anche troppo facile. Già, ma se questo anche confermasse che ha davanti a sé l'elenco degli effetti personali di Rachele, cosa cambia? Be', non resta che leggerlo dalla prima riga all'ultima, forse il segreto è sepolto fra le righe.

Mura legge a voce alta, per non perdersi nulla, per capire

se c'è un significato, una chiave, un segnale. Finita una pagina, la deposita con delicatezza alla propria sinistra e passa alla successiva. Legge e deposita. Legge e deposita. Legge e deposita. Avanti così per cinquanta pagine, ottanta, cento, centocinquanta. Potrebbe esserci un foglietto lasciato in mezzo. Qualcosa che di colpo cambia lo stile del racconto.

Legge e deposita, legge e deposita, legge e deposita, legge e...

Nell'ultimo foglio che ha depositato alla sua sinistra, uno scarabocchio sul retro attira la sua attenzione. Piccolo, nell'angolo in basso a destra. Poteva sfuggirgli facilmente. Non sa neanche come ha fatto ad accorgersene. Il dio caso...

Ci vorrebbe una lente di ingrandimento per vedere meglio. Ma a differenza di Sherlock Holmes, lui non gira con la lente d'ingrandimento. E nemmeno con la pipa e il cappellino da cacciatore. Maledizione. A occhio nudo si intravedono i contorni di qualcosa, un quadrato, dei segni, qualche parola, ma scritti così in piccolo che non si capisce. Specie se uno è cecato come lui e insiste a portare occhiali a grado 2 quando dovrebbe portali a 3. O almeno a 2,5, accidenti. Se potesse telefonare a Caterina, chiederle di trovare una lente e portargliela. Impugna il telefonino ma, come prima, non c'è campo.

Il telefonino. Eccola, eureka, la sua lente di ingrandimento: basta fotografare lo scarabocchio e ingrandirlo quanto vuole. Scatta. Va all'icona delle foto. Ingrandisce al massimo. E diventa tutto chiaro.

Non gli serve altro. Rimette a posto i fogli. Li infila nel plico. Lo richiude con il nastrino. Lo pone al centro del tavolo. Chiunque ha voluto che lui consultasse quel plico e quel plico soltanto, o è un allocco o è un genio. Preme l'interruttore sul bordo del tavolo e prega che l'impiegato venga a prenderlo.

Mezz'ora dopo è alla stazione Termini. Con Cate erano rimasti sul vago. Chiama per sentire quanto dovrà aspettarla. Non troppo, spera. Il telefonino con la foto gli brucia nella tasca.

Nessuna risposta.
Le invia un messaggio:

Quando posso chiamarti?

Dieci secondi. Venti. Un minuto. E dai, Cate, sveglia!

Ora no, sono in riunione, sorry

Cazzo, proprio adesso!

Senti... sono già in stazione, ho finito, quando pensi di liberarti?

Dieci secondi, venti.

Non ce la faccio. Mi hanno chiesto di fermarmi. Vai avanti tu e ti raggiungo per il pranzo di Ferragosto

Una riunione a tre giorni dal Ferragosto? Boh. Mah. Chissà. E che importanza ha? Adesso Mura non pensa a Caterina. Pensa al segreto custodito dal suo smartphone.

In treno si domanda se chiamare il suo direttore per ringraziarlo: non c'è fretta, non ce n'è bisogno, non glielo ha chiesto. Casomai più avanti. Sicuramente, se metterà le mani su uno scoop che... Pensavano di averlo messo in pensione, eh? E invece no, il vostro inviato Andrea Muratori potrebbe avere ancora qualcosa da dire!

Chiamare la Jo per comunicarle che ha scoperto... Ma cosa ha scoperto? Ancora niente, per la verità. E assolutamente nulla che possa aiutare la Jo a dimostrare la propria innocenza. Ma a questo punto, della Jo e della sua innocenza a Mura interessa poco. Diciamo pure, niente. Sente l'adrenalina del giornalismo come ai vecchi tempi. Comincia a immaginare il lead dell'articolo che potrebbe scrivere.

Chiamare la Trudi? In fondo, è partito tutto da lei, o almeno grazie a lei… Le ha soltanto promesso che si sarebbero risentiti prima di Ferragosto. Non è ancora Ferragosto, dopotutto. E poi la Trudi sarà in spiaggia, con questo sole. O con qualche cliente. Cerca di scacciare di testa l'immagine della Trudi con un cliente. Ma guarda se doveva diventare amico di un viado!

Chiamare gli amici, i suoi amici, i tre moschettieri? Questo sì che potrebbe farlo. Ma è come quando era un giornalista in servizio: se hai una storia da raccontare, vorresti restare in apnea finché non l'hai fatto e rimandare tutto il resto. Come può rivelare a loro quello che ha scoperto, o pensa di avere scoperto, prima di averlo scritto in un articolo?

Arriva a Borgomarina a tarda sera. Vorrebbe correre dalla stazione al capanno per stare da solo e mettere ordine ai suoi pensieri. Ma non può correre: il porto canale è intasato di folla come e più che al mattino per il corteo della festa di Garibaldi. È in corso la seconda puntata dei preparativi per il Ferragosto, il Palo della Cuccagna, issato sull'acqua del vecchio squero di Ponente: la gara tra i giovani del paese ad arrampicarsi su un'asta cosparsa di grasso lunga quattordici metri per prendere al volo un pollo (di plastica) e diventare per una sera l'eroe cittadino. Come ogni estate si danno battaglia cinquantaquattro "cuccagnotti", così vengono chiamati i giovani ardimentosi pronti a tentare la scalata, in rappresentanza dei dieci rioni cittadini: Villalta, Borella, Cannucceto, Madonnina, Ponente, Valona, Levante, Villamarina, Boschetto e Sala. Solo che a volte nessuno riesce ad arrivare in cima. Mentre ci passa davanti risuonano i tonfi dei baldanzosi concorrenti che cascano dal palo tra le risate della folla assiepata sulle due rive del porto.

A Mura piace più del Palio di Siena. Ma stasera ha troppe idee in testa. Non vede l'ora di essere al capanno e preparare il piano per il giorno dopo. Casa dolce casa. Helen e Ursula non ci sono. Saranno anche loro ad assistere ai tuffi dei cuccagnotti sul porto canale. Quelle due olandesine sarebbero capaci di sfidarli, arrampicarsi sul palo, vincere la gara. E dopo avrebbero ancora voglia di andare a ballare.

21. Fantasmi

(Colonna sonora: Quando quando quando, Tony Renis)

«Viale Ceccarini, Riccione. Più che una via, un'istituzione.»
Per uno nato a Bologna è impossibile non conoscere le prime strofe della canzone più famosa di Dino Sarti, cabarettista, cantautore e cantore della città e di tutta la regione che le sta intorno.

Datata, obsoleta? Forse: i giovani che straripano dai caffè di viale Ceccarini, probabilmente, non la conoscono nemmeno. Di certo le preferiscono *Riccione* di un gruppo che per di più si chiama TheGiornalisti e che visto il nome dovrebbe ispirare anche Mura. Ma vuoi mettere? L'ha ascoltata qualche giorno prima al Bagno Magnani. Quante banali stronzate. In confronto quella di Sarti è la *Divina Commedia*.

Riccione piaceva al Duce, certo, ma piaceva e piace tuttora ai bolognesi. Chissà perché, poi? Perché, tutti i bolognesi che possono, vanno lì e non a Rimini, Cervia, Milano Marittima, Borgomarina? Non è neanche la più vicina, da Bologna si fa prima ad andare a Bellaria. «Moh perché è la Perla dell'Adriatico, soccia» gli farebbe il verso il Prof.

Che poi, a guardarla bene, secondo Mura tanto perla non è. Viale Ceccarini è una stradina pedonale invasa di boutique alla moda, caffè, discobar e ristoranti straripanti di folla. Adesso si prepara l'ora dell'aperitivo e già da ogni locale esce musica a tutto volume. Vuoi mettere con il porto canale di Borgomarina? Ne ha uno anche Riccione, certo, ma è striminzito: allora meglio quelli di Rimini o Cervia, molto più autentici. Per il resto, i soliti filari di villette primo Novecento, un Grand

Hotel più misero di quello di Rimini, un Hotel des Bains che fa il verso a quello veneziano e ristoranti troppo cari. Hanno chiuso anche il Cocoricò, il Pascià, il Prince, le mitiche discoteche sulle colline dove generazioni di ragazzi andavano a impasticcarsi. Costano troppo e ai protagonisti della movida piace di più saltare da un disco-pub all'altro, dove paghi solo la consumazione: l'età d'oro della *night life* romagnola, che comprendeva anche la Baia degli Angeli, il Paradiso, Lady Godiva, il Pineta, è tramontata per sempre. Restano solo le balere per anziani. Diciamo per quelli come lui. Dovrebbe farci un salto, una di queste sere.

E allora, perché viene qui tutta questa gente? Perché qui c'è il mito dello struscio, del vedere e farsi vedere. Chissà quanti fra i turisti che sciabattano su viale Ceccarini sanno che, quando arrivi in fondo e ti ritrovi davanti al mare, girando a sinistra dopo cento metri sei davanti alla villa in cui passava le vacanze Benito Mussolini. Mura prende un gelato al Nuovo Fiore, nome delle migliori gelaterie della Riviera da Ravenna a Cattolica: nocciola e pistacchio, i suoi gusti preferiti di quando era bambino, rimasti gli stessi ora che non lo è più, e passeggia per un po' sul lungomare. La moto che gli ha prestato di nuovo Rio («Cos'hai, una nuova morosa, che corri sempre da qualche parte adesso?») l'ha lasciata all'inizio del viale, subito dopo la ferrovia che anche qui divide la città del mare e del turismo da quella della campagna e del passato contadino.

Correndo sull'Adriatica aveva nelle orecchie la canzone di Luca Carboni: «Ole' questa notte mi porta via. Alè questa vita mi porta via. Mi porta al mare…». Un viaggio in moto anche quello della canzone.

Le spiagge in fondo a viale Ceccarini sono ancora piene. L'effetto forno della calura non incombe più come prima, ma con i jeans e la polo suda lo stesso. Ha dovuto portarsi dietro anche una vecchia giacca, per nasconderci dentro l'utensile che gli servirà tra non molto, se il suo piano ha successo. Davanti agli stabilimenti, Bagno Sombrero, Bagno Mauro, Beach Bar, c'è una bella fontana con bambini che si divertono a saltarci dentro, più in là squadre di ragazzi e ragazze che giocano a pallavolo. Dopodomani prepareranno i gavettoni, tirandoli addosso ai bagnanti, sebbene sia vietato: ogni tanto intervengono i vigili, c'è sempre il rischio che qualcuno la prenda male e scoppi una rissa. Lungomare della Libertà, si chiama proprio così e non è certo un caso: qualche sindaco comunista deve avere scelto il nome apposta, visto che passa davanti alla casa del dittatore. A Predappio, dove il Duce è nato ed è sepolto, considerano la sua tomba come un pozzo di petrolio: fonte di turismo, guadagni e notorietà per una cittadina di provincia romagnola che altrimenti nessuno visiterebbe. A Riccione non hanno bisogno di Benito per attirare turisti e nessuno si è mai impegnato a sottolineare che questa era la meta anche delle sue vacanze. Casomai, cercano di nasconderlo.

All'angolo, un chiosco: gli è venuta fame, ordina una piada al prosciutto cotto e una Coca-Cola. Ha come la fastidiosa sensazione che qualcuno lo stia osservando o addirittura seguendo. Bene, prolungherà un po' la passeggiata per capire se è vero. Davanti a Villa Mussolini c'è un giardinetto. Dietro, un parcheggio con una toilette pubblica. Su un lato, un salone di estetica e un parrucchiere, che tra poco chiuderanno. Sull'altro lato, in viale Vittime del Fascismo, anche questo un nome non certo scelto a caso, un campo da tennis: tra non molto accenderà le luci e si giocherà in notturna. In questo momento, un maestro dà lezione a una ragazza. Carina, non può fare a meno di notare. Indugia a guardare gli scambi per un po', finendo la piada. Tic-toc, tic-toc, tic-toc. Un bel palleggio. Si divertiva a giocare a tennis anche lui, una volta, ogni estate che veniva al mare. Poi si è dato alla corsa. Adesso non avrebbe neanche i soldi per permettersele, le lezioni con il maestro. Un'ombra, tra gli alberi del giardino della villa. Si sposta ogni volta che Mura cambia posizione: come per tenerlo d'occhio.

Ecco, potrebbe fare una corsetta per affrontarlo e vedere chi è. Tic-toc. Tic-toc, tic-toc. Si gira di colpo. L'ombra non c'è più.

Riprende il cammino verso il retro della villa. È proprio come l'aveva vista nelle foto d'epoca e nel video della Pensione Marco su YouTube: un'ampia palazzina, ma non eccessivamente lussuosa per i canoni d'oggi. Certo, al tempo del Duce era nella posizione più bella di Riccione e dunque di tutta la Riviera romagnola: all'angolo di viale Ceccarini, con la spiaggia a un passo, la vista sul mare. Quel campo da tennis, in cui ora gioca la bella ragazza con il maestro, settant'anni prima ospitava la partita fra Anna Maria Mussolini e Luciana Castellina. Tutto intorno, durante il fascismo, ci sarebbero state le guardie del Duce a vigilare sulla sua riservatezza. E sicurezza.

Mura entra nel giardino della villa. Il cielo inizia a colorarsi di vermiglio, la gente lascia la spiaggia per andare a cena, viale Ceccarini sarà già un bar lungo un chilometro di gente che beve uno Spritz dietro l'altro per sballarsi prima di ballare.

La villa è tappezzata di manifesti dell'evento in programma stasera: «Un'estate con te. Settanta fotografie dedicate all'estate italiana anni Ottanta. Prima mostra personale del fotografo francese Claude Nori. Con un omaggio speciale al suo maestro Luigi Ghirri». Ma pensa: Ghirri è il suo fotografo preferito, capofila dei paesaggisti italiani. Molto americano, per conto di Mura: con tracce di Paul Strand e Robert Frank.

L'ingresso è gratuito, meglio così. Raccoglie un catalogo e legge: «La spiaggia, nelle fotografie di Nori, è sempre abitata. Il mare non è mai rappresentato nella sua dimensione paesaggistica, ma come elemento intorno al quale prende vita una comunità. Le immagini sono lievi, calde, confortanti e spensierate, così come l'estate e la stagione della vita che più la rispecchia: l'adolescenza, carica di desideri e di una vaga malinconia». Sarà per questo che il suo *bro*, il Barone, preferisce l'autunno? L'estate ha qualcosa di struggente: troppe promesse, troppi sogni, troppe fantasie. Troppe canzonette che ne celebrano l'aspettativa e la delusione. «Ho scritto t'amo sulla sabbia e il vento poco a poco se l'è portata via con sé...» Op. cit., Franco IV e Franco I, 1968.

Sono circa settanta foto, disposte sui tre piani della villa. La mostra è aperta fino a mezzanotte: avrà il tempo di studiare bene ogni angolo della casa. Per adesso nelle sale si aggira solo qualche curioso capitato lì per caso, turisti stranieri, padri che hanno lasciato la moglie a giocare con i bambini piccoli nel giardinetto antistante la proprietà e che non sembrano avere alcuna idea di chi sia Ghirri o il suo discepolo francese.

Le immagini, simili a foto-ricordo delle vacanze e scattate perlopiù in spiaggia, ritraggono ragazzi intorno a un jukebox, partite di beach tennis, bambini in riva al mare sulle storiche altalene della Coca-Cola o davanti a uno spazio azzurro scandito solamente dalla linea dell'orizzonte. C'è anche una stanza dedicata alle foto di Ghirri sulla Riviera, quasi tutte riprese fuori stagione: la spiaggia deserta, una porta da calcio sullo sfondo del mare, una vela solitaria al largo.

Quando ha visitato bene dalla prima all'ultima stanza per prendere le misure, Mura torna al piano terra, ordina un caffè, va alla toilette, trova un angolo tranquillo nell'atrio e riguarda sul telefonino il filmato di YouTube del 1962. Rispetto a quando era una pensione hanno probabilmente allargato qualche stanza a piano terra, aggiunto i gabinetti per il pubblico, mantenendo invece la struttura originale ai piani superiori. Il flusso di visitatori è diminuito. Hanno tutti l'aria annoiata, gente che fa la classica passeggiata sul lungomare e si ferma a riposare sulle panchine del giardino della villa. Solo pochi entrano a curiosare: belle foto della Riviera, non si dice mai di no, anche se con lo smartphone ora tutti ne scattano a centinaia, a migliaia, e nemmeno c'è il tempo di rivederle tutte. Controlla l'ora sul telefonino: le 23.30. Il suo momento.

Torna alla toilette: oltre la prima porta, un corridoio porta al gabinetto degli uomini e al gabinetto delle donne. Entra di

nuovo in quello per gli uomini, con gli orinatoi lungo un lato
e le tazze del gabinetto divise dagli stand sull'altro. Si infila
nell'ultimo, lasciando la porta socchiusa, siede sulla tazza, con
il sedile abbassato. Poi prova a salirci sopra: sembra abbastanza
resistente. Torna a sedersi. Ora si tratta di aspettare. Le 23.45.
Le 23.50. Dalla villa non giungono più il brusio e lo scalpiccio
dei visitatori. Fuori, in compenso, il traffico continua intenso
e rumoroso. Okay, è ora. Sale in piedi sulla tazza del water.
Le 23.55: la porta del bagno si apre e Mura abbassa la testa,
tenendosi aggrappato alle pareti del gabinetto per mantenere
l'equilibrio. Il guardiano dà appena un'occhiata per controllare che nessuno sia rimasto lì a svuotare la vescica. Spegne la
luce, richiude la porta, si allontana. Mura ridiscende dall'im-
provvisato piedistallo e torna a sedersi sul cesso. Ancora poco.
Mezzanotte.

Per precauzione, aspetta altri cinque minuti. Poi esce dalla toilette, puntando per terra la luce del telefonino per farsi
strada. Socchiude la porta che dà nell'atrio: è tutto buio e silenzioso. Dunque, è finalmente solo, nella villa che fu di Benito
Mussolini. Va all'icona delle foto sullo smartphone, seleziona
l'immagine che ha salvato, la allarga al massimo: ora ha la mappa del tesoro davanti agli occhi.

Per settant'anni gli italiani hanno fantasticato sull'oro di
Dongo. Nessuno aveva pensato che, da brava azdora romagnola, presagendo il disastro la moglie del Duce avesse nascosto un tesoro nella casa delle vacanze. Nella villa al mare, che
nella sua ingenuità o follia Rachele pensava di poter conservare
anche dopo la guerra, dopo la sconfitta, la tragedia, la vergogna. Dopotutto l'avevano comprata con i loro soldi, mica ricevuta in dono dallo Stato. E invece no, anche quando ottiene
di tornare a vivere a Forlì, lo stato le confisca la proprietà in
Riviera. Ci mancherebbe, la vedova del Duce che va in ferie a
Riccione nell'Italia del miracolo economico! Rachele che attraversa via della Liberazione per portare al mare la nipotina. E

che rientra a casa, con le sporte della spesa, percorrendo viale Vittime del Fascismo!

Così è rimasta fregata. Rachele aveva disegnato la mappa con l'intenzione di confondere eventuali estranei a cui fosse caduta in mano: non indica di quale stanza si tratti. Ma ora che le ha perlustrate bene tutte, Mura non ha dubbi: il tesoro è al piano terra. Le misure indicate sulla mappa sono troppo grandi per le camere da letto ai piani superiori. Del resto, da autentica azdora, dove poteva nasconderlo se non in cucina, dove si conserva il cibo, il bene più prezioso, specie se da bambina hai fatto la fame come l'aveva fatta lei? Purtroppo, proprio il piano terra è la parte della casa che ha subito più restauri, ma è logico che la cucina occupasse l'angolo a nord-ovest, il più lontano dall'ingresso a fronte mare, sotto le grandi arcate prospicienti il giardino, e anche il più riparato, quasi nascosto: il suo regno, distante dallo studio del marito, dal salone dei ricevimenti, dalla sala da pranzo.

Non poteva immaginare che la sua villa sarebbe diventata prima una pensione popolare e poi un centro per mostre ed eventi pubblici. Ma a giudicare dalle indicazioni sulla mappa ha scelto bene dove nascondere il suo tesoro, la risorsa nascosta per ogni evenienza: un muro portante, una delle pareti esterne della casa, probabilmente non toccate dai lavori di ristrutturazione dello stabile. Pareti larghe, come si costruivano allora, per tenere fuori il freddo d'inverno e il caldo d'estate: larghe abbastanza da ricavarci una cripta, in cui nascondere un sacco, una borsa, una cassaforte. Il punto su cui la mano di Rachele ha tracciato una vistosa x sulla mappa è proprio sotto una foto di Nori. Mura ci indirizza sopra il faretto del telefonino: l'immagine in bianco e nero di una splendida fanciulla che gioca a racchettoni sulla spiaggia, una camicia bianca con le maniche arrotolate, una cintura sui fianchi che rende ancora più sexy il suo giovane corpo, uno slip striminzito, un braccialetto di tessuto o di pelle, i capelli al vento, lo sguardo verso l'alto, verso la pallina da colpire, e sullo sfondo gli ombrelloni, la spiaggia deserta. Un attimo fuggente. Chissà chi era, quella ragazza, nello scatto degli anni Ottanta. All'epoca Mura aveva una trentina d'anni, lei forse venti: avrebbe potuto invitarla a bere qualcosa, a mangiare una pizza, a ballare?

«Possibile che ti vengano in mente sempre le fighe!» direbbe il Barone.

Sì, possibile. All'epoca era già divorziato dalla prima moglie, l'americana, ancora senza figli, più o meno libero. Una donna ce l'aveva quasi sempre, ma non gli impediva di correre dietro alle altre. Avrebbe corteggiato volentieri la giovane tennista.

Abbassa la luce verso il pavimento. Se qui c'è una cripta nascosta, il muro deve risuonare diversamente dagli altri punti. Comincia a tamburellare con le nocche sotto la foto. Sopra la foto. A destra. A sinistra. Ripete lo stesso esercizio sulla parete accanto, per un confronto. Ma il suono è sempre lo stesso: sordo, profondo, compatto. E se si fosse sbagliato?

Un fruscio.

C'è qualcun altro, nella villa di Benito e Rachele? Spegne la luce del cellulare e si appiattisce contro la parete. Forse l'ombra che lo seguiva poco prima davanti al campo da tennis? Un'altra persona avrebbe potuto nascondersi nella villa, magari al piano di sopra, per esempio nel ripostiglio, quando gli addetti hanno chiuso, spento tutto e se ne sono andati via.

O è uno spettro? Lo spirito del Duce, quello di Rachele? Se uno credesse ai fantasmi, ora potrebbe materializzarsi lui, Benito, con quegli assurdi pantaloni da cavallerizzo, l'orbace in testa, le mani sui fianchi, l'occhio paonazzo, che gli dice con pesante accento romagnolo: «Uè, patacca, l'ora delle decisioni irrevocabili è giunta!» o qualcuna delle altre cazzate prive di senso che gridava dal balcone di piazza Venezia. Ma se credesse ai fantasmi, Mura avrebbe più paura di trovarsi davanti Rachele, lei sì una pasionaria dura come l'acciaio e cattiva come una iena, magari con un fazzoletto da contadina in testa e il mattarello fra le mani: «T'amaz! Me t'amaz».

Ma Mura non crede ai fantasmi. Nemmeno a quelli della coppia che in quelle sale ha mangiato, litigato, amato, dormito, cresciuto i figli, vissuto per dieci lunghe estati prima della fine.

Tutto tace: sente solo il rumore del proprio cuore, ingigantito dal silenzio.

Forse il fruscio era un topolino. O un uccello sul davanzale.

Lascia passare un minuto, tre, cinque. Nulla si muove: solo dall'esterno arriva il flusso di auto su via Milano, ora più lieve, intermittente.

Riprova a tamburellare contro la parete, sotto la foto della bella ragazza che gioca a racchettoni. Se qui c'era la cucina, di sicuro con un grande caminetto, di fianco ci sarà stata la dispensa. Mura picchia più in basso, quasi all'altezza del pavimento, proprio nell'angolo fra le due pareti, e arriva un suono nuovo, diverso, secco: come se dietro ci fosse il vuoto!

Il cuore gli sale in gola. Come quando stava per fare uno scoop. Non gli è capitato tante volte in vita sua. Ma qualche volta è successo. E l'eccitazione era più forte che... più forte di... di qualsiasi cosa, di qualsiasi altra emozione abbia mai provato. Era la cosa più importante. La ragione per cui vivere. Meglio di un orgasmo con la donna più bella del mondo.

Picchia di nuovo, nel timore di essersi sbagliato: no, non si è sbagliato. Il muro dell'angolo, all'altezza del polpaccio, nel punto della mappa in cui Rachele ha tracciato una X, suona vuoto. C'è un buco, lì dietro. Un rifugio. Un nascondiglio. Chissà quante volte, fino alla morte nel 1979, Rachele ha desiderato poter tornare lì a scavare e recuperare il suo tesoro. La immagina, in incognito, la testa avvolta in un fazzoletto, lo stesso del fantasma che aveva immaginato poco prima, accompagnata da qualcuno, forse il dottor Zambutèn suo medico, guaritore e confidente, in macchina da Predappio a Riccione, per guardare la villa almeno dall'esterno. Chissà se sul letto di morte ha ricordato a figli e nipoti che qui dentro, nell'angolo a nord-est del piano terra di Villa Mussolini, c'erano soldi, gioielli, valori, in grado di restituire loro quello che dal suo punto di vista era stato rubato dallo Stato democratico. L'oro di Dongo non è mai stato trovato, ma forse l'oro di Riccione è ancora qui e sta per scovarlo un giornalista in pensione diventato detective. Alla Philip Marlowe, come ha detto il suo vecchio direttore.

Adesso arriva la parte più difficile. Dalla tasca interna della giacca, Mura estrae un martello. Dovrà fare rumore. E sperare che nessuno da fuori lo senta. Tantomeno da dentro, se c'è qualcun altro, oltre a lui, nella villa. In carne e ossa. O con le sembianze di uno spirito.

Tira la prima martellata. Il muro è ancora lì, ma un pezzo d'intonaco si è scrostato. Non dovrebbe volerci l'uomo dei Plasmon che tirava martellate a non so più cosa, forse a un biscotto, in un altro dei Caroselli della sua infanzia.

Seconda martellata. Rimbomba nella villa deserta. Cade un altro pezzo di intonaco, ma il muro tiene.

Deve colpire più forte. Deve fare più rumore. Decide di usare una tecnica che ha visto in *Papillon*: il detenuto che vuole evadere, interpretato da Dustin Hoffman, scava ogni volta che c'è un rumore esterno e smette quando il rumore si interrompe.

Arriva una macchina su viale Milano: quando passa accanto alla villa, Mura tira una martellata sul muro con tutta la forza che ha in corpo.

Il muro è ancora lì. No, aspetta: grattando con il dito, l'ultimo strato di intonaco viene via e adesso c'è un buco. Non si era sbagliato. Lì dietro deve esserci la cripta in cui nel 1943, nell'ultima stagione di vacanze, poco prima che suo marito fosse arrestato e le loro vite cambiassero per sempre, Rachele ha nascosto il tesoro di famiglia e poi fatto richiudere tutto.

Altra automobile, altra martellata.

Altra auto, altro colpo di martello.

Auto e martello.

Auto e martello.

E poi basta, Mura perde la pazienza, tira una martellata dopo l'altra, freneticamente, come impazzito, apre nella parete un foro di venti-trenta centimetri. Abbastanza da infilarci una mano.

«Quindici uomini, quindici uomini, sulla cassa del morto e una bottiglia di rhum.»

La canzonaccia del pirata Long John Silver nell'*Isola del tesoro*. La cassa del morto è quella di Mussolini. Il rhum l'ha bevuto l'altra sera fino a ubriacarsi con la Trudi. Saranno stati una quindicina, i fascisti che nella pineta della Bassona marciavano in uniforme e si riproponevano il suo stesso obiettivo: trovare il tesoro di Benito. Ma di uomini, qui, stanotte, ce ne sarà uno solo a festeggiare: Andrea Muratori detto Mura. Non per fuggire con l'oro di Riccione. Tantomeno per scagionare la Jo dall'accusa di avere ucciso il marito. Chi se ne frega della Jo. No, festeggerà uno scoop mondiale. Il ritorno in prima pagina di un giornalista pensionato prima del tempo.

Allunga la mano dentro la minuscola grotta. Il tesoro nascosto da Rachele doveva essere piuttosto voluminoso: lingotti d'oro, gioielli, decorazioni. E se invece fossero state solo banconote? Milioni e milioni di lire di una volta? Quanto spazio sarebbe necessario? Non avrebbero più valore legale, ma la sua sarebbe lo stesso una scoperta sensazionale. *L'oro di Riccione*: il titolo in prima reggerebbe anche se fossero vecchie banconote fuori corso.

La sua mano si agita nel vuoto: non incontra un corpo estraneo, una borsa, una sacca o qualcosa del genere.

Riaccende la luce del telefonino e la punta all'interno del buco.

Niente.

La cripta è vuota.

Non nasconde un tesoro. Non nasconde nulla.

Possibile? Eppure, la mappa era sicuramente disegnata da Rachele. La x era nel punto giusto. La parete è davvero cava. Come può essere vuota?

Illumina di nuovo ogni angolo del foro che ha praticato. Allarga il buco con altre violente martellate. È abbastanza spazioso da infilarci una valigia. E abbastanza profondo per una pila di lingotti. Un baule colmo di gioielli.

Ma non c'è alcun baule. Solo un buco vuoto.

Di nuovo, gli pare di sentire il fruscio di prima. Un topo, un piccione, il fantasma di Rachele che adesso ride di lui? O che piange con lui?

Se il buco c'è ma è vuoto, non vorrà dire che qualcun altro ha trovato il tesoro prima di Mura, poi ha richiuso tutto e se l'è portato via?

Ancora il fruscio.

Lì non può restare. Ci mancherebbe che un metronotte avesse sentito le martellate e chiamato la polizia.

Vede già i titoli in prima pagina: *Arrestato giornalista in pensione a Villa Mussolini.*

Catenaccio, come in gergo si chiamano i sottotitoli: *Cercava il tesoro di Benito e Rachele ma ha fatto un buco... nel muro.*

Mura rimette il martello nella tasca della giacca. Adesso il problema è come uscire da lì. Pensava di aspettare che il giorno dopo la villa riaprisse, nascosto alla toilette, per poi andarsene come niente fosse con il suo tesoro. Ma adesso ha fretta. Ha paura.

Raggiunge il portone. Chiuso a chiave dall'esterno, niente da fare. E le finestre a piano terra hanno le inferriate. Sale di corsa le scale. Spalanca le persiane. Per fortuna non scatta un allarme: nessuno teme che vengano rubate le foto del bravissimo francese. Che sicuramente valgono più del pugno di mosche rimasto in mano a lui.

Si ritrova su un balcone. Il giardino della villa è deserto a quest'ora: sono le due e mezza di notte. Deve fare un salto di tre metri, ma atterrando sull'erba dovrebbe evitare di slogarsi una caviglia, rompersi una gamba o, se va male, la testa. C'è poco da fare, bisogna buttarsi.

Atterra sui piedi, fa due capriole, rotolando fino alla base di un albero. Qualche graffio alle mani con cui ha attutito l'impatto, ma poca roba. Gli è andata bene.

«Di' una parola e sei morto.»

L'uomo con la pistola puntata è comparso da dietro l'albero. Mura alza lo sguardo al di sopra della canna e lo riconosce, illuminato dalla luce di un lampione: lo ha già visto al cimitero e nelle foto sui giornali.

«Cosa vuoi?»

Per tutta risposta, Giorgio Montanari lo colpisce in faccia con la canna del revolver.

«Ti ho detto che se dici una parola sei morto. Ne hai dette due. Per questa volta sei fortunato. Alla prossima, sparo.»

Farà sul serio o ha visto troppi film d'azione? Mura si massaggia il volto indolenzito e tace.

«Alzati.»

Obbedisce.

«Raccogli la giacca e dammela.»

Esegue.

«Dammi il telefonino.»

Idem.

«Attraversa la strada» e mentre lo dice gli punta la pistola alla schiena, coprendola con la giacca di Mura. In giro non c'è un'anima. E dire che la movida di viale Ceccarini è a poche centinaia di metri di distanza. Ma sembra di essere in un altro mondo. Mundo de Noche: il mondo di notte. Ricorda un night di Rimini chiamato così, un locale in cui facevano lo spogliarello. Penserà alle donne anche quando gli spareranno?

Montanari lo guida in un parcheggio e gli ordina di fermarsi davanti a una vecchia BMW. Fa scattare l'apertura del bagagliaio e intima: «Entra».

«Senti, non ho trovato niente lì dentro, hai capito? Non c'è alcun...»

Un altro colpo con la canna lo fa cadere al suolo. Sente il sapore dolce del sangue in bocca.

Due braccia lo caricano di peso. È troppo intontito per reagire.

«Buonanotte e sogni d'oro» dice Montanari.

Mura cerca di protestare, ma il bagagliaio si è già richiuso sulla sua testa.

22. Un bel giochino

(Colonna sonora: *Bang Bang*, Dalila)

Ha provato a tenere il conto di quanto sia durato il viaggio. Impossibile capire se la direzione fosse nord verso Ravenna o sud verso Pesaro, o magari ovest, verso Bologna. La velocità all'inizio è sostenuta, per cui crede di essere in autostrada. Poi diminuisce: probabilmente l'auto è uscita sulla statale Adriatica. Staranno tornando verso Borgomarina? A un certo punto rallenta, svolta a destra, a sinistra, a destra, Mura perde il conto. Stop. Sente sbattere una portiera, poi una voce. Si riparte. Dopo un tempo interminabile, l'andatura rallenta di nuovo e Mura comincia a sobbalzare come se fosse sulle montagne russe, segno di un terreno accidentato. Dove l'hanno portato, in montagna? O in collina?

L'auto si ferma di nuovo, il bagagliaio si apre.

La notte è buia ma Mura distingue perfettamente un volto di donna.

«Trudi?»

Tutti si sarebbe aspettato di vedere, tranne lei.

«E Giorgio?» chiede, ancora accucciato nel bagagliaio, dato che la trans non spiccica parola.

Il volto di Giorgio Montanari appare al fianco della Trudi. Impugna la stessa rivoltella di prima.

«Esci» comanda.

Mura non se lo fa ripetere. Almeno, fuori di lì, ha una possibilità di scappare.

«Mani dietro la schiena» ordina Montanari.

Sibila ordini come i cattivi nei film di Tarantino. Deve averne visti troppi.

«Okay» dice Mura e così facendo lancia uno sguardo interrogativo alla Trudi, per capire se è prigioniera anche lei.

Ma la Trudi si mette alle sue spalle, mentre traffica con qualcosa nella borsetta. Un freddo metallo stringe i polsi di Mura.

«Ma... cosa fai?» esclama.

«Zitto o te ne arriva un'altra» lo minaccia Montanari alzando la canna della pistola. «Cammina» e lo spinge su un sentiero. In fila indiana, Mura davanti con le manette ai polsi, Giorgio dietro con la pistola e una pila elettrica per illuminare la via, la Trudi per ultima.

Avanzano così per una decina di minuti in una fitta boscaglia. Mura cerca disperatamente una via di fuga. Ma è stanco, ammaccato, confuso. E comunque, con una pistola puntata alle spalle, di vie d'uscita non ne vede molte.

L'unica sarebbe provare a dissuadere Giorgio dalle sue intenzioni, distrarlo. Ma gli ha intimato di tacere. Meglio non farlo arrabbiare, per adesso, in attesa di capire cosa ha in mente. In fondo finora lo ha solo sottoposto a... be'... assalto a mano armata... sequestro di persona... ce ne sarebbe già per un discreto numero di anni dietro le sbarre. Ma non gli ha sparato. Lo preoccupa che non ha celato la propria identità. Quando un criminale fa così, di solito, è perché ha deciso di eliminare la vittima: non c'è bisogno di essere un detective dilettante per saperlo.

Lasciano il sentiero. La foresta di pini si allarga in una radura, sul cui limitare, nascosto tra gli alberi, si intravede un casolare.

«Lì» fa Montanari. «Vai verso la casa.»

Quando la raggiungono, Giorgio infila una chiave nella serratura, apre e accende un lume a gas da campeggio. La casupola non ha finestre, solo una feritoia in alto. Somiglia a una stalla o a un deposito attrezzi. Ci sono una branda, un tavolino, un paio di sedie. Nient'altro.

«Per... perqui... perquisiscilo» ordina Giorgio alla Trudi.

Per essere uno che si sentiva un fallito, suona decisamente

come un gangster del cinema. Ma forse è solo la parte a cui aspira. Ha l'aria di uno che ha bevuto. O sniffato.

La Trudi perquisisce Mura senza aprire bocca. Gli infila le mani nella maglietta, poi dentro le tasche dei jeans. Quindi dentro i jeans. Nelle mutande. Non è una perquisizione. Ancora un po' e diventa una pugnetta.

«Ehi!» protesta Mura.

La sberla gli arriva addosso che neanche se ne accorge, seguita da un secondo manrovescio in senso opposto.

Mani pesanti. Ora che ci pensa, con la Trudi si sono conosciuti così: a schiaffoni in faccia. Di lei a lui. Di lui a lui, diciamo, vista la pesantezza delle mani.

«Fai lo schifiltoso, adesso? Credi che non mi fossi accorta che sbavavi per me? Morivi dalla voglia che te lo prendessi in bocca. E di succhiarmelo. Sei solo un coglione. Non capisci nulla di te. Come non hai capito nulla di me.»

Le si è sciolta la lingua di colpo, alla Trudi.

E giù un altro ceffone.

Giorgio ridacchia davanti alla scenetta. Poi con una spinta lo fa sedere e lo lega gambe e braccia alla sedia.

«Senti…» biascica Mura.

«Ti ho dato il permesso di parlare?»

Questo deve essere un frustrato. Uno che non ha mai comandato nessuno e adesso vuole prendersi la rivincita. Con lui. Davanti alla sua bella. Tanto vale assecondarlo.

«Posso parlare?»

«Ecco, bravo, così va meglio.»

Siede sull'altra seggiola di fronte a Mura con la pistola in mano. La Trudi indossa la solita minigonna striminzita. Si siede sulla brandina, accavalla le gambe e accende una sigaretta. Indossa i tacchi a spillo d'ordinanza di quando batte su viale Verrazzano. Come abbia potuto camminare con quei trampoli nel bosco, lo sa soltanto lei.

«Mi diresti» domanda Mura a Giorgio, «dove siamo?»

«Certo, come no.»

«Alla Bassona?»

La Trudi ride.

«Sei furbo ma non abbastanza» dice Giorgio. «Fuochino.»

«Vicino alla Bassona, quindi?»

«Vicino ma non troppo.»

«In un'altra pineta?»

«Fuochino fuochino.»

«Nella pineta di Ravenna?»

«Fuoco. Ci sei mai stato?»

«Da piccolo, con i miei, a vedere la casa in cui morì Anita Garibaldi.»

«Anch'io ci venivo da piccolo, con mio padre, a caccia. Così ho preso il porto d'armi. È qui che ho imparato a sparare, quando in questa pineta si poteva, prima del divieto. Mio padre ci viene ancora qualche volta, per cacciare di frodo. Ci veniva, voglio dire.»

La Trudi ride ancora. Si alza e va a mettere le mani sulle spalle di Giorgio, iniziando a massaggiarle.

«Dove siamo adesso ci tenevamo gli attrezzi per la caccia e per la pesca. Una volta. Ora è mio. La casetta in cui morì Anita Garibaldi non è lontana. Cerca di fare in modo che questa non diventi la casetta in cui muori tu.»

«Senti… Non so cosa vuoi da me. Forse hai frainteso.»

«La Trudi mi ha raccontato tutto.»

«Cosa pensavi» riattacca lei, «che mi mettessi a complottare con te, che ti vergogni perfino a farti vedere con me in spiaggia, per tradire lui, che mi ama?»

«Ma io… Non mi vergognavo affatto…»

Gli arriva un altro scapaccione.

«Lasciamo stare» li interrompe Giorgio. «Cerchiamo di non perdere tempo. Tu mi dici dov'è il tesoro di Rachele Mussolini e io ti lascio andare.»

Già, con il reato di sequestro di persona sopra la testa? E

che c'ho scritto Jo Condor? Carosello del… boh, in questo momento ricorda solo la battuta.

«È vero, cercavo il tesoro di Villa Mussolini.»

«Oh, bravo.»

«Ma non l'ho trovato. Mi avete perquisito, avete visto che non ho niente addosso. E non c'è alcun tesoro lì dentro. O se c'era, qualcuno se lo è già portato via.»

«E dove l'hai cercato?»

«Nel punto in cui…»

Si ferma lì.

«Continua.»

Ormai è andato troppo avanti. Tanto vale confessare tutto. Ormai il suo scoop è fallito. E ora l'importante è non diventare lui uno scoop, per quanto più piccolo: *Giornalista in pensione assassinato nella pineta in cui morì Anita Garibaldi*.

Schiarisce la gola.

«Ho sete.»

«Questo non è un bar» obietta Giorgio.

La Trudi estrae dalla sacca a tracolla una bottiglietta d'acqua minerale.

«Apri la boccuccia, tesorino.»

Lei gliene versa un po', come si farebbe con un bambino. Mura deglutisce.

«Ancora?»

«Sì, grazie.»

Mura spalanca la bocca e la Trudi ci sputa dentro.

«Buono?»

Mura scatarra. Gli arriva un altro schiaffo.

«D'ora in avanti potrai bere solo questo» ringhia la Trudi e gli arriva un altro fiotto di saliva in faccia. Sente la bava scendere dalla fronte fino alla punta del naso.

«Stavi dicendo» riprende Giorgio, «che hai cercato il tesoro nel punto in cui…»

«Nel punto in cui c'era una X sulla mappa.»

«E la mappa dove l'hai trovata?»

«A Roma, alla Banca d'Italia. Ricordi Trudi, quella sera da te? Ho fatto una telefonata. Per organizzare il viaggio a Roma. Digli che è la verità.»

Lei non risponde.

«Che cosa c'entra la Banca d'Italia?» sbraita Giorgio.

«La banca» prosegue Mura, «custodisce quello che rimane dell'oro di Dongo… insomma dei beni confiscati alla famiglia Mussolini e ai fascisti catturati insieme al Duce, compresi documenti e carte di ogni genere. Tra le quali ho trovato quella che sembrava una mappa. La mappa del tesoro della villa di Riccione. Quella che, se non sbaglio, cercavi anche tu.»

«Elementare, Watson. Ti vengo dietro da quando hai riportato la mia Trudi a casa con l'Alfetta dei carabinieri, dopo che vi hanno arrestati. C'ero anch'io alla Bassona quando sei sfuggito ai camerati, gli amici di mio padre. Ma non amici miei. Io non ho bisogno di amici. Mi basta lei.»

La Trudi si piega verso Giorgio e lo bacia sulla bocca.

Questi, pensa Mura, sono due pazzi furiosi. Lui ha bisogno di sembrare un eroe. Lei sembra veramente innamorata. Una bella coppia.

«Eri anche tu dentro la villa?» domanda quando smettono di sbaciucchiarsi. Cerca di guadagnare tempo. «Ho sentito dei rumori, dopo la chiusura.»

Gli arriva l'ennesima sberla.

«Cazzi miei. Le domande qui le faccio io. Cosa hai trovato?»

«Niente, te l'ho detto, non ho trovato niente. Nel punto segnato dalla X c'era effettivamente un vano, una cripta, un buco. Ma era vuoto. Non c'era alcun tesoro o se c'era, come dicevo, ci è arrivato qualcun altro prima di me… ehm… di noi.»

«E come l'hai fatto il buco?»

«A martellate.»

«Il martello è questo, vero?» chiede Giorgio, estraendolo

dalla giacca di Mura. «Vediamo se hai i riflessi pronti.» E gli tira un colpo sul ginocchio.

Mura urla di dolore.

«Bravo tesoruccio, sfogati, tanto non ti sente nessuno» ride la Trudi.

«C'era il buco ma non il tesoro?» insiste Giorgio.

«Te lo giuro! Se avessi trovato il tesoro, perché l'avrei lasciato lì? Qualcuno potrebbe averlo scoperto prima di me, per poi richiudere la parete. Oppure Rachele Mussolini non ebbe il tempo di nasconderci nulla. E magari non è stata nemmeno lei a scarabocchiare quella mappa. Magari è stato un impiegato burlone della Banca d'Italia per prendersi gioco dei posteri.»

«E questa mappa adesso dov'è?»

«Sul mio telefonino.»

Giorgio lo prende, va alle foto, trova l'immagine, ingrandisce. Poi siede sulla branda accanto alla Trudi e la mostra anche a lei.

«Faremo così» dice dopo un po'. «Andremo anche noi a passare una notte dentro a Villa Mussolini. Così vediamo se ci hai mentito o se magari il tesoro era troppo grande e hai deciso di lasciarlo lì.»

«E io intanto?»

«Tu intanto resti qui.»

«Vuoi farmi morire di fame e di sete?»

«Sarebbe un'idea. O preferisci che ti spari subito un colpo in bocca?»

Scoppiano a ridere, tutti e due, dandosi di gomito. Poi dalle gomitate passano alle carezze e ai baci. La Trudi gli toglie la maglietta e gli succhia un capezzolo.

«Amore, sai cosa mi ecciterebbe adesso?»

«Dimmelo» dice Giorgio mettendogli le mani sulle tette.

«Succhiartelo davanti a lui.»

E così dicendo gli slaccia i calzoni e le mutande, glieli abbassa fino alle caviglie, si inginocchia ai suoi piedi.

«Perché questo stronzo veda chi è un vero uomo» continua la Trudi. «Per umiliarlo come merita, prima di ammazzarlo.»

A Montanari gli diventa duro come un palo. La Trudi glielo prende in bocca.

Mura non sa più se è in un thriller o in un porno. Che fare? Cosa inventare? Stavolta teme che sia davvero finita.

La Trudi succhia. Giorgio geme di piacere. E a lui passano per la testa i momenti più importanti della vita. Le persone che contano veramente. Suo figlio Paolo, a Londra: chi gli darà la notizia? I suoi amici, i tre moschettieri: cosa penseranno? La Cate: si ricorderà di lui, ogni tanto? È sempre stato fatalista. In qualche modo doveva finire. Ma proprio in questo?

«Dimmi come lo hai ucciso» dice la Trudi, smettendo un attimo di succhiare e tenendogli l'uccello in mano.

«Eh?» biascica Giorgio, sconvolto dall'eccitazione.

«Tuo padre, ripetimi come l'hai ucciso. Voglio che mi vieni in bocca mentre racconti come hai ucciso quel bastardo. Voglio che quest'altro bastardo sappia che tipo è il mio uomo. Il mio amore. Il mio eroe.»

E ricomincia a succhiare.

«Gli ho messo i sonniferi nel drink....» mugula Montanari.

«E poi?» chiede la Trudi, e ricomincia a succhiare.

«L'ho legato a... a gambe larghe...» balbetta Montanari al colmo dell'eccitazione.

«E dopo?»

«Ho... ho aspettato che andasse in overdose. L'ho visto schiattare, quel bastardo.»

«Perché lo odiavi così tanto? Perché? Dimmelo!»

«Mi... prendeva per il culo. Mi trattava... come un bambino.»

«E come hai saputo del tesoro di Rachele?»

Strana domanda, pensa Mura. Perché ha cambiato argomento?

«Mio padre ha detto che... qualcuno... gli aveva dato la mappa...»

Giorgio sta per venire, ma la Trudi smette di succhiare: «Sì, amore, sì, continua!». E torna a ficcarselo in bocca.

«Quella sera... abbiamo litigato... per la mappa...»

«Sì, amore, sì, e poi?»

«Dopo averlo ucciso ho cercato dappertutto senza trovarla, ma ora ce l'ha data questo... figlio di puttana!»

E finalmente Giorgio le sborra in bocca, esausto, rovesciando la testa all'indietro.

L'ultima cosa che devo vedere prima di morire, pensa Mura, è il bocchino di un trans.

La Trudi si ripulisce con un fazzoletto. Raccoglie la pistola che Giorgio ha lasciato cadere sulla brandina.

«Alzati, amore» dice ora puntandogli contro l'arma.

«Che... gioco... è questo?»

«Un bel giochino, ti piacerà.»

«Ho i calzoni abbassati.»

«Alzati lo stesso, amore, vedrai che non cadi.»

Giorgio si alza, incerto, con l'uccello a penzoloni, le braghe calate.

«Metti giù la pistola, però, non vorrei partisse un colpo.»

«Io vorrei che partisse, in verità» dice la Trudi, e punta il revolver verso Mura.

«No, Trudi, ti prego, non sparare!» grida Mura.

Succede tutto molto in fretta. La Trudi si gira di scatto, tira un cazzotto allo stomaco a Montanari facendolo piegare su se stesso, raddoppia con un gancio al viso che lo stende a terra e conclude con un calcio nei coglioni. Le scarpe con i tacchi a spillo sono parecchio appuntite. Devono fare male. Giorgio rimane disteso, esanime, tramortito.

Lei infila la pistola nella minigonna, toglie le manette a

Mura, le mette a Montanari, quindi aiuta Mura a slegarsi dalle corde che lo legavano alla sedia.

«Ma... a che gioco stai giocando?» le chiede più morto che vivo.

La Trudi estrae dalla borsetta un telefonino e aziona il registratore: «Metti giù la pistola, però, non vorrei partisse un colpo». Riavvolge il nastro, all'indietro, lo aziona di nuovo: «Ho aspettato che andasse in overdose... L'ho visto schiattare, quel bastardo».

Guarda Mura negli occhi: «Abbiamo la confessione. Quel tuo amico che è venuto a prenderci quando eravamo in cella insieme...».

«Il maresciallo Amadori?» chiede Mura, esterrefatto.

«È il momento giusto per chiedergli un altro passaggio.»

23. Certi misteri

(Colonna sonora: *Il cielo è sempre più blu*, Rino Gaetano)

«Zò burdéll, non pensare che io sia diventato il vostro autista.»

Seduto di fianco al guidatore, il maresciallo lo dice senza neanche voltarsi. Al volante, il brigadiere Perroni si morde le labbra per non scoppiare a ridere. Sui sedili di dietro, Mura è ancora troppo stravolto per rispondere con una battuta. La Trudi, invece, sta già benissimo e ci pensa lei: «Non approfitteremo più della sua gentilezza, maresciallo».

Per essere una trans brasiliana, ha imparato bene l'italiano, pensa Amadori. Ed è pure educata. Deve avere avuto parecchi maestri, questa.

Nel furgone dei carabinieri dietro di loro, con al polso questa volta manette fornite dalla Benemerita, viaggia Giorgio Montanari. Ha l'aspetto di uno che sta per piangere. Di uno che pensa: Aveva ragione mio padre. Sono un fallito.

Sulla statale Adriatica sorge un'alba di fuoco. Un 14 agosto in pieno solleone. Dormono ancora tutti ma presto si scateneranno, invadendo la spiaggia e il mare. Non una camera libera, un ombrellone vuoto, per cento chilometri di litorale da Ravenna al monte di Gabicce. «Ci mancherebbe altro che non riempissimo nemmeno la settimana di Ferragosto!» ripete sempre Rio del Bagno Magnani.

Arrivati in caserma, a Borgomarina, il brigadiere Perroni si occupa di rimettere in sesto Mura, tamponando e attaccando cerotti su tagli e graffi. Poi prepara un buon caffè a entrambi. Mura è insolitamente taciturno. Sta riavvolgendo il film della nottata per capire che cosa è successo. La Trudi invece è ciarliera. E Perroni ci chiacchiera felice come se avesse incontrato la ragazza dei suoi sogni.

Coadiuvato da due gendarmi, il maresciallo si chiude in una stanza a interrogare Montanari. Non ci vuole molto. Quando ha finito si affaccia alla stanza di Perroni e invita Mura nel suo ufficio.

«Mi complimento» comincia.

«Be', lo sai che per gli amici io…»

«Lasciami finire. Mi complimento per come hai seguito la mia richiesta di badare ai fatti tuoi. Se proprio vuoi continuare a giocare a Sherlock Holmes, limitati a pedinare mariti infedeli, che al massimo rimedi un cazzotto. Senza rischiare la vita correndo dietro agli assassini.»

È proprio da un marito infedele che è partito tutto, vorrebbe discolparsi.

«Che cosa ti ha detto Montanari?» gli chiede invece.

«Non sarebbero affari tuoi.»

In verità non lo erano neanche quando il maresciallo ha cominciato a raccontargli i particolari osceni del delitto.

«Hai usato il condizionale… dunque in fondo lo sarebbero, affari miei?»

«Vaffanculo Mura.»

Anche il maresciallo gli vuole bene, in fondo in fondo.

«Comunque» continua, «Montanari ha confessato. Tutto.»

«Tutto che?»

«Tutto quello che aveva già detto nella registrazione sul telefonino. Nega soltanto di averlo strozzato durante la fase terminale dell'overdose, ma è un dettaglio privo di importanza. Di overdose o soffocato, sarebbe morto comunque.»

«Quindi il notaio conferma?»

«Quale notaio?»

«Il notaio, dai, quello dei giochi a quiz! Quello a cui si rivolgeva Mike Bongiorno quando aveva un'incertezza: il notaio conferma! Conferma, Montanari intendo, di avere ucciso il proprio paparino?»

«Sì.»

«Per impossessarsi della mappa del tesoro?»

«Esatto.»

«Mappa che però non ha trovato né prima né dopo la morte del suo babbino.»

«Appunto.»

«E perciò è venuto a rompere le palle a me.»

«Cercavi anche tu la stessa cosa. E l'hai trovata, non è vero?»

Mura omette di precisare come: «Sai, noi giornalisti abbiamo le nostre fonti».

«Anche noi carabinieri.»

Amadori apre una carpetta sulla scrivania. «Nel cestino della carta straccia dell'attico di Montanari abbiamo rinvenuto questo foglio di quaderno appallottolato. Sembra roba molto vecchia. Cosa rappresenta secondo te?» Glielo porge.

È la copia esatta della mappa che lui ha fotografato alla Banca d'Italia.

«Non ne ho idea. Forse uno schizzo per lavori di restauro?» Muratori cerca di sembrare il più sincero possibile.

«Non credo proprio» risponde il maresciallo. «Per combinazione, l'altro giorno è venuta da me la donna delle pulizie, Celestina Bazzocchi. Si è ricordata di avere venduto a Montanari per 100 euro un appunto ereditato dalla propria madre, che lavorava come domestica presso un noto medico di Forlì. Il medico era diventato amico e confidente di Rachele Mussolini. E con la domestica, molto più giovane di lui, sospetto che ci andasse anche a letto. Così, prima di morire, le ha lasciato in eredità un foglietto che sosteneva di avere ricevuto da Rachele: la mappa di un presunto tesoro. Celestina lo ha trovato fra le carte della mamma quando anch'essa è andata al creatore.»

Zambutèn, il guaritore amico di Rachele: allora era iniziato tutto così.

«E tu ci credi?»

«Si sa che noi romagnoli abbiamo il vizio di ingigantire le cose» continua il maresciallo. «Questo poteva valere per il medico di Forlì, per la madre di Celestina, per la Celestina medesima. E perfino per Rachele Mussolini, perché no, se pensiamo a tutte le frottole inventate da suo marito. Però non si può escludere che ci sia sotto qualcosa di vero.»

«Ma perché Celestina ha venduto la mappa a Montanari?»

«Durante i lavori di pulizia ha scoperto la divisa da fascista nell'armadio del fotografo. Aveva bisogno di soldi e ha pensato che il cimelio del regime, con la storia del tesoro, potesse interessargli.»

«E la mappa come cavolo è finita nel cestino della carta straccia?» domanda Mura.

«Questo potrebbe dircelo soltanto il fu Osvaldo Montanari. Forse ce la buttò lui stesso per nasconderla in fretta, la sera del litigio con il figlio. Pensava di poterla poi recuperare con calma. Non immaginava che sarebbe rimasto impalato gambe all'aria.»

«Caso risolto, dunque» conclude Mura.

«Si uccide fondamentalmente per due motivi» filosofeggia il maresciallo, «per soldi o per amore. In questo caso sono stati i soldi.»

A meno che, pensa Mura, non c'entri anche l'amore. «E la Trudi?» chiede al maresciallo, preoccupato che sia coinvolta nel delitto.

«Alla Trudi... ehm, al signor Paulo Robertino do Suca... bisognerebbe dare una medaglia al valore. Ecco, vorrei chiedere io a te in che modo esattamente ti ha liberato.»

«Ero sotto shock. Lo sono ancora. C'è stata una colluttazione fra loro. Ha finto di essere suo complice e poi invece gli è saltata addosso.»

«Colluttazione, eh? Deve essere un nuovo sinonimo di pompino, da quello che abbiamo sentito nella registrazione.»

«Ma vaffanculo Gianca.»

Gli vuole bene anche lui.

«Ha messo solo una condizione, Giorgio Montanari, per confessare.»

«Quale?»

«Che rimanga agli atti la confessione che ha reso qui, stamattina, mosso diciamo così da sincero rimorso per il parricidio. E per il sequestro di persona nei tuoi confronti. Ma chiede di stralciare ogni menzione a Trudi: se viene fuori che se la faceva con un trans, in prigione non passerebbe dei bei momenti. Cercheremo di accontentarlo. Sempre che tu non decida di ricominciare l'attività di giornalista e raccontare tutti i particolari in cronaca, come si diceva una volta.»

Sarebbe al massimo un titolo da tre colonne. Tanto vale restare un giornalista in pensione.

«La riservatezza» giura con la mano sul petto, «appartiene alla condotta professionale degli investigatori privati.»

«Vedo che ti è tornata la voglia di dire scemenze. Segno che stai meglio. Be', per me potete andare, tu e… la tua bella. Mi scuserai se stavolta non vi accompagno fino al vostro nido d'amore.»

Mura gli manda un bacetto con le dita e torna di là.

Trova la Trudi impegnata in una fitta chiacchiera con il brigadiere Perroni: a quanto pare, un'altra conquista.

«Possiamo andare» le comunica. «A meno che tu… non voglia restare» e ammicca al brigadiere.

«Ma no certo tes… Mura, andiamo» risponde lei e lo segue zampettando sui tacchi a spillo che devono essere un prolungamento dei suoi piedi. Cioè, piedoni. Tacchi a spillo numero 45: chissà dove le trova, scarpe da donna così grandi.

Si ritrovano su via Leonardo da Vinci sotto un sole abbacinante.

«E adesso?» chiede Mura.

«Il caffè lo abbiamo già preso» nota lei.

«Come torni a casa?»

«Prenderò un taxi.» Sbatte maliziosamente le ciglia.

«Vorrei dirti due paroline.»

«Con piacere.»

«Andiamo da me?»

«Con gioia, tesoro.»

«Non fraintendere. Ho detto due paroline.»

Un risolino e lo segue.

Lo spettacolo di Mura e la Trudi, due spanne più alta di lui, che percorrono il porto canale fino all'ultimo capanno sul molo, a Borgomarina se lo ricorderanno per un pezzo.

Dentro il capanno, lo spettacolo prosegue: trovano le olandesine nude intente a pomiciare sul divano della cucina. Mura le aveva dimenticate.

«Oh, I am sorry» dice lui.

«Ciao, ciao» dicono loro, per nulla imbarazzate. Spiegano che si sono svegliate presto, per modo di dire, perché stanno per andare via. La sera prima al disco-bar Molo Nove Cinque hanno conosciuto due inglesi che le hanno invitate a proseguire la vacanza *on the road*. Prima tappa non tanto lontano: Riccione.

«Vi piacerà» afferma Mura. «È la Perla dell'Adriatico.»

La Trudi suggerisce loro di andare in direzione opposta, verso Ravenna, e passare Ferragosto sulla spiaggia della Bassona. Ancora un po' e diventa amica anche con queste. Se non si erano già incontrate nei porno show del fu Osvaldo Montanari.

In frigo, probabilmente grazie a Helen e Ursula, trova due birre. Le stappa senza troppi complimenti e va a sedersi in terrazzo con la Trudi, mentre le olandesine preparano i bagagli.

«Mica male casa tua» osserva la Trudi.

«Non è sempre così frequentata» replica Mura.

«Ti devo chiedere scusa» dice la Trudi.

«Per cosa?»

«Le sberle. Gli sputi.»

«In bocca, per la precisione.»

«Dovevo convincere Giorgio che ero dalla sua parte. Dovevo rilassarlo ed eccitarlo al punto giusto.»

Più eccitato di così, si muore.

«È vero che ti seguiva dal giorno della retata davanti a casa mia: era rimasto fuori, ci ha visti portare via insieme dai carabinieri. Ha pensato che anche tu fossi sulle tracce del tesoro. Dopo averti chiuso nel bagagliaio, fuori da Villa Mussolini, mi ha telefonato ed è passato a prendermi. Voleva mostrarmi che pezzo d'uomo era. Ho recitato la mia parte. Il finale lo hai visto.»

«È la seconda volta che mi salvi. Ma tu cosa avevi da guadagnarci in questa storia? Che te ne frega di me, di Giorgio, di suo padre?»

«Mi hai aiutato anche tu. Quando ci hanno arrestati, hai rifiutato di essere rilasciato se non lasciavano uscire anche me. Da quel momento sei diventato il mio eroe.»

«Sì, buonanotte, come Giuseppe Garibaldi.»

«Esatto. E io potrei essere la tua Anita. Lo sapevi che anche lei era brasiliana, come me?»

«Ma dai, Anita sarà stata di Nizza o di Caprera, o magari di Milazzo» dubita lui, che ha ricordi vaghi dei libri di storia.

«No, era proprio brasiliana, me la sono studiata quando ho saputo che era passata da queste parti. All'anagrafe si chiamava Ana Maria de Jesus Ribeiro da Silva. Anita è il diminutivo di Ana in portoghese. Era una donna molto avanti per quei tempi, andava a cavallo come un cowboy, faceva il bagno nuda nell'Atlantico, combatteva insieme agli uomini, credeva nella rivoluzione mondiale.»

«Insomma, devo la vita alla reincarnazione di Anita Garibaldi.»

«Ridi pure, ma è la verità. E poi, cosa vuoi mai, mi sei stato simpatico dal primo momento.»

«Dal primo sberlone, per così dire?»

Ride: «Proprio così».

«Parlami di Giorgio e di suo padre.»

«Giorgio si era innamorato di me. Ha perso la testa. Sì, è un assassino, ma soprattutto un deficiente, un frustrato, uno con dei problemi mentali. Il vero porco però era suo padre. Lo detestavo. Mi ha sfruttata, imbrogliata, umiliata, quando lavoravo nel suo giro. Ha fatto la fine che meritava. Morto ammazzato con un cazzo nel culo, lui che nella vita ha cercato di inculare tutti.»

Da come lo dice, con la voce all'improvviso alterata, Mura si domanda se Montanari padre non abbia inculato anche la Trudi. Alla lettera. Se sì, evidentemente non le ha lasciato un buon ricordo.

«Dato che sei stato gentile con me vorrei farti un regalino» va avanti lei.

«Dovrei essere io a regalarti qualcosa» risponde Mura.

«Possiamo farci un regalo a vicenda» propone lei in tono malizioso. «Appena se ne vanno le tue ospiti.»

«Be'… no, grazie. Senza offesa.»

«Non sai cosa ti perdi, tesoro.»

«Preferisco non saperlo, abbi pazienza. Ho passato i sessanta. Sono un uomo all'antica.»

«Peccato. Con me potresti ringiovanire.»

La birra è finita. All'ombra del terrazzo, nonostante un refolo di vento in cima al molo, fa un caldo infernale. Il mare è costellato di pattini e pedalò. Dalla spiaggia arriva il rumore di fondo del tutto esaurito della vigilia di Ferragosto.

«*Goodbye! Thank you!*» dicono le olandesine, affacciandosi in terrazza.

«Vengo anch'io» risponde la Trudi balzando in piedi. «O vuoi che rimanga?»

«Guarda, ho una giornata piena. Sai com'è, domani è Ferragosto.»

«Immagino. Comunque, hai il mio numero. E sai dove tro-

varmi. Potremmo fare di nuovo un bagno insieme alla Bassona, una volta o l'altra.»

«Una volta o l'altra.»

Non sa se darle la mano o abbracciarla. Ci pensa la Trudi,
piantandogli un bacio sulle labbra e posandogli le tette artificiali sul petto.

«Ciao, tesoro» soggiunge, saltellando dietro Ursula ed
Helen.

Mura si caccia sotto la doccia. Non ne uscirebbe più: quando smette, il vapore ha invaso tutta la cucina. Dovrebbe andare
a Riccione a recuperare la moto. Potrebbe andare a mangiare
una piada al chiosco sul canalino, un cappuccio e brioche a
Dolce & Salato o un toast al Bagno Magnani. Eppure non ne
ha voglia. È digiuno dalla sera prima ma gli è passata la fame.
Invia un messaggino al Barone, al Prof e all'Ing, prendendo
accordi per il pranzo in collina del giorno seguente: è venuto il
momento di confessare che sarà da Giovanni a Montecodruzzo. Sente la stanchezza accumulata degli ultimi giorni. È steso
sul lettino del terrazzo, con un asciugamano legato ai fianchi,
quando squilla il cellulare.

«*Bonjour*, Mura» dice la Jo con il suo affascinante accento.

«*Bonjour, mademoiselle*» le risponde a tono.

«Dove sei?»

«Al capanno.»

«Io sono qui vicino, al Marè. Il maresciallo mi ha chiamato.
Mi ha detto tutto.»

«Ah sì, scusa» risponde Mura. Tecnicamente, sarebbe la
sua cliente. Se n'era del tutto dimenticato. «Stavo per avver-
tirti. Ho passato la notte in bianco e sono appena tornato dalla
stazione dei carabinieri.»

«Ma figurati. Posso passare a trovarti?»

Un'offerta che non si può rifiutare. Mura si precipita in cucina, apre un cassetto, ingoia una pillola blu, indossa i soliti

calzoncini corti e maglietta. Peccato non avere niente da offrir-le. Sperando che abbia lei qualcosa da offrire a lui.

Zoccoli, bikini, camicetta legata in vita, borsone trasparen-te, occhialoni da sole. Abbronzatissima, come nella canzone. Uno schianto.

«Mi sono permessa di portarti del gelato» e tira fuori una vaschetta.

Quello che ci voleva con questo caldo e lo stomaco vuoto. Non gli pareva di avere fame ma l'appetito vien mangiando.

Si rimettono a sedere in terrazzo, dove fino a poco prima era con la Trudi.

Spazzato via il gelato, la Jo si accende una sigaretta.

«Me ne offri una?»

Avanti così e ricomincerà a comprarsele invece che andare a scrocco.

«Anche tutte. Hai risolto il caso. E mi hai scagionato.»

Non ho fatto nulla, dovrebbe dire. Ma se lei vuole sentirsi in debito nei suoi confronti, perché contraddirla?

«Uccidere il proprio padre, che cosa orribile, vero?» con-tinua la Jo.

«Già.»

«Giorgio non mi è mai piaciuto.»

Nemmeno a me, aggiungerebbe Mura dopo averci avuto a che fare per una sera.

«Non so come ringraziarti.»

Mura allarga le braccia: vedi un po' tu.

I gabbiani strepitano, i vaporetti suonano la sirena mentre portano turisti al largo a ubriacarsi di vino scadente e di sole, gli altoparlanti degli stabilimenti trasmettono musica a tutto volume.

«Dovresti dirmi quanto ti devo per i tuoi servizi.»

Si è mai visto, nelle favole, un cavaliere che dopo averla sal-vata presenta il conto alla damigella? E lui non l'ha nemmeno salvata. Ha fatto praticamente tutto da sola la Trudi.

«Ma niente, davvero... Non mi devi niente... Qualche domanda, qualche ricerca... Giorgio ha confessato volontariamente. Il rimorso deve essere stato troppo forte.»

Chissà se il maresciallo le ha raccontato i dettagli del suo viaggetto nel bagagliaio fino alla pineta di Ravenna.

«Ma il maresciallo mi ha detto che tu e Giorgio avete avuto da dire...»

Deve averle raccontato i dettagli.

«Mah, così, una piccola discussione.»

«Spero che quei cerotti non siano la conseguenza.»

«Questi?» e se li tocca. «Macché, sono scivolato in bagno.»

«Vedi, io vorrei ricompensarti, ma al momento sono quasi senza soldi. Erediterò qualcosa, visto che con Osvaldo non abbiamo avuto il tempo di divorziare. Ma per il momento è tutto sotto sequestro del tribunale. E pare ci siano tanti debiti. Il negozio di ottica non rendeva niente. Non so cosa valga l'attico...»

I calcoli li sa fare bene, la bella martinicana.

«Insomma, se puoi aspettare, più avanti salderò il mio debito con te.»

«Ripeto, non hai alcun debito.»

«Allora prima o poi ti porterò un regalo.»

Quello sarebbe bene accetto. La Jo accavalla le gambe e l'effetto della pillola blu si fa sentire nei calzoncini di Mura.

«E tu che fine farai?» le chiede.

«Oh, in qualche modo vado sempre a finire bene.»

«E dove vorresti finire?»

«In Martinica, forse. Nella mia isola, con un chiringuito, una capanna sul mare a preparare *petit punch* al rhum guardando le onde.»

Da sola? Vorrebbe chiederglielo. Si trattiene per non sentirsi dire che ci andrebbe con un bel ragazzone della sua stessa età: non con un maturo signore in pensione.

«Ma intanto resto qui. Ci vediamo, Mura, Borgomarina è piccola.»

Si alza, gli dà un bacio sulle guance e fila via.

Mi sa che la Jo, come la Giuseppina di Napoleone, non si concede in cambio di niente. Qualcosa, per quanto poco, Osvaldo Montanari le ha dato. Mentre lui al momento è solo un detective dilettante e squattrinato. E così, oltre a non guadagnarci né in soldi né in natura, ha sprecato una pillolina blu.

Squilla di nuovo il cellulare.

Questa volta è la Stefi.

Si era dimenticato anche di lei.

«Mura.»

«Stefi.»

«Ora sarei libera di vederti.»

«E io sarei al capanno.»

«Arrivo.»

Ci mette un attimo: deve essere venuta sul molo dalla spiaggia. A piedi nudi, solo un pareo sopra il bikini.

Le offre un bicchier d'acqua: non ha altro. Bella fresca eh, però. Lascia scorrere prima di riempire il bicchiere. Eccolo di nuovo sulla sdraio in terrazzo.

Le racconta tutto. Cioè, una parte del tutto: quella che riguarda il vizietto del capitano Bertozzi.

Non è sicuro, dall'espressione di lei, se scoprire che suo marito l'ha tradita con un uomo la faccia sentire meglio o peggio.

«Della serie» commenta la Stefi, imitando l'accento romano, «famolo strano.»

«O come disse la gatta leccandosi il culo: tutti i gusti son gusti.»

Questa Mura l'ha imparata alle medie. Davvero patetica. Ma la Stefi non si scompone.

«In ogni caso, grazie Mura.»

«Prego, cara, non è stato difficile.»

«Fammi sapere quanto ti devo.»

Un'altra damigella in pericolo. Non ha intenzione di chiederle dei soldi. Forse non è fatto per questo mestiere.

«Niente, dai, siamo vecchi amici, no?»

«Vecchi, mica tanto» risponde la Stefi alzandosi dalla sdraio e lasciando scivolare a terra il pareo. «Amici, lo si può diventare un po' di più.»

Lo prende per mano e lo porta sul letto. La pillola blu non è andata sprecata.

Ma come succede agli uomini e immagina anche alle donne ogni tanto nella vita, la scopata che Mura ha in testa da un sacco di tempo, quando arriva il momento, non è eccitante come se la immaginava.

Più che scopare, la Stefi si concede: sembra una pista d'atterraggio. Forse per questo ha sposato un pilota dell'Alitalia. Nuda ha tutto in ordine, beninteso, ma al tavolo del maraffone sembrava più sexy che distesa a letto. Mura deve concentrarsi per portare a compimento l'opera. E quando finisce ha la netta sensazione che lei, al contrario, non abbia finito affatto.

Mai lasciare una donna insoddisfatta. Vecchia regola del Barone, playboy del gruppo.

Solo che il Barone cerca di soddisfarle prima: «Quando sono venuto, non ce n'è più per nessuna». A quel punto vorrebbe solo girarsi dall'altra parte a sonnecchiare come un putto. O, se possibile, scomparire.

Mura invece, se il durante non basta, le soddisfa dopo.

Caccia la testa fra le gambe della Stefi e comincia a leccare.

Lecca, lecca, lecca.

Un lavoro meccanico della lingua sul clitoride, con l'ausilio di due dita ricurve, alla ricerca del punto G. Dopo tanti anni, ha una certa pratica. Ricorda, quando era giovane, la lezione di un suo vecchio redattore capo: «Con la lingua e con il dito, l'uomo non è mai finito».

Funziona sempre. O quasi. Senza neanche bisogno di concentrarsi sulla cosa in sé. Lingua e dita lavorano, mentre la mente riposa. E volendo si distrae.

Pensa alla Jo che non gli ha regalato niente, almeno per ora. Alla Trudi pronta a fargli subito un grosso regalo: un po' troppo grosso, per i suoi gusti. Alla Stefi che ha allargato le gambe con la stessa disinvoltura di quando scopre le carte a maraffone. Alla Cate che arriverà il giorno dopo per il pranzo di Ferragosto. Poco per volta, tutto si confonde: la Jo, la Trudi, la Stefi, la Cate. Quindi nei suoi pensieri finiscono donne teoricamente intoccabili, in quanto fidanzate con i suoi amici: la Raffa, la Mari, la Carla. Ma non ci sono donne intoccabili nel mondo della fantasia. Che, dalle femmine, adesso raggiunge proprio loro, i suoi amici maschi: il Barone, il Prof, l'Ing. «Se metto un reggicalze nero» scherza sempre il suo *bro*, «scommetto che ti seduco anch'io.» Gli appare la celebre scena finale di *A qualcuno piace caldo*, quando Jack Lemmon travestito da donna rivela al miliardario che lo tiene in braccio di essere un uomo, per sentirsi rispondere: «Be', nessuno è perfetto!». Da lì alla loro famosa serata di seghe collettive in via Frassinago il passo è breve. Cosa si affaccia ora nell'immaginazione di Mura? Il pompino che la Trudi ha fatto a Giorgio Montanari per farlo cantare. In sottofondo, come un'eco lontana, i rumori che provengono dalla spiaggia, la risacca del mare, i gabbiani. Si sente invadere da una piacevole, irresistibile sonnolenza.

«Tutto bene, lì sotto?»

La voce della Stefi lo riporta alla realtà. Per un momento potrebbe essersi assopito. Cazzo, si è addormentato leccandole la figa! Questo non gli era ancora successo. Sessanta sono i nuovi quaranta? Come no...

Riprende da dove aveva lasciato, con rinnovata lena e più concentrazione. Nel giro di cinque minuti, dal piano superiore provengono i gemiti di piacere della Stefi.

Opera conclusa.

Bacio. Bacino. Bacetto.

«Ci vediamo, Mura.»

E così come è arrivata, con un'altra passeggiatina in pareo sul molo torna al tavolo del maraffone del Bagno Magnani.

Finalmente solo. Ormai è pomeriggio inoltrato. Stasera andrà a comprarsi una pizza e se la mangerà scorrendo le notizie sul telefonino. Che suona un'altra volta.

Il centralino del suo vecchio giornale.

«Buongiorno Mura, ti passo il direttore.»

Riconosce la voce della storica segretaria di direzione, colonna portante del giornale.

«Del fondatore, specifica. E a proposito: buon Ferragosto.»

Ma all'altro capo c'è già la voce di Alberto Massari.

«Buon Ferragosto anche a te, caro Muratori. Spero di non averti disturbato.»

«Sempre felice di sentirti, direttore, sei al giornale?»

«No, a Velletri.» Giusto, le segretarie gli girano lì le chiamate.

«Come posso esserti utile?» chiede Mura.

«Ecco, volevo soltanto sapere come è andata la tua visita in Banca d'Italia, non ti ho più sentito.»

«Ah, sì, perdonami, volevo chiamarti io.»

L'ennesima dimenticanza.

«In banca ho trovato quello che cercavo» prosegue Mura. «Ma a Riccione non ho trovato niente. O il tesoro non c'era o qualcuno se l'è portato via.»

«Mmm, interessante. Ebbene, certi misteri non si risolvono mai del tutto.»

«Tuttavia, direttore, anch'io volevo chiederti una cosa.»

«Dimmi pure.»

«L'archivio della Banca d'Italia conserva più di quattrocento plichi su questa faccenda, di cui a quanto ho letto è stato inventariato solo il 15 per cento. A me l'impiegato ne ha fatto trovare soltanto uno. Ed era quello giusto! Com'è possibile?»

«Com'è possibile che un giornalista della tua esperienza sia ancora così ingenuo? Credi davvero che non sia mai stato fatto l'inventario di qualcosa di così importante? Il tuo ex direttore vanta ancora qualche amico bene informato. Peccato che qualcun altro, a quanto pare, sia arrivato al tesoro prima di te.»

Quel satanasso del suo direttore-fondatore. Aveva provato a mettergli sul piatto uno scoop. Un grandissimo scoop. Peccato che non sia andato a compimento.

Massari lo saluta e si scambiano di nuovo gli auguri di Ferragosto.

A questo punto, dopo il caldo opprimente, nell'ora più bella della giornata, ci vuole un bel bagno. Mura esce dal capanno, anche lui, come la Stefi, a piedi scalzi, arriva sulla punta del molo, si tuffa in acqua. Il refrigerio sembra finalmente cancellare tutte le brutte sorprese delle ultime ventiquattro ore.

«Alla fine» dice fra sé, tornando verso casa, «non è andata così male.»

Anche senza lo scoop della sua vita.

Scoop.

Che buffa parolina inglese.

Adesso che ci pensa, basta spostare una lettera, e in italiano diventa la prima persona del verbo scopare: io scopo.

Sui gradini del capanno, c'è un uomo ad aspettarlo.

Bertozzi. Il capitano dell'Alitalia. Il marito della Stefi.

«Ehi, qual buon vento?» lo saluta Mura, ancora sgocciolante. «Chi ha vinto oggi a maraffone?»

Per tutta risposta, gli arriva uno sganassone che lo spedisce sul molo a faccia in giù. Quella scema della Stefi deve avergli riferito tutto.

«Ta ne vu incora?» gli chiede Bertozzi.

No, grazie, non ne vuole degli altri. Mura rotola sul fianco e piomba di nuovo in acqua.

24. Ho capito tutto

(Colonna sonora: *Al mondo*, Mia Martini)

«Facciamo un salto al cimitero?»

«Non sei messo bene, fra', ma mi sembra prematuro sotterrarti.»

Ferragosto. Il Barone è venuto a prenderlo con la Porsche. Stanno uscendo da Borgomarina per raggiungere il resto della brigata a Montecodruzzo. Stretti sui sedili di dietro, Pelé con sua madre, la Raffa.

Quanto somiglia alla Trudi, pensa Mura.

«Solo un minutino, devo controllare una cosa.»

«Con 'sto caldo!»

«Dai, alza l'aria condizionata e non rompere.»

La sera prima, ripiombato nell'acqua del porto canale, ha fatto una lunga nuotata fino al largo. Quando è tornato al capanno, il capitano non c'era più. A giudicare dal precedente della litigata in alta quota, Bertozzi e la Stefi faranno pace un'altra volta. In fondo stanno bene insieme. Chissà se il capitano tornerà di nuovo a trovare la Trudi. Con tutto il trambusto che è accaduto, Mura si è scordato di chiederle qualcosa di lui. Poi è andato a prendere la pizza. Mangiandola finalmente solo, in terrazzo, innaffiata da una birretta, ha ripensato a quanto successo e gli è parso che qualcosa non tornasse. All'alba si è svegliato con un'illuminazione. Ora deve verificare se è giusta.

Arrivano al cimitero. Mura passa accanto alla tomba di Osvaldo Montanari, dove i fascisti avevano fatto il saluto romano, e va oltre, fino al punto in cui quello stesso giorno si era spinta la Trudi. Cerca una tomba con un nome esotico. La ritrova: Edoardo Olivares do Nascimento, 1996-2019. Sulla lapide ci sono violette fresche. A quanto pare qualcuno le porta o le fa recapitare regolarmente.

Digita il nome su Google.

Appare un articolo del giornale locale del 15 luglio 2019: «Suicidio di un trans brasiliano. Edoardo Olivares do Nascimento, in arte Giusi, di anni ventitré, nazionalità brasiliana, si è tolto la vita gettandosi dalla terrazza panoramica del grattacielo sul mare di una nota stazione balneare romagnola. L'uomo, emigrato nel nostro Paese nel 2016, era coinvolto in un giro di prostituzione maschile e filmini pornografici. Ha anche posato per il fotografo Osvaldo Montanari per una mostra sul sesso in Riviera. Non ha parenti in Italia. Ultimamente era stato segnalato ai carabinieri di Cervia perché batteva sulla via Romea vecchia, in prossimità di Lido di Classe».

Una foto ritrae un bell'uomo vestito da donna. O una bella donna con tratti un po' mascolini.

«Ho capito tutto. O quasi» comunica al Barone quando torna in macchina.

«Lo dicevi anche a scuola, fra'. Ma poi non capivi niente.»

Prendevano 2, 3 e 4. In matematica, scienze, inglese. Tranne in italiano, dove Mura brillava nei temi, sempre il primo a consegnarli. Anche il Barone se la cavava. Sceglieva sempre il tema d'attualità e iniziava ogni volta così: «Oggi come oggi non si può negare che...». La prima riga era fatta, bastava riempire di banalità altri due mezzi fogli protocollo e la sufficienza era assicurata.

Stavolta invece Mura ha capito eccome!

A seconda dei punti di vista, Montecodruzzo è una grande collina o una mezza montagna, con una stradina che gli corre intorno fino in cima, dove ci sono soltanto quattro case e una vecchia trattoria. La vista è su campi coltivati e boschi. In fondo si intravede la costa: più di notte che di giorno, perché le luci delle città a un certo punto scompaiono e affiora il profilo del litorale, segnato dal buio del mare. La campagna romagnola al suo meglio. Muggiti e belati in lontananza. L'abbaiare di un cane. Un trattore. Ci venivano a cena da ragazzi, in gita da Bologna. Mancano da trenta o quarant'anni. Sembra che non sia cambiato niente, quassù. Il nuovo secolo, la rivoluzione digitale, la globalizzazione: qui non se ne avverte traccia. È come un viaggio indietro nel tempo. «Non dite che non siete contenti di questo amarcord» afferma Mura quando ritrova tutto il gruppo. Brontolano un po', ma l'alternativa è digiunare, per cui va bene anche un Ferragosto in trattoria.

Il Prof e la Carla sono già arrivati da Bologna con la Panda di lei. L'Ing e la Mari, con la Golf di lui, hanno fatto tappa a Cesena, dove sono andati a prendere la Cate in stazione. Ora la compagnia è al completo. Hanno brontolato come prevedeva Mura, alla prospettiva di un pranzo di Ferragosto in trattoria, per di più in una vecchia trattoria che conoscono anche troppo bene. Ma poi si sono dovuti accontentare, buttandola in vacca come al solito.

«Stasera, donne e champagne!» annuncia l'Ingegnere.

«O meglio, pugnette e acqua minerale» lo corregge il Professore.

«Tagliatelle e arrosto, se ricordo bene il menù» precisa il Barone.

Sono le due del pomeriggio e le cicale ci danno dentro a tutto spiano, ma il pranzo di Ferragosto, almeno in Romagna, non è pranzo e non è cena: è una grande abbuffata. Una portata dietro l'altra fino a scoppiare. Solo che alla trattoria di Montecodruzzo la scelta dei piatti è piuttosto limitata.

«Cosa vi porto?» chiede Giovanni, il cameriere-cuoco-proprietario. Si arrangia da solo a servire i suoi pochi tavoli e cucinare, con l'aiuto di una sguattera in cucina.

«Cosa avete?» chiede la Cate, che è nuova del posto.

«Di primo abbiamo le tagliatelle. E di secondo… il pollo arrosto.»

Lo stesso menù di quando erano studenti. Più o meno con gli stessi prezzi. Anche Giovanni sembra lo stesso: allora era un giovane uomo di una decina d'anni più grande di loro, ora avrà passato la settantina, ma nonostante si sia un po' appesantito porta bene i suoi anni, grazie a un aspetto da cherubino, una faccia d'angelo vagamente infantile. Da ragazzi sostenevano che era omosessuale. Forse è asessuale. Come certi vitelloni castrati che ingrassano e non diventano mai buoi. Se ha continuato a fare l'oste di una trattoria di campagna per tutta la vita, fuori da ogni rotta turistica, appena tre o quattro tavoli, vuol dire che gli piace quello che fa. Sempre sorridente, in effetti sembra felice. Anche se un po' lento di comprendonio. Magari proprio per questo.

In realtà poi, prima porta il prosciutto e il formaggio squacquerone, con una montagna di piadine. Di tagliatelle, quante uno vuole, dalla cucina ne arrivano senza fine insieme a litri di Albana fermo e frizzante. Il pollo arrosto è ruspante, saporito, ben cotto, con le patate fritte. «Dopo vi porto le erbe» come qui chiamano ogni tipo di insalata. Quindi la frutta. E la ciambella fatta in casa, da intingere nell'Albana moscato. Il caffè. L'ammazzacaffè. L'amaro. I biscottini. Il cognac. Il caffè corretto all'anisetta. Insomma, si mettono a tavola alle tre e ci restano fino a sera.

Nelle frequenti pause tra una porzione e l'altra in cui Pelé va a giocare a calcio con i ragazzini delle case del posto, Mura ha tutto il tempo di raccontare agli amici cosa gli è successo. Per filo e per segno. Eccetto la scopata con la Stefi, s'intende: non davanti alla Cate, che peraltro se la immagina. Forse non racconterà mai, nemmeno al Barone, che si è addormentato mentre gliela leccava.

«Dovevi invitare qui anche questa Trudi e farcela conoscere» si arrabbia la Raffa alla fine del rapporto. «Soprattutto a me. Parliamo la stessa lingua. Siamo della stessa razza.»

«E magari anche la Jo, potevi invitare» le fa eco la Cate. «Scommetto che avrebbe avuto tante storie da raccontare.»

«Vuole tenersi tutte le donne per sé» sentenzia il Barone. «E anche qualche uomo» aggiunge ridacchiando.

«Non hai cuore per quelle povere ragazze, lasciate sole a Ferragosto» concorda il Prof.

«Chiamala» ordina l'Ing.

«Intendeva "chiavala"» sussurra il Barone.

«Non è possibile» gli risponde all'orecchio Mura. Sesso con la Trudi se ne può fare in varie salse. Ma di chiavare, dal punto di vista classico, non se ne parla.

«Dai, magari ci raggiunge» dice la Mari.

«Figurati, avrà da fare» replica Mura. Non osa pensare cosa.

Insistono tanto che alla fine è costretto a cedere e chiama. Anche per non rinviare la domanda che vorrebbe farle da quando è andato al cimitero.

Risponde al primo squillo.

«Tesoro! Ti manco già?»

«Non dire sciocchezze.»

Gli altri gli si fanno tutti intorno come vecchie comari per sentire.

«E fatti più in là!» dice al Barone.

«Ma non ti sto addosso, tesoro» risponde la Trudi.

«Scusa, non dicevo a te.»

Non è questo il momento per interrogarla. «Senti, Trudi, sono in collina a mangiare con dei vecchi amici. Vorrebbero tanto conoscerti.»

«Che carini! Gli hai parlato di me?»

«Come non potrei.»

«Bene? Gli hai parlato bene di me?»

«Naturalmente.» Gli ha salvato la vita, dopotutto.

«Ma adesso io…»

«Immaginavo. Sei occupata.»

I tre moschettieri si scatenano: «Insisti!».

Mura ci prova: «Guarda, staremo qui fino a tardi, puoi raggiungerci quando vuoi se chiami un taxi».

«Che tesoro! Ma sono ancora al mare con un'amica. Alla Bassona. Vogliamo guardare i fuochi d'artificio di Ferragosto da qui e poi fare il bagno di mezzanotte. Si sta da dio. Magari mi fai conoscere i tuoi amici un'altra volta?»

Anche no.

«Certo che sì» corregge il proprio pensiero Mura. «Dai, allora ci sentiamo, buon Ferragosto.»

Ignora le proteste degli amici e ne approfitta: «Scusate un momento, già che ci sono chiamo anche mio figlio».

Esce dalla trattoria, rimanda con un calcio la palla a Pelé, che si allontana con funambolismi degni del campione a cui deve il soprannome e chiama. Non suo figlio, però.

«Tesoro, non sai proprio stare senza di me!»

«Hai sempre voglia di scherzare, eh, Trudi.»

«Hai dimenticato di dirmi qualcosa?»

«Senti un po', conoscevi un certo Edoardo Olivares do Nascimento?»

Silenzio.

«Trudi?»

«Sì, sto cercando di ricordare» risponde. «Il nome non mi è nuovo. Brasiliano, vero? Ma non mi pare di conoscerlo.»

«Detto Giusi?»

Silenzio più lungo.

«Un trans?» domanda la Trudi.

«Che batteva, guarda caso, sulla via Romea vecchia, proprio vicino a casa tua a Lido di Classe?» precisa Mura.

«Ce ne sono tanti, tesoro, di viados vicino a casa mia» ribatte lei. «Li hai visti anche tu. Alcuni vanno e vengono, mica posso conoscerli tutti.»

«Ma certo non porti i fiori sulla tomba di ognuno di loro» osserva Mura.

Silenzio ancora più lungo.

«È quello il motivo per cui odiavi Osvaldo Montanari, vero?» insiste lui. «Perché la Giusi si è suicidata per causa sua.»

Rumore di passi nell'acqua. La Trudi deve essere in riva al mare.

«E va bene, sì, è vero. Osvaldo lo ricattava e lo ha spinto al suicidio. Ma ormai non ha più importanza. Sono tutti morti.»

Così triste non l'aveva mai sentita.

«La Giusi era il tuo protetto?»

«È stata il mio amore. Per un po'.»

«Okay, ho capito.»

«Che cosa hai capito? Mi hai chiamato solo per dirmi questo? Per sentirmi piangere?»

Veramente non piange. Ma tira su col naso come dopo avere visto il vecchio filmato della Pensione Marco.

«Ho capito che Osvaldo l'hai ammazzato tu. O almeno, anche tu. Giorgio gli ha somministrato l'overdose di sonniferi e poi, dopo che lui se n'è andato, sei arrivata tu e lo hai soffocato.»

«Hai fantasia, Mura, dovresti scrivere romanzi gialli.»

«L'altro giorno mi hai detto che Osvaldo è morto con un cazzo in culo. Non potevi saperlo. Non lo sapeva nessuno, tranne i carabinieri e io, perché me l'ha confidato il maresciallo. Potevi saperlo, mia cara, solo in un modo: perché sei stata tu a infilarglielo. Non perché sembrasse un delitto nel mondo della pornografia, bensì per vendicarti.»

«Non ci sono prove.»

«Non mi servono. Buon Ferragosto.»

E riattacca.

25. Attiva e passiva

(Colonna sonora: *Bésame mucho*, Los Panchos)

«Cosa voleva?» chiede la Jo.

«Invitarmi a conoscere i suoi amici» risponde la Trudi.

«Hai pianto» nota la Jo.

«Macché.»

«Hai il mascara sbavato.»

È sera ma l'aria è ancora tiepida. Sono stese su due asciugamani colorati, mentre poco più in là i naturisti si divertono a tirarsi gavettoni. Sono tutti in attesa dei fuochi d'artificio, l'evento che chiude i festeggiamenti di Ferragosto.

«Volevi andarci, da Mura e dai suoi amici?» domanda ancora la Jo.

«Adesso no, sono stanca, si sta così bene qui.»

«Non è un problema se resto sola» dice la martinicana.

«Se avesse saputo che eravamo insieme, sono certa che avrebbe invitato anche te.»

«Così avrebbe scoperto che siamo amiche e sei tu che mi ospiti.»

«Magari un giorno glielo diremo» conclude la Jo.

Si sono conosciute nell'attico di Osvaldo, tra un porno e l'altro. Tra due avventuriere così non poteva non scoccare una scintilla. La Trudi sospira, ripensando a cosa le ha detto Mura. La denuncerà ai carabinieri?

«Secondo me ti sei un po' innamorata di Mura» riprende la Jo.

«Un po'. Ma sai come sono fatta. Mi innamoro di tutti gli uomini. E loro di me.»

«Anche qualche donna si innamora di te.»

«Certo amore. Vieni qui.»

Si baciano, avvinghiate, sulla sabbia. Come scriveva negli annunci online delle escort, la Trudi è "attiva e passiva".

Pensa alla Giusi. All'obitorio, dopo quel volo dal grattacielo, le consegnarono la borsetta dell'amica. C'era una copia delle chiavi dell'attico del fotografo. Era stato un piano a lungo termine. Conoscerlo. Lavorare per lui. Aspettare il momento giusto per vendicarsi. Ma poi si era messo di mezzo Giorgio, con tutti quei discorsi sul tesoro di Mussolini. Era entrata nello studio di Montanari anche lei per cercare la mappa, quella notte. Non l'aveva trovata. Osvaldo era in fin di vita. Non aveva resistito alla tentazione di stringergli le mani attorno al collo. E di infilargli nel culo uno di quegli oggetti enormi con cui lui costringeva le sue lavoranti a masturbarsi online.

Tira sul col naso. Ha paura di commuoversi di nuovo.

«Ma tu saresti capace di piantare tutto e venire via?» chiede alla Jo. «Di dedicarti a una cosa soltanto?»

«A quale cosa?»

«A me, per esempio. Se ti chiedessi di partire, insieme, di ricominciare da zero da un'altra parte, ci verresti?» insiste.

«Amore mio, come sei romantica!»

«Perché, tu no?»

«Oh sì, anch'io, fino a un certo punto. Io credo nel sesso con l'amore, nel sesso senza amore, nel sesso in generale insomma, purché ben fatto. Comunque io e te potremmo andarcene senza perdere molto. E ricominciare in capo al mondo.»

«Anche senza il tesoro di Mussolini?»

«Ne troveremo un altro. Se no vivremo alla giornata, come abbiamo sempre fatto.»

26. Vecchie abitudini

(Colonna sonora: *Un'estate fa*, Franco Califano)

«Buon Ferragosto, figliolo.»

«Cosa vuoi dire, papà?»

«Buon 15 agosto, la festa di Ferragosto, ecco cosa voglio dire» spiega paziente Mura a suo figlio Paolo.

«Non è festa qui a Londra, papà. È un giorno feriale come gli altri. Te lo sei dimenticato?»

«Certo che no. Ma tu sai cos'è Ferragosto, no?»

«Sì, sì. Ma adesso non posso parlare. Sto entrando al cinema. Ci sentiamo un'altra volta?»

«Sicuro. Con chi ci vai?»

«Con… una nuova amica. Raquel. Una ragazza brasiliana.»

«Anche tu?»

«Anche io cosa?»

Già, cosa: la Trudi, per cominciare, strettamente parlando è un ragazzo. E loro due non sono mai andati insieme al cinema.

«Volevo dire, anche il Barone ha una ragazza brasiliana.»

«Ah, okay. Ma non è la mia ragazza.» Abbassa la voce. «Non ancora.»

Lo hanno appena assunto come apprendista avvocato. Mura ne è così orgoglioso. Non per nulla è laureato in Legge pure lui. «*Talis pater, talis filius*» recita sempre il Prof quando ne parlano. Sebbene gli esami, Mura, li abbia passati tutti con il 30 politico. Di legge non sa un fico secco. Del resto, si vanta sempre di aver fatto il giornalista per occuparsi di tutto a livello superficiale. Se avesse voluto andare a fondo di qualcosa avrebbe scelto un altro mestiere. Benché due o tre cose sul mondo le abbia imparate, a forza di girarlo.

«Oh, pensavamo che te ne fossi andato via per non pagare il conto» lo apostrofa l'Ing quando si rimette a tavola.

«Ma va là, abbiamo appena cominciato a mangiare» risponde Mura. «Anzi mi pare che il Prof finora non abbia mangiato niente. Lo trovo così deperito. Non starà male?»

Volano affettuosi vaffanculo, cosicché la sua prolungata assenza non viene più notata.

«Chiama quell'altra, allora, la Josephine, la ragazza della Martinica» suggerisce il Barone.

«Ma tu pensi sempre soltanto alle donne, bibi» si offende la Raffa.

«Io penso solo a te, bibi» replica lui.

«Stai attento» lo avverte la Raffa, allungandogli uno scappellotto.

«In Martinica hanno il rhum migliore dei Caraibi» afferma l'Ing.

«Tu ne sai sempre una» lo rimbrotta il Prof.

«È la verità, basta essere informati.»

«Quindici uomini, quindici uomini» intona il Barone, «sulla cassa del morto e una bottiglia di rhum!»

«Questa la sapevo anch'io» commenta Mura.

Quanto ne ha bevuto di rhum a casa della Trudi, quella sera.

«Di' un po', Ing» s'informa Mura, «quale sarebbe il rhum migliore dei Caraibi?»

«Quello della Martinica, te l'ho detto.»

«Sì, ma di che marca?»

«Oh ce ne sono tante. Ma il migliore di tutti, notoriamente, è il Saint James.»

Ce l'aveva sulla punta della lingua. Il rhum di cui gli ha parlato la Jo, quando si sono incontrati per la prima volta. E il rhum che gli ha offerto la Trudi, mentre guardavano il vecchio documentario su Villa Mussolini. Come non se n'è accorto subito? Avrebbe dovuto prestare attenzione agli alcolici, invece che alle tette di quelle due. Magari sono complici. Almeno amanti. O entrambe le cose.

«Facciamo due passi?» propone il Barone.

«Se devi scoreggiare, vacci da solo» lo redarguisce il Prof.

È venuto buio. Le donne chiacchierano per conto loro. I quattro vecchi amici escono sulla stradina sterrata davanti alla trattoria.

«Facciamo una vasca» suggerisce Mura.

«Anche due, con quello che abbiamo mangiato» accetta l'Ing.

Le vecchie abitudini sono dure a morire: facevano così anche da ragazzi, al termine di ogni cena alla vecchia trattoria sulla collina romagnola. Su e giù per la stradina di Montecodruzzo, avanti e indietro per smaltire il pasto e parlare di tutto: le stelle sopra di loro, il futuro che li attendeva, cosa avrebbero fatto da grandi e poi da vecchi. «Intanto bisogna vedere se ci arriviamo, alla vecchiaia» ammoniva il Barone, il primo ad avere perso i genitori, quando era molto giovane. E adesso che vecchi lo sono davvero, di cosa parlano? Di quasi niente: si sono già detti tutto, stanno bene anche così, zitti, passeggiando.

Poi partono con i ricordi.

«Cosa mangiavamo a merenda da piccoli?»

Il Buondì, il Ciocorì, i biscotti al Plasmon, le rosette con la Nutella o rosette con la mortadella, le pizzette di Lazzarini...

«Al bar vicino a piazza Maggiore davanti alla fermata dell'autobus» s'infervora il Prof. «Tornavamo da scuola, stavamo per andare a pranzo a casa, ma avevamo una tale fame che correvamo a comprarci una pizzetta!»

«E il bus che numero era?» lo interroga Mura.

«Il 45. A due piani. L'unico bus a due piani di Bologna. Per te, una premonizione che un giorno saresti andato a vivere a Londra.»

«E quale era il mio numero di telefono di casa?» insiste Mura con l'interrogatorio.

«221764.»

«Bravo. Il tuo era 811284.»

«E quello del Barone?»

«542281.»

«E della zia del Barone, se fosse stato a mangiare da lei e in casa sua non avrebbe risposto nessuno?»

«542234.»

Non sbagliano un colpo.

«Dovreste andare al *Rischiatutto*» dice il Barone, citando il mitico quiz televisivo della loro giovinezza, «se come materia avessero: cose di cui non frega niente a nessuno.»

«Guardate, le lucciole!» esclama l'Ing.

«Non saranno lanterne?» ipotizza il Barone.

«Ma smettila» s'arrabbia il Prof.

«Non ti emozioni neanche un po' davanti al mistero della natura?» gli dà man forte l'Ing.

Il Barone risponderebbe con una pernacchia. Ma è tutta scena: esorcizza la commozione, perché ha sofferto troppo da piccolo. Non è arido o cattivo: lo hanno plasmato così le circostanze della vita. Sotto la corazza ha un cuore d'oro, ma non vuole rivelarlo. Per primo a se stesso.

«Certi misteri non si risolvono mai del tutto» lo trae d'impaccio Mura, ripetendo la frase che gli ha detto il suo ex direttore a Roma. «La storia di cui mi sono occupato ne lascia molti irrisolti. Ho la sensazione di essere stato preso per il naso da tutti. Anzi, da tutte.» Dalla Stefi, che in fondo voleva tenersi il marito ed è andata a letto con lui solo per fare pari. Dalla Trudi, che lo ha salvato ma probabilmente è anche lei un'assassina. Dalla Jo, che potrebbe essere l'amante della Trudi. E non esclude che tutte e due, insieme, dessero la caccia al tesoro di Mussolini, proprio come Osvaldo, suo figlio e quei fascistoni della Bassona.

«Non ti deprimere, fra'» lo conforta il Barone, «ogni tanto perfino Sherlock Holmes sbagliava un colpo.»

«Secondo me la Trudi ti vuole veramente bene» azzarda l'Ing, «se è questo che ti tormenta.»

«E comunque anche *Quer pasticciaccio brutto de via Merulana*, il più famoso giallo della letteratura italiana, è un giallo irrisolto» commenta il Prof.

«In realtà quello non è un giallo irrisolto» lo corregge la Carla, sopraggiunta alle loro spalle. «È un giallo incompleto. Gadda morì prima di terminarlo. A me questa storia fa piuttosto venire in mente *Tre uomini in barca*. Avete presente?»

Un vecchio romanzo umoristico inglese. Mura da ragazzo rideva da solo, leggendolo a letto prima di addormentarsi.

«C'è una parte in cui i protagonisti, che sono tre vecchi amici ma potreste essere voi quattro» riassume la Carla, «notano una grossa carpa appesa alla porta di un pub. Ne nasce una lunga disquisizione con il barista e gli avventori su chi l'abbia pescata, dove, come e quando. Ognuno ha una versione diversa. Finché entra un tizio, sbatte la porta, la carpa cade a terra e va in mille pezzi. Era un pesce di ceramica. Non l'aveva mai pescata nessuno.»

«E con questa bella metafora cosa vuoi dirci?» chiede il Prof.

«Che potrebbe non esserci mai stato alcun tesoro a Villa Mussolini.»

«Ho visto una stella cadente!» li interrompe la Mari.

«Esprimi un desiderio, tesoro» dice l'Ing.

Mura ricorda la volta che ne vide una dalla motonave, insieme a suo figlio Paolo: «Che gli vada sempre tutto bene nella vita» fu il suo desiderio. Non è sicuro di essere stato un buon padre: troppo assente, troppo preso dal lavoro. E dalle donne.

«Guardate, i fuochi!» urla la Cate, unendosi anche lei al gruppo. Sopra alla grande macchia scura del mare, all'altezza di Borgomarina, ma anche di Cervia, di Rimini, di Riccione, praticamente su tutta la Riviera, esplodono in un caleidoscopio di colori i fuochi d'artificio della notte di Ferragosto.

«Venite!» chiama l'Ing.

Arrivano anche gli altri, compreso Pelé, palleggiando a più non posso senza che la sfera tocchi mai terra. Tra calcio e videogiochi sul telefonino, pensa il Barone mentre lo osserva, non ha rotto le palle neanche una volta con quelle frasi tipiche dei ragazzi di un tempo: «Mamma, non so cosa fare...». I bambini di oggi hanno l'aria di sapere sempre cosa fare. Quanti capolavori, però, saranno nati dalla noia e dalle fantasticherie per combatterla.

Mura pensa a suo figlio: quando era piccolo lo portava sempre in spiaggia a vedere i fuochi di Ferragosto a Borgomarina. Per la gioia di Paolo. Ma anche e soprattutto per la sua: si divertiva come un bambino. Lo incantano ancora.

«Ecco, guardate, è il gran finale» esulta la Cate.

Quando è tutto finito, ritornano verso la trattoria, per pagare.

«Odio gli ultimi giorni di vacanza» dice la Mari. «Quando con la testa si è già alla lista di cose da fare al rientro e all'orizzonte si staglia la porta dell'ufficio. Mi prende talmente male che quasi quasi rientro prima.»

«Ma tesoro, abbiamo ancora uno scampolo di vacanza in Grecia a fine mese» le ricorda l'Ing.

«Non ci sono le stesse aspettative dell'inizio dell'estate» ribatte lei, imbronciata.

«Io preferisco l'autunno» proclama il Barone. E quindi declama: «La nebbia agli irti colli, piovigginando sale, e sotto il maestrale, urla e biancheggia il mar, ma per le vie del borgo, al ribollir dei tini, va l'aspro odor dei vini, l'animo a rallegrar».

«Bravo, 7+» lo liquida l'Ing.

«Fra', se uno si intristisce per la fine dell'estate» sussurra il Barone a Mura, «è un presagio che la coppia è in crisi. Se va avanti così, l'Ing e la Mari si mollano. A me la Mari attizza. Ci farei un giro.»

«Bell'amico che sei» lo redarguisce Mura.

«Ma non lo farei mai finché stanno insieme!» si offende il Barone. «Aspetterei almeno fino a... cinque minuti dopo che si sono lasciati.»

«Come siete malinconici» s'intromette la Raffa. «La fine delle vacanze, la fine dell'estate, la nebbia autunnale! Io voglio vivere in tutte le stagioni! Mi sembrate vecchi e spenti!»

«*Bro*, mi sa che molla lei te, prima che la Mari molli l'Ing» dice Mura nell'orecchio al Barone.

Lui alza le spalle: pensa a un'infermiera.

«Non sembrano vecchi» commenta la Cate, «lo sono davvero.» E dà un pizzicotto a Mura.

Il quale pensa: No, il primo a essere mollato sarò io.

«Comunque, io vado sempre in vacanza con il last minute» taglia corto il Barone. «È più conveniente.»

«Ecco, bibi, dove andremo quest'anno?» gli domanda la Raffa.

«Decidiamo domattina, bibi. All'ultimissimo minuto.»

Non è avarizia, la sua. È poltroneria. In fondo, invece che andare in vacanza, starebbe meglio a passare le ferie al tavolino del bar di Fiorenzuola. Il suo "ufficio".

«In macchina ho un dono per te, un'altra delle mie compilation» dice il Prof a Mura. È sempre stato l'esperto di rock, pop, jazz. Di pim pum paf, come diceva Mura da ragazzo. Ogni tanto il Prof cerca ancora di migliorare l'educazione musicale del suo amico regalandogli delle raccolte scelte da lui. Senza troppi risultati.

«Ormai è una tradizione, Prof» lo ringrazia. «Che genere hai scelto per celebrare Ferragosto?»

«Musica leggera, più che altro italiana. Roba vintage. Mi dirai se ti piace.»

L'oste Giovanni scrive il conto su un taccuino, strappa il foglio, lo mostra ai suoi clienti e poi lo getta nei rifiuti. Sono quattro soldi, davvero, con tutto quello che hanno mangiato e bevuto: mica si può pretendere la ricevuta fiscale.

Tanto tempo che lo conoscono, Giovanni, e non sanno niente di lui. Tante prese in giro sul suo aspetto da cherubino e ignorano se è sposato, ha figli, perfino dov'è nato e cresciuto, se su questa collina di campagna, al mare o in città.

«Di' un po', Giovanni» domanda Mura. «Tu di dove sei?»

«Io? Di Riccione sono, di Riccione.»

«E di cognome come fai?» domanda il Prof.

«Bianchini. Giovanni Bianchini mi chiamo.»

«E come ci sei finito qui, a Montecodruzzo?» chiede l'Ing.

«Mi ci ha mandato il mio babbo.»

«Per punizione?» scherza il Barone, beccandosi una gomitata dalla Raffa.

«Non ero molto svelto a scuola. Mi bocciavano sempre! Però, ho sempre lavorato. Fin da bimbo.»

«Quassù?» chiede Mura.

«Da bambino no. Da bambino aiutavo mio babbo in albergo.»

«E poi?»

«Poi un giorno, quando ero già ragazzo, il babbo ha venduto l'albergo, se n'è andato in Australia con la mamma e mia sorella, e a me ha regalato questo posto qui.»

«La trattoria è di tua proprietà?» chiede la Carla.

«Mica solo la trattoria, è tutto mio qui, le case, la terra. Montecodruzzo è tutta roba mia.»

«E non ti sei sposato, con tutta questa roba?» chiede il Barone, a cui la Raffa rifila un'altra gomitata.

«Alle donne non ci interesso. Sto bene qui, con l'aria buona, le tagliatelle e i polli.»

Non sembra tanto svelto neanche adesso, Giovanni. Però le tagliatelle e il pollo arrosto li cucina bene.

«Ma di' un po', e i tuoi, in Australia, cosa fanno?» domanda Mura.

«C'hanno dei ristoranti. Ce li ha mia sorella adesso, perché i miei sono morti. Oh, c'hanno tanti ristoranti. Una catena intera. A...» ci pensa un po', «Mèlburn. Ho detto giusto?»

«Deve avere fatto un bel po' di soldi, suo babbo, per emigrare in Australia, aprire i ristoranti e regalare Montecodruzzo a Giovanni» commenta la Cate a Mura mentre s'avviano verso le auto.

Mura impallidisce. Torna indietro. La Cate lo segue incuriosita.

«Ehi, Giovanni, scusa, ma dov'era l'albergo di tuo babbo?» gli domanda.

«A Riccione. Ma non era proprio un albergo» risponde serafico l'oste.

«E che cos'era?»

«Una pensione. Una pensione famigliare. Ci lavoravamo io, mia sorella, mia mamma, il mio babbo.»

«E come si chiamava?»

«Marco, si chiamava. Pensione Marco, come mio babbo.»

«Grazie, ciao, alla prossima.»

«Ciao, ciao, tornate presto.»

Anche gli amici si salutano con baci e abbracci.

«Ci vediamo» dice il Barone agli altri, montando sulla Porsche. Anche se tutti sanno che passeranno settimane prima di risentirlo.

Mura e la Cate salgono in macchina con il Prof e la Carla: li riporteranno loro a Borgomarina.

«Be', che c'è, non hai più detto una parola» lo scuote la Cate dopo un po' che sono in viaggio.

«Ha la digestione pesante, è sempre stato delicato di fegato» lo giustifica il Prof. È vero, ma in questo caso la digestione non c'entra.

27. Il diluvio universale

(Colonna sonora: *Domani è un altro giorno*, Ornella Vanoni)

Si sveglia alle prime luci dell'alba. La Cate ronfa felice al suo fianco. Fuori sente solo il rumore del mare contro gli scogli del molo. Tornati a casa sono anche riusciti a fare sesso: merito più di lei che di lui, oltre che della doppia razione di pillola blu. La grande abbuffata lo aveva effettivamente appesantito. E la rivelazione che l'oro di Riccione se l'è portato via il padrone di una pensione famigliare è stata il colpo finale. Se è andata davvero così: nessuno, ormai, lo saprà più con certezza.

Guarda la Cate che dorme serena. L'opposto della Stefi: una che a vederla diresti al massimo "è un tipo", poi dopo un po' la studi e cominci a trovarla arrapante, e se ci vai a letto non la dimentichi più.

Prima o poi lo lascerà?

A Roma, così a naso, non si è fermata un paio di giorni in più solo per discutere di un nuovo contratto di collaborazione.

«Cos'è quel succhiotto sul collo?» le ha chiesto dopo che hanno fatto l'amore, al chiarore dell'accendino.

«Dovresti chiedertelo, me lo hai appena fatto.»

«Non credo proprio.»

«Sarai mica geloso?»

«Io? Figurati.»

«Giàgià.»

Che poi come fa a essere geloso, se il giorno prima è andato a letto con la Stefi? E si sarebbe pure portato a letto la Jo. E la Tru... no, dai la Trudi no. Però, boh, chissà. Il fantasma di via Frassinago! E che sarà mai, dei ragazzi che facendosi le seghe allungano le mani e si spugnettano a vicenda... Succede in tutte le migliori scuole private maschili inglesi...

«Perché gli inglesi sono tutti finocchi» gli sembra di sentire la voce del Barone.

«Bisex vuoi dire» lo correggerebbe l'Ingegnere.

«Siete preistorici, politicamente scorretti, maschilisti e patetici» commenterebbe il Professore. «Uomini di Neanderthal, pressappoco.»

In vita sua, in verità, ha trovato un solo tesoro: quei tre amici lì.

E dunque, diversamente dal *Pasticciaccio* di Gadda, per conto suo i misteri del giallo sono risolti tutti. Due assassini, ognuno con il suo movente. Due straniere, una della Martinica e una del Brasile, anche loro in cerca del tesoro: amiche, complici, forse amanti. Una azdora romagnola che nasconde una fortuna nella sua villa di Riccione. Il proprietario di una piccola pensione che un giorno appendendo un quadro sente una parete vuota, scava un buco, trova lingotti e gioielli, vende tutto, diventa ricco e parte per l'Australia, lasciando una trattoria in collina al figlio un po' tonto. E infine il più tonto di tutti, Mura, che quando vede damigelle in pericolo perde la testa. Specie se sono piuttosto carine.

Che faranno adesso la Trudi e la Jo, le due piratesse che si sono prese gioco di lui? Torneranno nelle Americhe, ai Caraibi, o in Brasile, per timore che Mura le denunci? Non ha mai chiesto alla Trudi da dove viene esattamente. Rio de Janeiro? Per la precisione Copacabana, dove la vita è sovrana? Oppure San Paolo? Bahia?

«Ah, Bahia! Bahia es como un canto en mi corazon...»

Se chiude gli occhi la risente. La canzone in *I tre caballeros*, il vecchio cartone animato della Walt Disney che vide da piccolo a puntate alla tivù dei ragazzi e che adorava, in cui Paperino, il pappagallo brasiliano gran fumatore di sigari José Carioca e il gallo pistolero messicano Panchito Pistoles vanno su e giù per il Sud America a combinarne di tutti i colori. Ebbene, uomini o donne non fa poi differenza, non sono stati anche loro, lui, la Trudi e la Jo, tre caballeros travolti dagli avvenimenti? Che importanza ha come è finita, chi ha fregato chi. Comunque la Jo non ha ucciso nessuno, la Trudi ha ucciso un uomo morente che rimpiangeranno in pochi, Montanari junior ha avuto quello che si merita. E Mura una settimana così se la ricorderà per un pezzo. Olio di ricino incluso.

A proposito, gli rimane un conto da regolare.

Scrive un messaggino al maresciallo Amadori.

Buon Ferragosto in ritardo, Gianca! La ricostituzione del partito fascista, se non sbaglio, è un reato. Giovedì prossimo, dopo il tramonto, fai un salto alla Bassona, dalle parti delle Querce di Dante: vedrai un simpatico gruppetto di camerati in divisa, tra cui il fioraio Dolfo e il farmacista Semprini. Vedi tu come regolarti con loro. Viva l'Italia. Baci e abbracci.

Preme il tasto "invia". E anche questa è fatta.

Non riesce più a prendere sonno. Ebbene, è venuto il momento di tornare alla sua pratica della corsetta quotidiana sul bagnasciuga. Per restare in salute. Per sentirsi giovani. Per fare qualcosa, accidenti. Anche se di cose, nell'ultima settimana, ne ha fatte abbastanza.

Indossa una maglietta, i soliti calzoncini tuttofare, calzini e scarpette.

All'improvviso, dei rumori lontani. Le pareti del capanno tremano.

Cos'è? Un corto circuito? Una bomba? La fine del mondo? O il capitano dell'Alitalia che ha deciso di farlo saltare in aria?

Dev'essere qualcosa di serio, perché perfino la Cate si sveglia, spalanca gli occhi e domanda spaventata: «Oddio, cos'è stato?».

Mura apre la porta-finestra del terrazzo e una folata di vento gonfia le tende.

Caccia la testa fuori: su Borgomarina incombe un cielo nero. La spiaggia è deserta. Gli ombrelloni sono tutti chiusi. Bave di onde spumeggianti agitano il mare.

Tre lampi crepitano sull'orizzonte, seguiti da tre tuoni che scuotono la Riviera.

E adesso, di colpo, viene giù il diluvio universale.

«Ti comunico» dice Mura alla Cate tornando a letto, «che abbiamo girato la boa di Ferragosto.»

L'estate sta finendo.

La compilation del Prof

1. *Abbronzatissima*, Edoardo Vianello
2. *Andavo a 100 all'ora*, Gianni Morandi
3. *C'è una strana espressione nei tuoi occhi*, The Rokes
4. *Stasera mi butto*, Rocky Roberts
5. *Cuando calienta el sol*, Los Marcellos Ferial
6. *Una carezza in un pugno*, Adriano Celentano
7. *Maracaibo*, Lu Colombo
8. *Dedicato*, Loredana Bertè
9. *Saint Tropez twist*, Peppino di Capri
10. *Eppur mi son scordato di te*, Lucio Battisti
11. *Vamos a la playa*, Righeira
12. *Un'estate al mare*, Giuni Russo
13. *Azzurro*, Paolo Conte
14. *Una rotonda sul mare*, Fred Bongusto
15. *Tintarella di luna*, Mina
16. *La bambola*, Patty Pravo
17. *Io ho in mente te*, Equipe 84
18. *Sognando California*, Dik Dik
19. *Stessa spiaggia stesso mare*, Piero Focaccia
20. *Sapore di sale,* Gino Paoli
21. *Quando quando quando*, Tony Renis
22. *Bang Bang*, Dalila

nero

Nella stessa collana